テクストの内と外

Inside and Outside the Text

東海英米文学会 編

巻　頭　言

東海英米文学会会長
丹羽　隆昭

　東海英米文学会のはじまりは，同好の士が数名寄り集まって開いていた小さな読書会であった。英米文学のテキストを丹念に読むのが目的だったという。それが「学会」となり，20年の歳月を経て，現在では会員数70余名の世帯となった。会員のほとんどが東海地方の大学，短大等に勤務しつつ，英語・英米文学の研究と教育に当たる教員たちである。

　本学会の歩みに重なるこの20年間は，わが国における英語・英米文学の研究と教育を取り巻く環境に目まぐるしい変化が起きた時期でもある。当初，大学や短大の多くに―特に文系私学にあってはそのほとんどに―「英文科」が存在し，しかもそれぞれの学内で重要なウエイトを占めてさえいた。社会もまた，多少は英語ができる「英文科」卒の学生を歓迎していた。ところが，わが国では初等教育に比べて高等教育のレベルが世界の一流国なみからして低いという内外からの指摘に端を発した「大学改革」の波は，次第に理系主導，実学重視の色彩を強めつつ，文系学問一般を「実際の役に立たない」もの，すなわち「虚学」として切り捨て，「英文科」もまたカビの生えた文芸作品を読んでいるだけで「役に立たない」学科，「時代にそぐわない」存在として，次々と廃止あるいは縮小の憂き目に晒されるに至った。そのため，旧「英文科」に奉職していた教員たちは，本来の専攻対象たる英語・英米文学を脇に置き，もっぱら実用英語あるいは英語圏文化を教えるスタッフとして苦闘することを余儀なくさせられている。本学会の会員たちもそのほとんどが，それほど得意とも言えぬ「実学」的分野の仕事で日々の精力を消耗している。

　現今の大学，短大を覆い尽くす実学最優先の風潮のなかで，東海英米文学会が担う役割のひとつは，会員がそれぞれの専門領域での研究を最低限でも継続してゆくための研修の場，意思確認の場，そして会員のささやかな努力の成果を世に問う場を提供することである。毎年夏に年次大会を開催し，わが国を代表する優れた研究者の講演を聴いて刺激とするいっぽう，シンポジウムや研究発表を行うとともに，機関誌『東海英米文学』を発行するのはまさにそのためである。70

巻頭言

　名ほどの小規模学会が行う事業としては異例なほど充実し，中味の濃い活動だとわれわれは密かに自負している。

　今回創立20年を迎えたのを機に，有志の発案で，ささやかながら記念論集を刊行することになった。次の5年，10年の活動に向けた一里塚のつもりである。多岐にわたる収録論文はいずれも何かと未熟であるかもしれないが，それを厳しい日常の現実のせいにすべきではなかろう。批判は甘んじて受けねばならない。しかしかつて「英文科」に学んだ者たちとして，このような時代であるからこそ，自分が研究対象とするテーマとどう向き合い，自分のアイデンティティをどう確認し，社会における自分の役割をどう見いだしてゆくのか模索することに少なからぬ意義があると信じる。収録論文のひとつひとつはそうした模索の一例と受け取っていただければ幸甚である。

　東海英米文学会はテキストと向かい合う小さな読書会として誕生した。それが時代を超えたわれわれの原点にほかならない。実学最優先というまことに愚かしい世相の中にあっても，この原点を忘れず，英語・英文学の研究という「虚学」には，即効性のみを多とする実学にけっして劣ることのない優れた「遅効性」があることを確信して，たとえどれほど小さく，どれほど遅々たる歩みであっても，本学会は前進し続けたいと願うものである。

（平成18年3月）

目　次

巻頭言　　　　　　　　　　　　　　　　　　　　　　　丹羽隆昭　　iii

イギリス

すれちがいの愛—ウィリアム・ブレイクの
　　　「ああ，ヒマワリ」とその前後2つの詩の鑑賞—　堀田三郎　　1
愛知万博とワーズワスの環境倫理　　　　　　　　　　　森　　豪　　11
John Shepherd's Shepherding in Jane Austen's *Persuasion*　David Dykes　23
『大いなる遺産』に見られるイメージとその表現　　　　吉田恒義　　35
Reading the Text of John Wain's "The Valentine Generation"　中根貞幸　47
ハリー・ポッターの道徳的選択　　　　　　　　　　　　子安惠子　　59

アイルランド

アイデンティティの根付く場所を求めて
　　　—『さあ行くぞ，フィラデルフィア！』と「移住」—　河口和子　71
『ストーンズ・イン・ヒズ・ポケッツ』と
　　　アイルランド映画産業　　　　　　　　　　　　　磯部哲也　　81
伝統の語り直しと複数の「私」
　　　—ポーラ・ミーハンの手法—　　　　　　　　　　河合利江　　91

アメリカ

アメリカン・＜ダメ男＞の源流を訪ねて
　　　—リップ・ヴァン・ウィンクルとイカバッド・クレーンを中心に—　中村栄造　103
ホーソーンの「ブルフロッグ夫人」
　　　—＜ダメ男＞の系譜と強い女—　　　　　　　　　大場厚志　　115
ホーソーンの子供像と空想
　　　—『緋文字』と『ワンダー・ブック』を中心に—　倉橋洋子　127

目　次

大森林に浮揚する白き雌鹿の影
　　　―メルヴィルの「ホーソーンとその苔」について―　　横田和憲　139
ホイットマンの見たブルックリン
　　　―『イブニング・スター』の記事を中心にして―　　溝口健二　151
ロバート・フロストの「行かなかった道」を読む　　犬飼　誠　163
過去の重み
　　　―ロバート・ペン・ウォーレンの長篇小説を読むために―　　香ノ木隆臣　175
『アラバマ物語』の文体的特徴
　　　―凝縮表現としての"A is B"構文を中心に―　　金子輝美　187
トニ・モリスンの作品におけるアメリカの夢と悪夢
　　　―『青い眼がほしい』と『ラブ』を中心に―　　竹田奈緒美　199

カナダ

Vanessa's Growth through Her Death Experience in "A Bird in the House"　　中村信子　211

あとがき　　中根貞幸　225

和文索引　　227

英文索引　　232

執筆者紹介　　233

すれちがいの愛―ウィリアム・ブレイクの「ああ，ヒマワリ」とその前後２つの詩の鑑賞―

堀田　三郎

　ウィリアム・ブレイク（William Blake, 1757-1827）の着色銅版画詩集『無垢と経験の歌』（*Songs of Innocence and of Experience*, 1794. 以下『無垢の歌』，『経験の歌』と略す）中の『経験の歌』は，一読すると単純にみえるが，意外に複雑な詩が多い。これらの中の３つの詩「わたしの可愛いバラの木」（'My Pretty ROSE TREE.' 以下「バラ」と略す），「ああ，ヒマワリ」（'AH！SUN-FLOWER.' 以下「ヒマワリ」と略す），「ユリ」（'THE LILY.'）の分析と鑑賞を以下におこない，その意外な複雑さを述べることにする。

　ところで，この３編には，『無垢の歌』，『経験の歌』に収められた他の詩と違う点が１つある。この３編は，他と異なり１つのシークエンスをなす１編の詩としてブレイクは考えていたように思われる。というのは，他の詩がどれも１つの着色銅版画中に入れられた１個独立の詩であるのに対して，この３編は１つの詩として一幅の画中に収まっているように見えるからである。[1] 構成そのものがこのようになっている以上，当然１つの連続として分析，解釈する視点が必要となるはずである。さらに筆者はこの３編が一種の象徴詩であると考えている。これらのことを前提にして以下分析，鑑賞をおこなうけれども，結論的なことを先に言っておくならば，この３編の詩の題名にある植物バラ，ヒマワリ，ユリは，ある人間の心性のそれぞれの転身の姿，３つの異なった，しかも連続した１つの心の綾を象徴するものなのである。以下順をおって３つの詩を分析するが，その折々にこの点を詳しく述べるつもりである。

My Pretty ROSE TREE

A flower was offerd to me;
Such a flower as May never bore.
But I said I've a Pretty Rose-tree:
And I passed the sweet flower o'er.

Then I went to my Pretty Rose-tree;
To tend her by day and by night.
But my Rose turnd away with jealousy:
And her thorns were my only delight. [2]

　　わたしの可愛いバラの木

おひとつどうぞ，と　さしだされた。
5月にも　咲かない　花だった。
しかし，可愛いバラの木がある，といって，
その可憐な　花を　無視した。

それから　わたしの可愛いバラの木に　ゆき，
昼に　夜に　世話をした。
しかしバラは　嫉妬で　そっぽを向いた。
棘が　わたしの　ただひとつの喜び。

　ここには「わたし」と「可愛いバラの木」との１つの関係が，恋人同士あるいは夫婦関係が，象徴的に描かれている。6行目の「昼に　夜に　世話をした」で分かるように，「5月にも　咲かない」綺麗な花を拒んだあとなので多少とも意志的努力が加わった，「わたし」のバラに対する態度は，子供をあやす親のような保護者的な姿勢であると言っていい。[3] 可愛いくて仕方のない，溺愛を演ずる姿なのである。しかし相手のバラからみれば，どうなのであろうか。あの綺麗な花に寄せた「わたし」のかりそめの浮気心を嗅ぎつけた（と感じた）バラは，偽善者みたいな「わたし」に嫉妬で報復する。バラは「わたし」を愛しているのである。愛すればこその嫉妬なのだから。しかし，バラの嫉妬の「棘」を，こびを売る女の色っぽさとしか受けとれなかったであろう溺愛の「わたし」は，ただうぬぼれた愉悦にひたるばかりである。バラはともに愛しあえないと悟る。「バラ」は，愛の対象を孤独に陥れる愛の偽善をうたった『経験の歌』なのである。

AH! SUN-FLOWER

Ah Sun-flower! weary of time,
Who countest the steps of the Sun:
Seeking after that sweet golden clime
Where the travellers journey is done.

Where the Youth pined away with desire,
And the pale Virgin shrouded in snow:
Arise from their graves and aspire,
Where my Sun-flower wishes to go.

　　ああ，ヒマワリ

時に倦（う）みつかれ，ああ，ヒマワリよ，
太陽の　歩みを　かぞえ，　４
旅人の　旅の　おわる
あの美しき　黄金（くがね）なす国を　探しあるく。

欲望に　やつれた　若者，
雪の経帷子（きょうかたびら）きる　蒼白き　乙女が
墓から　たちあがり，憧れる，
わたしの　ヒマワリの　ゆきたいと願う国に。

　第１連に登場する太陽とヒマワリの関係は，古代ローマの詩人オウィディウスの『転身物語』第４巻にうたわれた太陽神アポロと乙女クリュティエの失恋物語に材をとったものである。それによると，クリュティエはアポロに恋をしたが拒まれ，やがて衰弱し最後は，日の出から日の入りまで１日中空ゆく太陽を慕って太陽の方ばかり向いていると信じられた花，ヘリオトロープに変身した。この花が伝統的にヒマワリとされてきた。
　さて，この詩のヒマワリとは誰であろうか。最終行に顔をだす「わたし」とヒ

マワリとの関係はどうなのだろう。太陽ばかり見つめるヒマワリの姿は，前の詩「バラ」の「しかしバラは…そっぽを向いた」行為の次なる行為を示してはいないだろうか。ここの「わたし」とヒマワリの関係は前の詩の保護者と被保護者のそれの延長線上にあると考えていい。バラがヒマワリに転身したのである。「わたし」に見捨てられた孤独な魂バラが，ヒマワリに転身して今度は「わたし」を見捨ててゆくことになる。愛の偽善的な抑圧者「わたし」によって強められていたこの世の地獄のような時間の呪縛を解いて，バラ／ヒマワリは時間の外の国，愛と性と死の極楽世界へと旅立とうとする。しかし語り手「わたし」の立場からすれば，可愛くて仕方なかった最愛のひとバラに逃げられ，しかも別の男と駆け落ちをされたような気分にある。第１連は，恨みや空虚感などで日々怏々(おうおう)として楽しめぬ自失の男の心を描いているのである。

　　　　　×　×　／×　×　／　×　×　／
　　　　Seeking after that sweet golden clime,

本来 "Seeking" や "golden" のような重い単語には強いストレスが置かれるのが普通であるが，ここでは弱になっている（この詩全体の韻律は 弱弱強格であり，詩の内容とあいまって気だるくやるせないリズムを伝えている[5]）。「あの美しき（美シキ，ダト！）　黄金なす国を（結構ダネエー！）　探しあるく（……）」。魂の故郷（「あの美しき　黄金なす国」）にヒマワリが向かうことに対する羨望，しかし，掌中の珠ともいうべきバラを横取りされたがゆえに反転されたノスタルジー。この１行は，そんな「わたし」の心を伝えるアイロニカルな１行である。

　第１連が，ふられた男，かつては保護者であったがいまや天狗の鼻もへし折れた男の，惨めに沈んだ心を描くのに対して，第２連は，その愁いを屁理屈によって晴らそうとする語り手「わたし」の心の動きを，ユーモラスに描いている。語り手は，５行目と６行目に登場する若者たちをともに病的でありながら，しかも対照的な人物として提示している。恋煩いにやつれきった「若者」，恋心を凍結したうら若き尼僧「乙女」。ところで，『経験の歌』のこの語り手は，第１連でみたとおり愛に破れた「わたし」であった。このような立場の人間がときにそうなるように，心の頑なな人間になりさがっている。恋の病にやつれた「若者」に対して，本来なら「わたし」は，同病相あわれむ類いの共感を示していいはずだが，そうはせずに小馬鹿にする，そんな口振りが５行目にうかがわれるではないか。「色恋に　やつれきった　若いもん」。さらに，清らかな神の国に遊ぶ若い尼僧，現実界にのたうつ「わたし」とは異種の立派な人間に対して，本来なら敬意を払っ

てもいいはずだが，そうはせずにひねくれる，そんな口振りが6行目に感じられる。「白い僧衣きる　顔色の悪い　お嬢さん」。恋にうつつをぬかす暇があったら額に汗して働け，うす暗い僧院などひきはらって，乙女よ，恋せよ，といった類いの声がこの2行の行間に聴こえないだろうか。同種の人間に対する軽侮，異種の高貴な人間に対するひねくれ，こんな『経験の歌』の語り手の声が聴こえてくるように思われるのだがどうであろうか。これらの若者たちは，ともにヒマワリのようにこの世で満たされぬ想いを残して，時間の外にある安住の地を求め，この世を捨てようとしている，あるいは捨てた人間たちである。そんな彼らの人生の選択を，ヒマワリに捨てられてなおこの世を捨てない「わたし」は，愚かな選択であることよ，と病的にやっかみ，自らの傷心の愁いを晴らしているのである。[6]

　だがこんなことぐらいで己のなかに巣くう，愛をなくした空虚感はどうにもならない。この詩全体の文構造がそのことを物語っている。この詩の構文は関係代名詞 "Who" と3つの関係副詞 "Where" で繋がれて，冒頭の "Ah Sun-flower" に帰る構文にすぎず，この呼び掛けられた者に対する語り手「わたし」の意志やら行為を示す動詞がない。意識の眼が第1連でヒマワリに向いているあいだ，喪失感に「わたし」は悶えていた。しかしその眼が第2連で愚かな青年たちに転ずると，しばらくは憂さも晴れた。最終行の "my Sun-flower" は thou であっても理論上構わないはずだが，そうなっていないのは，意識の眼がヒマワリから青年たちに転じていた証拠であろう。しかしこの3人称 ("my Sun-flower") にもかかわらず，"my"（「わたしの（大切な）」）が醸しだす意味あいに胸つかれて2人称のヒマワリを意識した「わたし」の魂は，"wishes to go" と発話する間にふたたび曇り始め，ヒマワリに対する態度表明を表す動詞など発しえない，それほどに悄然としているのである。愛に餓えた孤独な喪失感がただそこに立ちつくしている。この詩は，『経験の歌』の1主人公の，夢とも現実ともつかないところにただよう愛の喪失感を，ユーモアとアイロニーとノスタルジーをまじえて巧緻に描いた詩人ブレイク出色の抒情詩である。

THE LILLY

The modest Rose puts forth a thorn:
The humble Sheep, a threatning horn:

While the Lilly white, shall in Love delight,
Nor a thorn nor a threat stain her beauty bright.

　　ユリ

つつましいバラでも　棘はだす。
ひかえめな羊さえ　脅しの角をだす。
でも　白いユリは　愛に喜び，
棘も角も　その明るい美を　汚さない。

　この最後の詩の語り手は誰であろうか。Lincoln は「全体としてここの銅版画には1つの円環的なパターンをみることができる，つまりここのユリは最初の詩の無償で提供された＜可憐な花＞へとわれわれを連れもどす」(190) とやや控え目に述べている。この立場からすると，この詩の表面に顔を出さない「わたし」が語り手であることになる。とすればバラ／ヒマワリに愛想を尽かした「わたし」が＜可憐な花＞すなわちユリに再びの浮気心をつのらせる，という内容になる。しかしこの解釈は，この3つの詩をバラ／ヒマワリ／ユリの一貫した転身物語として考える筆者の立場と相容れない。筆者はあくまでこの3編を1つの花，1つの心性のそれぞれ3つの側面をうたった1つの詩と考える。この詩の語り手はユリ本人でなく，ユリになることを夢みる人間である。3行目に未来を表す "shall" が顔をだすことや，3人称 "her" が4行目に登場することで，それが予測されるであろう。バラからヒマワリへ，そしていまユリに転身しようとする語り手がうたう詩がこの「ユリ」なのである。
　さて，この詩の韻律は前半の2行が弱強格であり，後半2行が弱弱強格となっている。この突然の変化はなにを示しているのであろうか。前の詩でヒマワリは「わたし」をふり捨て，「あの美しき　黄金なす国」を求める永い心の旅路につき，いま「時に倦みつかれ」ていた。そしていつまでも終わることのない時間のなかで心は疲れ，その疲れが己の旅の自己正当化のよび水となる。前半2行は過去のバラ時代にさかのぼって，反省というより自己正当化をおこなう心の動きを伝えている。文法がそれを示している。"Rose" に一般論を意味する定冠詞がふされていること，一般的真理を表す現在時制が使われていることに，それがうかがわ

れる。バラなら誰でも棘で人を苦しめるものだ，「ひかえめな羊さえ脅しの角を
だす」ではないか，と。羊まで引きあいにだすその強引な自己正当化は，なにより
もヒマワリがいま苛立つ精神状態に追いこめられていることを物語っている
のである。前半2行の弱強格は，苛つきながらの踉蹌たる足取りを伝えるリズム
である。そして後半の2行。「旅人の　旅の　おわる」ことなど保証されないまま，
苛立ち疲れきった巡礼者ヒマワリが，突然幻を見る。黄色のヒマワリが，白いユ
リを幻視する。蜃気楼のような美しい幻影が，この後半2行において夢みられて
いる。

　　　×　×　 ／×　×　 ／×　×　 ／×／
　　While the Lilly white, shall in Love delight,
　　×　×　 ／×　×　 ／×　×　 ／×／
　　Nor a thorn nor a threat stain her beauty bright,

［aɪ］と［ʌ］の和音，［w］,［l］,［b］の頭韻，［ɪ］と［θ］の繰り返し。あるいは弱弱
強格のなかで「愛に喜び」と「明るい」だけがその基調を破って強調されている。
さらに"white"が弱であるためになおさら白への深い感動がよみとれること。こ
れらの点から，ヒマワリの静かなときめきが感じられ，美しい2行である。同じ
弱弱強格でも「ヒマワリ」のそれとは著しい対照をなしていて，のびやかで，た
おやかな音の響きをよく伝えている。しかしこの2行が時間に疲れきったヒマワ
リの発話である以上，天国ともいうべきユリに転身したい，という夢のまた夢の
ようなユリへの妄想を暗示させていることもまたわれわれは忘れるわけにはゆ
くまい。

　最後にもう一度全体を1つのまとまりとして検討してみる。バラの深紅から，
ヒマワリの黄色へ，そしてユリの白への色彩の変化がわれわれ読者に強く印象づ
けられるのだが，これはなにを意味するのであろうか。筆者は，この変容を地獄，
煉獄，天国への変化とみる。「わたし」の偽善的な愛の押し売りに喘ぐ地獄のバ
ラ，そこから抜けでることを願う煉獄の黄色い炎につつまれるヒマワリ，そして
天国として夢みられる純白のユリ。この3つの心の色模様の変遷は，とりもなお
さずこの3編のシークエンスを通して描かれたひとりの女性の魂の動きを映し
だしているのである。このことを補足的に支持するのがこれら3編で使用された
時制の違いである。最初の詩「バラ」が過去時制であったのに対し，「ヒマワリ」
は現在時制，最後の「ユリ」は未来時制が使われている。このことは，『経験の歌』
があくまで現実の経験世界をうたったものである以上，この天国への旅がいずれ

Uターンされるか，あるいは行きつ戻りつの堂々巡りの旅であることを暗示していると考えねばならないだろう。結論として言えることは，「わたし」と複合体であるバラ／ヒマワリ／ユリの2人の，いわば二つ巴の愛のアイロニー，すなわち，すれちがいの愛をうたったのがこの3編の詩ということになる。ブレイクは『ノート・ブック』のなかの1編「無垢と経験の歌の題辞」('Motto to the Songs of Innocence and of Experience')のなかで，「善人は他人のものの考え方に引き寄せられて，／自分で考えることをしない」と述べている。愛を求め合う男と女が現実世界の中で「自分で考えることをし」た結果まねいた愛の蹉跌，これが『経験の歌』のこの3編でうたわれているのである。

注

[1] もっとも，以下に挙げる詩はすべて長い行数をもつ詩なので，便宜上続き物として2枚の銅版画に分けられている。すなわち 'The Ecchoing Green,' 'The Little Black Boy,' 'A CRADLE SONG,' 'Night,' 'Spring,' 'The Little Girl Lost,' 'The Little Girl Found'。そして本論で扱うこの3編も，どれも短い詩なので，あるいは便宜上1枚の銅版画に収められたにすぎないという批判が出るかもしれないが，しかし Lincoln (190) も Johnson & Grant (51) も松島 (118) もこの3編を1つの詩と評している。筆者も同感である。

[2] 本論における原詩の引用はすべて *The Complete Poetry and Prose of William Blake*, newly revised edition, ed. David V. Erdman (Berkeley and Los Angeles: U of California, 1982) によった。

[3] Lincoln (189) はこれを「儀式的な献身（ritualistic devotion）」と評している。

[4] 「太陽の　歩みを　かぞえ」を，ただ外側から太陽の運行を見て，その歩数を計算するだけの意味には筆者はとらない。ヒマワリの魂が太陽といわば同行二人の巡礼の旅に日を重ねる，旅の日数を「かぞえ」ると解釈する。このようにとれば "Seeking" や "weary of time" の表現が生きてくるように思う。

[5] Brooks & Warren (147) はこの詩の弱弱強格の韻律のリズムを「デリケートで，ぐずついたリズム（delicate and lingering rhythm）」と評している。

[6] Bloom (139-40) も Gillham (211) も上島 (129) もこの「わたし」の心の動きに関して理解が及んでいない。これらの批評家たちは，西の彼方にあると期待される未来の救済はこれらの青年には決して訪れることはない，生きている＜現在＞こそ真実の＜永遠＞の救いになる，これがブレイクの真意であるとして，

これらの青年を批判しているのがこの詩であると解釈している。ブレイクの思想がそこにあることを筆者も認めるけれども，しかし，この詩の声は『経験の歌』の語り手「わたし」の声であって，決してブレイクの生の声ではないことに思い及んでいない点を筆者は批判するのである。この詩の語り手の声はブレイクのいわゆるペルソナの声である。『経験の歌』のなかにもブレイクの生の声とおぼしき声でうたわれた詩も，たとえば「ロンドン」('LONDON')と題する詩など，存在しないことはない。しかしこの3編の詩は明らかに詩人の生の声でうたわれた詩ではない。次に引用する『経験の歌』中の1編「ハエ」('THE FLY')もそうである。

　　ちっちゃなハエよ，
　　おまえの夏の遊びを
　　おいらの心ない手が
　　払いのけちまった。

　　おいらもおまえみたいに
　　ハエじゃないのかい。
　　おまえもおいらみたいに
　　人間じゃないのかい。

　　だって　おいらも踊って，
　　飲んで，唄って，
　　しまいに　目の見えない手が
　　おいらの羽を払いのけちまうから。

　　心あることが　いのちで，
　　ちからで　呼吸であって，
　　それのないのが
　　死ぬってことなら，

　　おいらも
　　しあわせなハエよ，
　　生きていても，

死んでいても。

ブレイクのペルソナである「おいら」がみせる,陽気な虚無感をうたった『経験の歌』の1編である。

引用文献

上島建吉『ロマン派詩選』東京:研究社, 1997.
松島正一編『対訳　ブレイク詩集―イギリス詩人選(4)』東京:岩波書店, 2004.
Blake, William . *The Complete Poetry and Prose of William Blake.* Newly rev. ed. Ed. David V.Erdman. Berkeley and Los Angeles : U of California P, 1982.
— .*Blake's Poetry and Designs.* A Norton critical ed. Ed. Mary Lynn Johnson and John E. Grant. New York: Norton, 1979.
— .*William Blake: Songs of Innocence and of Experience.* Ed. Andrew Lincoln. London: William Blake Trust / Tate Gallery, 1991.
Bloom, Harold. *Blake's Apocalypse: A Study in Poetic Argument.* London: Victor Gollancz, 1963.
Brooks, C. & Warren, R.P. *Understanding Poetry.* 3rd ed. New York: Holt, Rinehart and Winston, 1960.
Gillham, D. G. *Blake's Contrary States.* Cambridge: Cambridge UP, 1966.

愛知万博とワーズワスの環境倫理

森　豪

1

　東海英米文学会が創立20周年を迎えた2005年には，3月25日から9月25日まで，愛知県で「2005年日本国際博覧会」（略称「愛知万博」，愛称「愛・地球博」）が開催された。愛知万博は，万博の歴史の転換点に立つ万博であり，それは21世紀初めての万博で，われわれ人間が大きな転換点に直面していることを示した。そこで提示されたものは，21世紀を生きるわれわれにとって大きな意義をもつものであったが，とりわけ英国の自然詩人ウイリアム・ワーズワス（William Wordsworth, 1770-1850）を学ぶ者にとっては大きな意味があり，ワーズワスの現代性を再確認することができた。本稿は，愛知万博が提示したものをワーズワスという詩人との関係において考えてみようとするものである。

2

　愛知万博は環境万博とも呼ばれ，環境問題を真正面から見据えた万博であった。日本では，1970年に大阪万博が開催されたことがある。それは企業中心の万博であり，科学技術の輝かしい成果を展示し，物質的な実りをもたらす未来の可能性を示すものであった。そしてその科学技術開発の輝かしい未来を暗示する一方で，大阪万博が掲げたテーマ「進歩と調和」が示すように，公害問題に象徴される環境問題を意識した万博であった。環境問題が意識されてはいたが，地域的なもので，地球規模で意識されてはいなかった。それから35年を経た愛知万博は，開発技術の大阪万博とは対照的な環境万博となった。しかし当初は大阪万博の延長上の発想で，開発を目指すものであった。それが批判を浴び，紆余曲折の末，最終的に環境万博となった。人々が地球規模で環境問題の重要性を意識し，もはや環境問題をないがしろにはできない状態であることに気づいたからである。

　愛知万博は，成功したと言われる。入場者が予定の1500万人を越えて，2200万人であったからである。入場者数は，確かに成功の1つの指標である。人々が良いと判断するから入場しようとするわけで，多ければ多いほど成功であると判

断される。しかしこの愛知万博では，入場者数が予想を上回ったことを単純には喜べない。この万博が最初に算出した1500万人という数字は，周囲の環境を侵さない範囲で建設された施設の許容能力でもあった。環境への負荷を考え，設定した収容目標人数であった。予想を越えた入場者数は，環境への負荷が許容能力を越えたわけで，環境修復を予想以上に考えねばならないということなのである。そのような微妙な配慮を求める環境問題のパイオニア的存在が，ワーズワスである。

3

愛知万博の当初の開発志向計画を大きく変更させる役割を果たしたのは，オオタカの巣が万博予定地に発見されたことであった。それは環境保護運動の機運を高め，会場予定地の変更に大きな役割を果たした。ワーズワスもまた，環境保護運動を行なっている。ワーズワスは，英国湖水地方のウインダミア支線鉄道敷設に反対し，1844年10月12日付の『モーニングポスト』(*Morning Post*) 紙には，「ケンダル―ウインダミア鉄道計画について詠めるソネット」("Sonnet on the Projected Kendal and Windermere Railway." 以下「ソネット」と略す)[1] が掲載された。

> 旅人が憩いながらうっとりと目をやるオレストの山頂から，
> 晴れやかな光景よ，よからぬ兆しをはらいのけよ。
> 美しい自然のロマンスよ，おまえの平和を願って訴えよ。
> そしてたとえ人の心が死んだようであっても，
> 吹き抜ける風よ，語れ。激流よ，力強い声を上げつづけて，
> 邪まな企てに抗議せよ。(「ソネット」II. 9-14)

さらにワーズワスは，同じ年の12月9日に同紙に長文の論文を発表し，重ねてウインダミア支線敷設に反対している。その効果はあり，ウインダミア支線延長は中止された。ワーズワスの運動は，イギリスの誇る自然保護運動，ナショナルトラスト運動の先駆けである。

4

環境万博と呼ばれる愛知万博のテーマは，「自然の叡智」[2] であった。その言葉は，環境万博の核心であるが，それはワーズワスにとっても核心的な言葉である。

ワーズワスの「形成逆転」("The Tables Turned," 1798)[3] という詩は, 次のように「自然の叡智」に学ぶ必要性を説いている。

    聞こえるだろう, 陽気なつぐみの声が。
    あの鳥もくだらぬお説教はしない。
    自然の事物の光の中に出てきて,
    自然をあなたの師としなさい。
    そこには無限の富が用意されている,
    我々の精神と心に祝福を与えようとして
    健康によって呼吸されるおのずからなる叡智
    陽気さによって呼吸される真実が。
    緑の森からの刺激があなたに人間についてより多く教えてくれる
    倫理の善悪について
    あらゆる聖人が教えるよりも。
    自然の役割は甘美だ。
    我々の切り苛む知性は,
    事物の美しい形を台無しにしてしまう。
    我々は, 分析して, 殺してしまう。
    もう科学と人工はたくさんだ。
    空ろな頁を閉じ, 見つめ, 受けとる心をもって
    出ておいで。(「形勢逆転」Ⅱ.13-32)

「緑の森」の「自然」には,「おのずからなる叡智」があり,「人間」について, そして「倫理の善悪」について教えてくれる。自然は「師」である。これらは, 愛知万博が人々に訴えかけたことである。それは必然的に環境保護思想に結びつくが, ここで呼びかけられているのは, 人間としての生き方である。ワーズワスの時代ばかりでなく, まさに現代に切実に必要とされる生き方を, ワーズワスは提示している。自然を人間の営みである文化に対立するものとし, 自然を知り, その知識を応用した技術によって自然を支配することを目指した過去の開発思想に対し, 自然を「師」として謙虚に自然に学ぶ生き方である。

5

愛知万博が環境万博として特色をだすことになったのは, 人々の支援があったか

らであるが，当初の紆余曲折の一端が，愛知万博の万博開催の可能性について調査した万博 BIE（博覧会事務局）調査団に関する次のような記事にも見られる。

> 実務協議で論議になったのは，テーマにうたわれた「Nature's Wisdom（自然の叡智）」という言葉は自然と人間が対立する二元論の欧米人にとって違和感があったようだが，かつて日本で営まれていた里山文化の復活が新たな開発の形態になるという日本側の説明に「刺激的で挑戦的なテーマ設定。万博は新たな意義を見いだすかもしれない」（議長）と理解を示した。（『中日新聞』1997 年 11 月 20 日）

ここに述べられている「自然の叡智という言葉の違和感」とは何であろうか。それについては，「自然と人間が対立する二元論の欧米人」という言葉が端的に説明している。西欧思想では，自然と文化が対立する。そして自然と文明が対立する。「自然の叡智」という言葉に生じた違和感は，自然と叡智の結びつきにあると思われる。愛知万博の当初の計画がそうであったように，またそうであるからこそ批判を受け，環境万博という形に落ち着いたのだが，開発ということがあった。まだ発展途上国が多く，その国々は開発を求めているのである。その場合の思想の根底には，自然＝野蛮という思想がある。18 世紀以来，都市は自然に対立するものとなる。都市は文明であり，帝国主義の 19 世紀となると，都市文明と野蛮の対立が強く意識され，自然は野蛮なものとなる。野蛮に叡智は結びつかない。「自然の叡智」とは，奇異なものと感じられ，「違和感」が生じるのであると思われる。

17 世紀の科学革命以来，科学は自然の法則の発見を目指した。自然界には，神の言葉としての自然の法則があった。これらは，「自然の叡智」にふさわしいものである。この科学の考え方が文学に反映したのが，18 世紀の古典主義である。古典主義は，ギリシアローマの古典を尊重する。古典主義の世界では，自然を理想とするが，自然は理性であり，秩序であり，法則であった。この場合の「自然の叡智」は理性であり，秩序であり，法則である。自然界は，時計のように正確に法則に貫かれていると考えていた。人間もそうである。人間の理性が法則であった。それが自然であった。これに対抗する思潮が 18 世紀後半に生じた。ロマン主義である。これも，自然に忠実であることを標榜する。しかしこの自然は秩序ではない。理性ではない。感情である。奔放な感情の表出が理想となる。自然とはあるがままの感情の吐露を目指す。そこでの「自然の叡智」とはいかなるもの

であろうか。

　ワーズワスはロマン主義の詩人である。彼の詩観を典型的に示す言葉が、「詩とは力強い感情のおのずからなる流出」という言葉である。

　「力強い感情のおのずからなる流出」について、詩人は次のように述べている。

　　私は、詩は力強い感情のおのずからなる流出であると言った。それは、静かな時に思い起こされた感情に起源がある。その感情は瞑想されている間に、ついにはある種の反動によって、静けさが徐々に消え去り、瞑想の対象となる感情と類似した感情が、徐々に生み出され、それ自体で現実に精神に存在するようになる。(『ワーズワス散文集』II. 82)

　溢れ出る感情ではあるが、それは瞑想で生じる感情である。日常で経験される、なまなましい、奔放な感情ではない。瞑想では、過去の経験を想起し、過去の経験で生じた感情を追体験する。しかし瞑想で生じる感情は過去に体験した感情と同一ではない。瞑想では、想像力が働く。想像力は、「われわれの本性の永遠の部分を喚起し、支える」(『ワーズワス散文集』II. 141) ものである。想像力は、つかの間に転変する皮相で軽薄な事象に関係するのではなく、不変で永続的な、真に重要で深い意味をもつ事柄に関係する。想像力の働きのもとに生じる感情が、「力強い感情のおのずからなる流出」の感情である。「力強い感情のおのずからなる流出」は、自分の内の感情でありながら、自分でどうにもならない、それ自体自律の感情の流出である。自分ではコントロールできない。しかしそれは「われわれの本性の永遠の部分」から「おのずから」溢れる感情であるから、制御できないのである。詩「形勢逆転」で述べられた、われわれの「美しい事物を台無しにし」、「切り苛む知性」ではどうにも制御できない、「力強い感情」である。その人間のうちでありながら、人間の力を超えた感情に満たされるとき、「おのずからなる叡智」も見出されていると考えられる。

6

　ワーズワス以来の環境倫理思想が環境保護に果たした役割について、中村良夫の『風景学入門』に、次のような指摘がある。

　　ワーズワス以降の西洋の自然詩人にも、環境問題の倫理性はよく意識されていた。「自然をして汝の師たらしめよ」を合ことばとし、「田舎に一週間滞

在することは教会に行くことと同じであった」のである。
　　要するに，人間は，自己をとりまく環境に対する愛惜と共感を研ぎ澄ましつつ，その結果，自分が何者であるかを悟らされ，自己と環境の同時的倫理変容をとげてきた，といってよい。
　　現代の生態学的危機に対処するにあたって，自己は環境の恩沢によってはじめて光り輝くという倫理的態度が環境制御に果たしてきた役割を再認識したい。環境形成にあたって，風景への愛着という環境に対する「共感」に根ざした倫理的気概が示されれば，それがわたしたちの生活様式を導き，ひいては環境を浪費することが避けられるかもしれない。(189-190)

ここに「人間は，自己をとりまく環境に対する愛惜と共感を研ぎ澄ましつつ，その結果，自分が何者であるかを悟らされ，自己と環境の同時的倫理変容をとげてきた」と述べられている。「自己と環境の同時的倫理変容」という言葉が重要である。この「人間と人間を取り巻く環境の相互関係、相互作用」を扱うのが生態学，エコロジーである。「エコロジー」という言葉について，『環境思想キーワード』に次のような説明がある。

　　この言葉は，1866年ヘッケルによってギリシア語のオイコスとロゴスを語源にしてつくられた。彼は，生物の種は相互依存・対抗関係にあるというダーウィンの考えを受け継ぎ，形態学や生理学のほかに，生物が環境や他の生物と相互作用するありさまを研究する学問の必要性を主張した。この学問によって生物と環境は生態系を形成し，自然環境のなかで比較的安定的な平衡状態に達することが明らかになった。(12)

「生物が環境や他の生物との相互作用するありさまを研究する学問」がエコロジーであるが，先に引用した「自己と環境の同時的倫理変容」という言葉は，人間とその環境が相互作用によって変容すること，特に倫理的に変容することが述べられている。この「自己と環境の同時的倫理変容」ということを体験し，それを詩に表現したのがワーズワスである。
　ワーズワスに「木の実拾い」("*Nutting,* "1800) という詩がある。それは1798年から99年に書かれて，1800年に発表された。ワーズワスらしい思想の表現された詩である。少年ワーズワスは，木の実取りに出かける。それは，神々しいほどに晴れわたった日だった。子供っぽい願いにせかされるように，戸口から大き

な袋を肩に木の実取りのかぎ杖をもって,家を出て森に向った。道のない岩を越え,密生したシダやまといつく藪を抜け,だれも今までに訪れたことのない,辺鄙なところに至る。そこには,ハシバミがまっすぐ高く屹立していた。人跡未踏の地だった。少年は嬉しさで呼吸もできない状態でしばらく立っていた。賢明な自制心を働かせながら,木々の下,花々の中に座り,花々と戯れた。そこは,木々の下で人目にふれず,すみれが咲き,散る木陰だった。清らかなせせらぎが,永遠に続くように果てしなく聞こえた。木陰で緑の苔に覆われた石に頬をあて,気持ちよく,せせらぎのささやきを聞いていた。無垢な楽園のような森の中で少年は戯れる。そして少年は突然変容する。

　　　　　　　　そのとき,私は立ち上がった。
　そして枝と茂みをすさまじい音と情け容赦のない激しさで
　地面に引き下ろした。ハシバミの片隅の場所,
　緑の苔の生えた木の下の場所は,ゆがみ,傷つき,
　我慢して,静かな生活を諦めた。
　今,私の現在の気持ちを過去の気持ちと混同していないとすれば,
　この上なく豊かな気分で勝ち誇って
　手足を切られたその木の下の場所から戻る前に,
　その沈黙したままの木を見たときに,ぼくは痛みの感覚を感じた。
　そして空が迫りくるのを見た。
　心を静めて,乙女よ,木陰を行きなさい。
　やさしい手で触れなさい
　森には霊がいるから。(「木の実拾い」Ⅱ．43-56)

　ワーズワスをエコロジストと呼び,「心・精神のエコロジーの詩人」と呼ぶW・ジョン・コレッタは,ジョイ・A・パルマー編『環境の思想家たち』において,ワーズワスの「木の実拾い」という詩について,次のように述べている。

　　「木の実拾い」では,ハシバミの影ができる片隅の場所を少年が「乱暴なやり方で処置」した結果,これらの木々は「我慢して,自分たちの静かな生活をあきらめる」。だが,少年が言う。「手足を切られたその木の下の場所から戻るまえに」,「その沈黙したままの木々を見たときに,ぼくは痛みの感覚を感じた」。…これらの木々は,かつては,たんにロマンチックな「片隅の場所」

あるいは「木の下の場所」でしかなかったのだが、いまや個体性をもった存在になっている。ひとつの身体（その少年の内側の身体）が、他の身体（外側の木々である身体）を「誘発する」。そして、またその逆のことが起こる。さらに重要なことは、少年の内側の身体、彼の痛みがそこから発するかれの内臓は、外部の自然界たる「身体」、「ハシバミの影のできる片隅の場所」の生命力と同様に、彼にとって神秘的であり、彼自身のコントロールがおよばない、ということである。(152-154)

　ここで、少年とハシバミとの「相互作用」のなかで、ハシバミも少年も変容している。それぞれ「個体性をもつ存在になっている」。ハシバミは乱暴された。ハシバミは植物であるが、少年はその「痛み」を感じている。ハシバミは「痛み」のある存在に変容し、その「痛み」を詩人は感じている。そこには、詩人の内面が投影されていると考えられる。そしてコレッタは、その「痛み」を、ハシバミの生命力と同じように少年はコントロールできないと言う。その「痛み」は、少年の「内側の身体」から発しているものである。この「痛み」は、倫理である。この倫理が、「形成逆転」で言われた「倫理の善悪」であり、「おのずからなる叡智」である。自分のコントロールのおよばぬ、自分のなかの神秘から発した「おのずからなる叡智」であり、「善悪の倫理」である。「森」の中で、ハシバミと少年の相互作用、それぞれの身体が変容する「自己と環境の同時的倫理変容」により体感された「自然の叡智」である。
　中村の言う「自己と環境の同時的倫理変容」の過程で、「自分が何者であるかを悟らされる」体験は、ワーズワスの「内側の身体」による体験であるが、「内側の身体」が体験した環境との間に相互作用を行なうさまが、1798年に書かれた「ティンタン僧院から数マイル上流にて詠める詩」("Lines Composed a Few Miles above Tintern Abbey, on Revisiting the Banks of the Wye during a Tour," 1798. 以下「ティンタン僧院」と略す）に描かれている。
　1793年、詩人は「愛するものを追うよりは恐ろしいものから逃げる者」（「ティンタン僧院」II. 70-2）としてワイ川に来た。ワイ川に行き着く前に通過したストンヘンジで、恐ろしげな太古の人間が戦争をする情景を見る幻想体験をする。ストンヘンジの太古の戦争の幻想は、直前の英国の対仏戦線布告の衝撃が原因である。フランス革命に共鳴していたワーズワスにとって、英国のフランスへの戦線布告とワイト島で見た、戦争に向けて出航準備をする軍艦は、恋愛に悩む不安定なワーズワスを根底から揺さぶるもので、ワーズワスはイメージを生み出す

感情と想像力が狂乱といえるほど活発に活動する状態のまま，テインタン僧院に沿って流れるワイ川に来た。煩悶し，奔放な感情の交錯するワーズワスの見た，ワイ川沿いの光景は，次のようなものであった。

　　轟く滝が，熱情のように私につきまといついた。
　　高い岩，山，深く陰鬱な森，その色や形は，
　　そのとき，私にとって欲求であった。
　　感情であり，愛であった。そしてそれは，
　　思想によって与えられる高遠な魅力も必要でなく，
　　目に由来しない興味も必要でなかった。(「ティンタン僧院」Ⅱ．76-83)

　不安に駆られていた詩人は，不安と絶望からの逃避の場を求め，「高い岩，山，深く陰鬱な森」が「欲求」であり，「感情」であり，「愛」であると言う。岩や山や森は，詩人の内面の投影となっている。投影の前には岩や山や森がまず詩人の感覚を刺激し，知覚され，そして岩や山や森に詩人の内面が投影された。それは，外なる自然と詩人の内面の相互反応による世界である。ただ，そこには精神性はなかった。生命の溢れるままの欲求であった。感覚的なもので，「高遠な魅力」はなかった。「木の実拾い」の詩の少年も突然，衝動にかられた。それは衝動的欲求であった。根本的には，少年ワーズワスと青年ワーズワスは同じ状態にいる。「木の実拾い」の少年は，風景に対する残忍な行為によって，即座に倫理的「傷み」を感じる体験をした。それは，「自己と環境の同時的倫理変容」であった。それに対し，ワイ川体験は時間とともに精神性を深めていく。「倫理変容」が，時間を経てなされるのである。ワイ川体験の精神性を深めたのが，都会での瞑想であった。
　都会で，岩や山や森は「美しい風景」として想起される。ワイ川沿いの風景が変容し，詩人も変容する。相互作用の結果，ワーズワスは恍惚体験をする。

　　あの安らかな淨福の気分，
　　それに浸るとき，情愛がわれらを穏やかに導き，
　　ついにはこの肉身の息づかいも，
　　われらの人間の血の動きもほとんど停止し，
　　われらの肉体は眠り，われらは生ける魂となる，
　　その時、調和の力と喜びの深い力によって

静められた目で，われらは事物の生命を見通す。
(「ティンタン僧院」II. 37-49)

通常の身体が眠ってしまう。これはまさに「内側の身体」についての描写である。自他を区別し，「分析して，殺してしまう」(「形勢逆転」l. 28) 自我は，眠っている。生き生きしているのは，イメージであり，感情である。「われわれの本性の永遠の部分」(『ワーズワス散文集』II. 141) が働く。「生ける魂」は，想像力を働かせる。そして想起された事物は，その本質的様相を示し，ワーズワスは本質を見通す。「自分が何者であるか」(『風景学入門』190) 悟ることができるのである。その経験を経て，5年後ワイ川を再訪した詩人は次のように言う。

　私は高遠な思いによる喜びで私を揺すぶる
　ある存在を感じるようになった。遥かに深く
　浸透したあるものの崇高な感じであった。
　そのものの住処は，日没の光であり，
　円を描く大洋であり，生ける大気であり，
　青空であり，人間の精神である。
　それは，あらゆる思考するもの，あらゆる思考の対象を
　動かし，あらゆるものを貫いて動く，
　運動であり，霊であるものだ。(「ティンタン僧院」II. 93-102)

「大洋」や「日没」や「大気」，そして「人間の精神」にもすまう，「考えるもの」，「考えられるもの」，「すべてを，万象をつらぬくもの」であり，固定したものでなく，「運動」であるという「あるもの」を高揚感とともに感得する。それは「霊」とも呼ばれる。これは，想像力のことである。想像力は，詩人と詩人をとりまく環境との間の相互作用のうちに働く。それゆえ，想像力は「大洋」，「日没」，「大気」そして「人間の精神」にすまうものと言えるのである。想像力は「運動」そのものである。すべてとともに働き，普遍に存在するゆえに，「霊」と呼ばれる。そして詩人は，確信を述べる。

　だからこそ私は今も
　牧場と森，また山々を愛する。
　この緑なす大地に見るすべてのもの，

目と耳に訴える壮大なる全世界，
　　目と耳が半ば創造し，また知覚するもののどちらをも愛し，
　　自然と感覚の言語の中に，
　　私のもっとも純粋な思いの支え，
　　私の心を養い，導き，守ってくれるもの，
　　また私の全倫理的存在の精髄を認めて
　　十分に心足りる。(「ティンタン僧院」Ⅱ. 102-111)

　詩人の世界は，目と耳が半ば創造し，知覚する世界である。人間の知覚は，環境そのままを知覚しない。そこに創造性が入る。知覚が半ば創造する世界なのである。そしてそれが想像力の働く世界である。想像力の世界は，人間と人間をとりまく環境の相互作用の世界である。ワーズワスは，「内と外との互いに高めあう相互作用」(『序曲』XII. 376-377) と言っている。環境が人間に働きかけ，それを受けて感覚は「半ば創造」して，環境に内面を投影する。ともに「倫理変容」をする。それがさらに高まり，深まり，精神性を豊かにしていく。そのような創造的な世界において，「自然の叡智」は体感されるのである。

7

　愛知万博の愛称は，「愛・地球博」であった。この標語も，これからの地球や人間にとって何が大切かを示している。地球環境や人間になによりも必要なのが，愛である。ワーズワスがワイ川を再訪して再確認したのは，自分が「森」や「山々」そして「緑なす大地に見るすべてのもの」，すなわち自然を愛する者だということであった。ワーズワスが2度のワイ川訪問で得た豊かな，崇高な世界は，ワーズワスに愛があったから得られたのである。自然を愛する者に，自然は裏切ることなく，豊饒な世界を与えてくれる。「自然の叡智」は，自然を愛する者に見出されるのである。

注

[1] *Prose Works of William Wordsworth*, ed. Alexander B. Grosart. New York: AMS Press, 1967, II. 323. 以下，『ワーズワス散文集』と訳す。
[2] 2005年日本国際博覧会協会，愛・地球博公式ガイドブック，財団法人2005年日本国際博覧会協会，2005, 3.
[3] ワーズワスの短編詩は，*The Oxford Authors : Wordsworth Poetical Works*, ed.

Thomas Hutchinson, rev. Ernest de Selincourt (London：Oxford UP, 1967) からの引用である。

引用文献

尾崎周二, 亀山純生, 武田一博（編著）, 『環境思想キーワード』東京：青木書店, 2005.

中村良夫, 『風景学入門』東京：中央公論社, 1994.

2005年日本国際博覧会協会, 愛・地球博公式ガイドブック, 財団法人2005年日本国際博覧会協会, 2005.

ジョイ・A・パルマー（編）, 須藤自由児（訳）, 『環境の思想家たち』東京：みすず書房, 2004.

Prose Works of William Wordsworth, ed. Alexander B. Grosart. New York：AMS Press, 1967.

The Oxford Authors：Wordsworth Poetical Works, ed. Thomas Hutchinson, rev. Ernest de Selincourt. London：Oxford UP, 1967.

Wordsworth The Prelude or Growth of a Poet's Mind (Text of 1805), ed. Ernest de Selincourt. London：Oxford UP, 1969.

John Shepherd's Shepherding in Jane Austen's *Persuasion*

David Dykes

1. Introduction

In recent years I have been working on an apparatus to analyse degrees of 'sureness' projected into passages of dialogue or monologue. We can generally sense when a stretch of text is guarded or assertive, but it is difficult to put a finger on where this kind of effect comes from. Modal verbs and adverbs, marked vocabulary, discourse markers, and actual or guessed intonation all play a part in supporting it. But the mere presence of such features is no guarantee that a 'sureness' effect will occur. And effects can occur in the absence of 'features'.

One example of this appears early on in Jane Austen's *Persuasion* (1998 [1818]), when John Shepherd, 'a civil, cautious lawyer', hints at an idea of finding a retired naval officer as a tenant for the ancestral home of Sir Walter Elliot:

> "… Many a noble fortune has been made during the war. If a rich Admiral were to come in our way, Sir Walter—"
> "He would be a very lucky man, Shepherd," replied Sir Walter, "that's all I have to remark. …" (chap. I.3)

While there is no obvious use of discourse marking here, Sir Walter's rerouting of the statement from *we should be lucky* to *he would be lucky* throws a switch in the value perception from 'our good luck' to 'his', reorients the exchange from 'you're telling me' to 'I'm telling you', and revalues it from suggesting to asserting.

In what follows, I outline my method for describing such effects, and then apply it to an analysis of the dialogue passage in which this quotation occurs.

2. The 'sureness' in statements

The word *sure* is used not so much to describe any particular quality of what it is we are sure of, as in affirmation of our sense of assurance. In this, it resembles other evaluative words such as *right, good, beautiful* and *true*, but has a special association with a mind made up and with security. It can also be regarded as obliquely implied in other evaluative judgements, in the manner *(surely) right, (surely) good* etc.

In the above exchange, '*in our WAY*' would generally be spoken with a rising tone (↗), while '*very lucky MAN*' would be given a falling tone (↘). As Michael Halliday puts it (2004: 16), 'the rising tones suggest non-finality, whereas the fall sounds (and, in fact, is) culminative'. David Brazil (1997) calls these tone functions 'referring' (R) and 'proclaiming' (P), respectively, and recognises modulations of 'fall-rise' (↘↗), in which, for example, some point is queried or checked for agreement, and 'rise-fall' (↗↘), in which something is referred and proclaimed in one go, as in an announcement or exclamation.

Brazil's account may be too directly interactive to explain all usage, but the idea that speakers signal the introduction and progress of their agenda points in this way is attractive. While keeping his R and P symbols, I wish to extend the principle to take in 'raising' and 'pushing' signals more generally, to serve not only for the monitoring of talk topics, but also for arguing whether formed propositions are relevant, desirable, complete or polite. In this way, R and P might amount to an all-round technique of 'making sure'.

It would be easy to represent R and P moves in a diagram, as force arrows going beyond or stopping short of a line of 'sureness'. Modulations between ↗ and ↘ could then be understood as hesitations or engagements around this critical line:

Yes	+ ● +		All settled
	↑	P+	
Sure?	+ ◎ ?		*Critical line*
	↑	R+	
Yes? / No?	? ○ ?		All open

To make this diagram applicable to discourse systems other than intonation, we would next have to account for the bands of *yes?* / *no?*, *sure?* and *yes* that the R and P moves are bounded by. We can begin by noticing the match they make with the three distinctive functions performed in English by questions (my classification of these is adapted from Francis and Hunston 1992):

1. *Will a rich Admiral come in our way?*
2. *A rich Admiral will come in our way, don't you think?*
3. *Who is the rich Admiral who will come in our way?*

Type 1 here is a 'yes/no' question that raises a proposition and asks whether it holds, type 2 is a 'tag' question, pushing for a particular answer, and type 3 is a 'w' question, which takes the 'yes/no' issue as settled and dwells on the circumstances or contents. So far as the 'yes/no' issue is concerned, this type 3 question could also be replaced with a categorical statement such as *a rich Admiral comes in our way*.

As positive and negative outcomes are both possible, the force diagram extends to both sides of the *yes?* / *no?* question, which is thereby turned into a neutral axis (the vocabulary—*will, rich, come in our way*—is not neutral, of course). The labels 'conceivable', 'questionable' and so on are my attempt to sort the R and P forces by *yes* and *no* polarity.

Yes	+ ● +		*A rich Admiral comes in our way.*
Unquestionable	↑	P+	
Sure?	+ ◎ ?		*A rich Admiral will come in our way, you think?*
Conceivable	↑	R+	
Yes? / No?	? ○ ?		*Will a rich Admiral come in our way?*
Questionable	↓	R–	
Sure?	– ◎ ?		*There won't be a rich Admiral coming in our way?*
Inconceivable	↓	P–	
No	– ● –		*No rich Admiral comes in our way.*

From here, it is not difficult to imagine the sort of statements that would do the equivalent work of R and P tones on the yes and no sides of the centre axis:

Yes	+ ● +		ONE DOES
Unquestionable	↑	P+ *Some rich Admiral's bound to come in our way.*	
Yes?	+ ◎ ?		SURE?
Conceivable	↑	R+ *Suppose a rich Admiral were to come in our way.*	
Yes? / No?	? ○ ?		WILL ONE?
Questionable	↓	R− *I doubt if any rich Admiral will come in our way.*	
No?	− ◎ ?		SURE?
Inconceivable	↓	P− *Of course there won't be a rich Admiral coming.*	
No	− ● −		NONE DOES

There is no simple way of distinguishing these statements by form. Yet when we hear or read a statement in context, it is usually not too hard to sense when an agenda point is being 'raised' or 'pushed', stated as new, or observed as evident. The following four probe questions—two for the state of the hearer/reader, and two for the commitment of the speaker/writer—can be used for sorting them functionally:

Probe questions
    (H = hearer/reader, S = speaker/writer, C = content in focus)
    Q1. Is H presented as actively aware of C?
    Q2. Is H presented as actively accepting of C?
    Q3. Is S presented as uncommitted to the acceptability of C?
    Q4. Is S presented as committed to the acceptability of C?

Probe outcomes
    Q1. No → Q2. Yes : <observing>
    Q1. No → Q3. Yes : <suggesting>
    Q2. No → Q4. Yes : <asserting>
    Q1 – 4.   No : <stating>

R± and P± statements are not independent. They often derive their spring from being used contrastively. We can 'feel' this by combining them into repartee:

R+→R+ Conceivable: *Suppose a rich Admiral were to come in our way.*
           Conceivable: *Suppose one were.*

R+→R− Conceivable: *Suppose a rich Admiral were to come in our way.*
           Questionable: *I doubt if any will.*

R+→P+ Conceivable: *Suppose a rich Admiral were to come in our way.*
           Unquestionable: *One's bound to.*

R+→P− Conceivable: *Suppose a rich Admiral were to come in our way.*
           Inconceivable: *Of course there won't be a rich Admiral coming.*

Assuming John Shepherd meant 'if a rich Admiral were to come in our way' as R+, he must have hoped for a development like R+→R+, or at worst R+→R−. What he in fact got was R+→P+, only not from the interest perspective of Sir Walter as a businessman, but from an idiosyncratic one (for this age when Nelson was a national hero) of the enriched Admiral as a pirate:

Conceivable: *If a rich Admiral were to come in our way, Sir Walter—*
Unquestionable: *He would be a very lucky man, Shepherd, that's all I have to remark. A prize indeed would Kellynch Hall be to him; rather the greatest prize of all, let him have taken ever so many before – hey, Shepherd?*

Bearing in mind that prejudices against seamen, and over-confidence on the part of seamen, are two of the 'persuasions' that characters in this novel need to be cured of, analysis of this kind might prove to be of more than purely semantic interest.

3. A more extended analysis

Let us now attempt a fuller analysis of the opening of the dialogue between John Shepherd and Sir Walter Elliot, asking whether ideas are <suggested>, <asserted>, <observed> or <stated>. We shall look at the first four paragraphs of chapter I. 3, down to where the proposal to lease Kellynch Hall to a navy officer gets settled by default (p. 19, l. 9: *Sir Walter only nodded*).

Here are the first three paragraphs, including the exchange quoted earlier:

> "I must take leave to observe, Sir Walter," said Mr. Shepherd one morning at Kellynch Hall, as he laid down the newspaper, "that the present juncture is much in our favour. This peace will be turning all our rich Navy Officers ashore. They will be all wanting a home. Could not be a better time, Sir Walter, for having a choice of tenants, very responsible tenants. Many a noble fortune has been made during the war. If a rich Admiral were to come in our way, Sir Walter—"
>
> "He would be a very lucky man, Shepherd," replied Sir Walter, "that's all I have to remark. A prize indeed would Kellynch Hall be to him; rather the greatest prize of all, let him have taken ever so many before?—hey, Shepherd?"
>
> Mr. Shepherd laughed, as he knew he must, at this wit, and then added,
>
> ...

To start with, let us note that Shepherd calls his part *observing*, while Sir Walter claims to be *remarking*. The narrator speaks of Sir Walter *replying* with wit, which is confirmed with some reserve by Shepherd's laughter.

Shepherd's *I must take leave* is a special sort of <assertion>: a protestation of deference. As *a civil, cautious lawyer*, (p. 6), Shepherd routinely starts speeches in this way. Similarly, an introductory remark by the narrator, that '*whatever might be his hold and his views on Sir Walter, he would rather have the disagreeable prompted by any body else*' (ibid.), seems to be reflected in his indirect approach to the subject of rich navy officers, by way of a press report of the 1814 peace treaty, which he foresees will lead to a laying off of ships and men. *This peace will be turning all our rich Navy Officers ashore* is thus <observed>, and can easily be taken that way by Sir

Walter.

The common ground does not extend much further, however. The reason for saying *the present juncture is much in our favour* is not evident, but depends on the added insight that *they will be all wanting a home*. By my reading, *the present juncture is much in our favour* is preemptively <asserted>, while *they will be all wanting a home* is expertly <stated>. For a real estate agent like Shepherd, both of these statements might be obvious, and he may be flattering Sir Walter by crediting him with similar knowledge. But more importantly he is warming him to the general idea of leasing to a navy officer before confronting him with an actual deal. The prompt arrival of an application from Admiral Croft just after the point of principle is settled (p. 21) suggests that a rapport between Shepherd and the admiral already exists.

Could not be a better time for having a choice of tenants is a <re-assertion> of the same idea in business language. It is more complex than it appears, for alongside the P+ track (unquestionable) stressing the present advantage there is also a less apparent P– track (inconceivable) discouraging delay:

Unquestionable: *Could not be a better time for having a choice of tenants.*
Inconceivable: *Could not be a better time for having a choice of tenants.*

Shepherd's next challenge is how to lead the talk round to more concrete concerns without arousing Sir Walter's prejudices against social climbers in general and navy officers in particular. To forestall disagreement, Shepherd uses <assertions> and <observations> (*very responsible tenants, many a noble fortune has been made during the war*) using adjectives that indifferently fit naval service, rent payment and aristocratic dignity. He slips on *fortune*, however, by treating it as *made*, not guarded. As we saw above, this hands Sir Walter his chance to construe admirals as pirates.

We need not make too much of this, though, for Shepherd's 'hold on Sir Walter' lies less in words than in the facts of Sir Walter's insolvency. All the lapse actually costs Shepherd is the option of remaining indirect. With that gone, the beginning and end of his next speech (underlined below) show an uncharacteristic <asserted> firmness:

Mr. Shepherd laughed, as he knew he must, at this wit, and then added,

"I presume to observe, Sir Walter, that, in the way of business, gentlemen of the navy are very well to deal with. I have had a little knowledge of their methods of doing business, and I am free to confess that they have very liberal notions, and are as likely to make desirable tenants as any set of people one should meet with. Therefore, Sir Walter, what I would take leave to suggest is, that if in consequence of any rumours getting abroad of your intention—which must be contemplated as a possible thing, because we know how difficult it is to keep the actions and designs of one part of the world from the notice and the curiosity of the other, —consequence has its tax—I, John Shepherd, might conceal any family-matters that I chose, for nobody would think it worth their while to observe me, but Sir Walter Elliot has eyes upon him which it may be very difficult to elude—and therefore, thus much I venture upon, that it will not greatly surprise me if, with all our caution, some rumour of the truth should get abroad—in the supposition of which, as I was going to observe, since applications will unquestionably follow, I should think any from our wealthy naval commanders particularly worth attending to— and beg leave to add, that two hours will bring me over at any time, to save you the trouble of replying."

Sir Walter only nodded. ...

Apart from one experience report that is <stated> (*I have had a little knowledge* ...), the other opening statements are all <asserted>, two of them as deference protestations, and the others in rebuttal of Sir Walter's view of sailors as wealth and status chasers. The *particularly worth attending to* part at the end may be either <suggested> or <asserted>, depending on how much weight we allow to *I should think* (or *I would take leave to suggest*). *Two hours will bring me over at any time* is also <asserted>, as a concluding service quip. A fair summary of this outer speech skeleton, therefore, is that it expresses professional reassurances and assurances.

In contrast, there is disruption in the middle, setting in at—*which must be contemplated* and repaired at *in the supposition...* Accounting for this, and joining up the beginning and end in spite of it, will be our analysis task.

The disruption arises in the condition sequence, *if in consequence of any rumours getting abroad of your intention...* Conditions are typically <suggested>. To see why things go wrong here, we can go back a chapter to where Sir Walter first faces the idea of letting his house. To minimise the indignity of it, he forbids advertising, or even hinting, that he needs a tenant: *it was only on the supposition of his being spontaneously solicited by some most unexceptionable applicant, on his own terms, and as a great favour, that he would let it at all* (p. 16). Any approach Shepherd may make to a prospective tenant contravenes this condition. But with no approach, a house cannot be let. It is this contradiction, arising from the rift between aristocratic and commercial values, which leads also to the breakdown in speech.

As in the previous case of *many a noble fortune*, the heart of the problem lies in the awkwardness of running an argument down business and aristocratic tracks simultaneously. Advertising, in business, only distantly resembles aristocratic 'fame'. *Rumours getting abroad* is Shepherd's attempt to cover both, and does add cachet to advertising. But viewed from the aristocratic side it is vulgar, and suggestive of just the sort of hint dropping that Sir Walter rejects.

Jane Austen does not describe Sir Walter's facial reactions, so whether he flushes at the <suggestion> *in consequence of any rumours getting abroad* (R+) is impossible to know. But it is here that Shepherd comes off the argument rails which would have led via *[if] applications should follow* (R+) to something like *I should think any from our wealthy naval commanders particularly worth attending to* (P+ or R+). Even if Sir Walter does not react here, Shepherd senses enough danger to make him change course. In R and P terms, he changes from R+ moves to the containment of P+ and P– ones, which he grounds in <observations> including proverbial sayings, that is to say <observations> of the most unchallengeably robust social sort:

> ... (R+) if in consequence of any rumours getting abroad of your intention—(P+) which must be contemplated as a possible thing, (<obs>) because we know how difficult it is to keep the actions and designs of one part of the world from the notice and the curiosity of the other,—(<obs>) consequence has its tax—...

Alongside the general change of tone here from R to P, it is curious, too, to notice the flip in the sense of the word *consequence*. From a dynamic liberal view of profit as a *consequence* of *rumour* (advertising), we revert to a static conservative one of *rumour* as a tax on *consequence* (fame).

It might be feasible from here to revert straight back to the conditional argument, but in the course of managing Sir Walter, Shepherd takes a more gradual path by way of a contrast between the freedom of obscurity in his own case and the obligations of fame in Sir Walter's, still using <assertions> grounded in <observation>, but with an added local accent of <suggestion> (*might conceal*). In the other half of the contrast, concerning Sir Walter, the <suggesting> tone is amplified (*may be very difficult to elude*) leaving it uncertain whether P or R is dominant. The topic of the contrast—impossibility of concealment—can then be given autonomy, assuring a return at last to the <suggestion> (R+): *if some rumour of the truth should get abroad*:

> ... (P+) I, John Shepherd, might conceal any family-matters that I chose, (<obs>) for nobody would think it worth their while to observe me, (<obs>) but Sir Walter Elliot has eyes upon him (?R–) which it may be very difficult to elude—(P+) and therefore, thus much I venture upon, that (P–) it will not greatly surprise me (R+) if, [(<obs>) with all our caution,] some rumour of the truth should get abroad –

A rough argument repair then follows (*in the supposition of which ...*), issuing in an <assertion> (P+) that *applications will unquestionably follow*. Whether this is a straight *consequence of rumours getting abroad*, or more a function of what *will not greatly surprise* John Shepherd, is left in doubt. But the conclusion that applications from *our naval commanders* [are] *particularly worth attending to* remains the same in either case, and, if read with <asserted> force, can be taken as a reinstatement of the previous argument subverted by Sir Walter:

> Conceivable: *If a rich Admiral were to come in our way, Sir Walter—...*
> Unquestionable: *I should think any [such] particularly worth attending to.*

3. Conclusion

Page space has not allowed a full demonstration of the analysis method, but I hope to have conveyed the idea that modal 'tones' of 'raising' and 'pushing' can be identified in statements, descriptions and dialogues, provided these are read interactively and in context. I do not mean to suggest that there is one right standard for fixing modal tones, still less for interpreting their context. But when one principle replaces another, different values will appear for, e.g., a dialogue move such as *if a rich Admiral were to come in our way*. Of course the constraints imposed by the features and environment of a text will tend to permit and favour some sorts of readings, while inhibiting others.

Just classing a segment of language as <suggested> or <asserted>, <stated> or <observed> may seem too broad a basis for a contribution to textual criticism. Yet that need not be so when these classes are related to fine distinctions of wording, such as between *having* or *making* a noble fortune, or between rumours that *tax* famous people and rumours that *lead to* market deals. Where differences of this sort are pinpointed, valued and 'intoned' using the methods we have looked at, an endless range of effects can be created, some of which reach to the heart issues of a work, such as, in *Persuasion*, the ideological contest between liberalism and landed conservatism. If I had tried instead to compare, say, firmness and pliability of will in a dialogue between major characters in the same novel, I am confident that the results would have been of comparable interest.

More refinements are needed before this apparatus can be fully operable. But if it appears it has any promise, that is a fair enough start.

References

Austen, J. 1998 [1818]. *Persuasion*. London: Penguin Books.

Brazil, D. 1997 [1985]. *The Communicative Value of Intonation in English*. Cambridge: Cambridge University Press.

Francis, G. and Hunston, S. 1992 [1987]. 'Analysing everyday conversation', in Coulthard, M. (ed.). *Advances in Spoken Discourse Analysis*. London: Routledge.

Halliday, M. 2004. *An Introduction to Functional Grammar*, 3rd ed. London: Arnold.

『大いなる遺産』に見られるイメージとその表現

吉田　恒義

1

　『大いなる遺産』(*Great Expectations*, 1860-61) はチャールズ・ディケンズ (Charles Dickens) の後半期の代表作である。主人公のピップ (Pip) は両親を亡くしているため姉夫婦に育てられており、将来は姉の夫ジョー (Joe) のもとで鍛冶屋として働く予定であった。ある日、鍛冶屋見習い中のピップに遺産の話とロンドンでの紳士修行の話が転がり込む。彼はこの話を有難く受け入れ、大きな期待を胸に抱いてロンドンで紳士修行をする。だが遺産の真の贈り主が判明すると、紳士になるというピップの夢が瞬間にして破れてしまう。彼は幻滅を味わいながらもそれを乗り越え、精神的に成長していく。この作品は以上の内容の話を大人になったピップが自分の過去を振り返りながら一人称で語る形式をとっており、自叙伝的小説である。主人公ピップの精神的発達をテーマとした物語というのがこの作品の標準的な読み方である[1]。

　ピップは幼い子どもの頃から青年期にいたるまでの過程の中で、さまざまな場面に遭遇し、さまざまな人物に出会う。そのうちの多くの場面描写、人物描写には概して暗い色調が漂っている。霧深い沼地にある教会の墓地で、幼い純真な少年が監獄船から脱走してきた囚人に捕まり脅される場面や、サティス・ハウス (Satis House) の真っ暗な部屋の内部、またこのサティス・ハウスに住んでいるミス・ハヴィシャム (Miss Havisham) の外見描写などは暗い。これらの描写によって生み出されたイメージが、全体的にこの小説の世界をグロテスクなものにしている。グロテスクな雰囲気はさまざまなイメージによって生み出されており大変印象的である。作品中のさまざまなイメージは、ディケンズのいかなる表現によって効果的に生み出されているのかを作品のテーマとも関連させながら論考したい。

2

　『大いなる遺産』は、幼いピップがクリスマス前日の夕方、家の近くの沼地の教会の墓地で孤独感に襲われて泣いている場面から始まる。両親の墓の前で泣い

ているピップは，近くで身を隠していた脱獄囚マグウィッチ（Magwitch）に捕らえられてしまう。沼地の教会墓地を背景にした，純真な子どもと逃亡中の囚人との遭遇は，異様な雰囲気を漂わせる。子どもと囚人との不調和な組み合わせによって生まれた異様な雰囲気は，霧がかかった沼地の教会という背景によって一層強められている。小説の書き出しの部分は，その小説全体の色調をある程度まで決定的なものにしてしまうということを考えると，沼地の描写は重要である。したがって沼地のあたりの情景描写をまず見てみたい。

　ピップとの遣り取りの中で，ピップが鍛冶屋の子どもであることを知ったマグウィッチは，空腹を満たすための食べ物と足枷を切断するためのやすりを家から持ってくるようにとピップを脅す。ピップはそれらを取りに家のほうへ足を向ける。その時の彼の目には沼地は「ただ水平に引かれた一条の，長い，暗い線」（第１章）[2]にしか見えない。沼地を流れているそれほど広くもない川は「もう一条の水平な線」に見える。空は「怒ったような，長い赤い線と，暗黒な線」とが入り混じっているように見える。このことから，沼地一帯の自然の情景は「暗黒」を全体的な色調にして，激しく怒ったような「赤」の色彩タッチで描かれていて，非常に暗い陰鬱な雰囲気が濃厚に漂っていることが理解できる。不気味で陰鬱な感じのする沼地を見渡す限り，垂直に立っているように見えるものは２つだけで，そのひとつは川渕にかすかに見える「黒いもの」で，これは水夫たちが舵をとるための「水路漂」である。もうひとつは「絞首台」で，それには昔，海賊の首をくくった鎖がくっつけてある。これら２つのものは沼地一帯の陰鬱な雰囲気を一層盛り上げている。沼地の情景描写で気付くことは，「黒い，暗い」という語の多用である。『大いなる遺産』は「黒」の色調をもって始まっているといえる。「黒」は死，悔悟，腐敗，無知などのイメージ[3]を表す。ここに見られる暗いイメージは話が不吉な方向へと展開していくことを予測させるものである。

　ピップがマグウィッチから要求された食べ物を持ち出すために姉のジョー夫人（Mrs. Joe）に内緒で食料室へ向かうとき，その途中にある階段の板が歩くたびにきしる音を出す。ピップにはその音のひとつひとつが「どろぼうをつかまえろ」とか「ミセス・ジョー，起きなさい」（第２章）と呼びかけているように見える。食べ物を手にしたピップは次にジョーに内緒でやすりを持ち出す。やすりと食べ物を手にしたピップはそれらをマグウィッチに届けるため霧深い沼地を通っていく。特にピップのよき理解者であるジョーに内緒でやすりを持ち出したことが，ピップの心を苦しめ罪意識[4]を芽生えさせる。そのためピップの心理状態は不安なものになる。沼地の「水門」，「堤」，「土手」が，「ほかのひとのポーク・パイ

を盗んだ小僧だ！あいつをひっつかまえろ！」（第3章）と言って，あたかもピップの行為を咎めているかのようにピップには思える。牛はピップを見て「よおう！泥棒小僧」（第3章）と呼びかけ，別の牛はあたかも「牧師さんのような雰囲気」（第3章）を漂わせてピップを非難するような態度に見える。ここで見られたように人間でないものが人間であるかのように描かれる技法はアニミスティック[5]なもので，『大いなる遺産』に限らず他の作品においてもディケンズが好んで使用する技法[6]である。このアニミスティックな表現は罪意識を自覚しているピップの不安な心理状態を描写するのに効果的である。ピップの心の中に罪意識が芽生えたという事実は，ピップの将来が，ちょうど沼地に霧がかかっていたのと同じように，先の見えない混沌としたものになることを予想させる。

3

　ピップが沼地で囚人と出会ってから約1年後，彼は上流階級のミス・ハヴィシャムの広大な屋敷サティス・ハウスに遊びに来るようにと招かれる。ピップはサティス・ハウスでミス・ハヴィシャムや彼女の養女エステラ（Estella）に会う。彼は美少女エステラに好意を抱くが，2人の属する階級があまりにも違うためにエステラから軽蔑される。彼女から軽蔑されたピップの「ざらざらした手」や「どたぐつ」（第8章）は，以前のピップにはどうでもよいことであったし，気に留めたこともなかったが，今ではそれらが大変惨めなものに思える。労働者階級のピップは，自分が紳士であればエステラとも対等に交わることができたのにと自らの境遇を嘆くばかりである。
　ピップはもともとは純真な少年であった。たとえどんなに貧しくても，天使のような優しい義兄のジョーと一緒に，将来は鍛冶屋で働くことが一番幸福なことだと信じていた。しかしエステラを知ってからのピップは，今までの彼の価値基準を狂わせてしまう。この結果，彼はエステラの属している上流階級の中に新たな人生の価値を見出そうとする。上流階級の人間になるためには，富を多く所有している必要がある。労働者階級のピップにとって裕福な紳士淑女は自分の手には届かない素晴らしい存在に見える。こうしてピップは物事の判断基準を唯物論的な考えに置くようになってしまう。
　まずピップの関心を引くこととなったサティス・ハウスおよびその住人ミス・ハヴィシャムを見てみたい。ピップがはじめて見たサティス・ハウスは「煉瓦造りの陰気な屋敷」（第8章）で，「鉄棒」がたくさん取り付けてあった。屋敷の前の中庭も「鉄棒」で囲ってあった。家の窓は「壁」でふさいであるか，「赤

さびた鉄棒」がわたしてあった。サティス・ハウスは外界から全く隔離されており，外からは屋敷の中をのぞくことができない。これは彼女が孤立無援の生活を自ら進んで選択したからに他ならない。サティス・ハウスの正面入り口には「鎖」(chains) がわたしてある。窓は堅く閉ざされ，中は真っ暗で牢獄のイメージ[7]が濃厚に漂っている。

　ミス・ハヴィシャムはこのような陰気な屋敷にふさわしいグロテスクな姿をした女性である。彼女は自分自身のねじれた精神世界に閉じ込められている。彼女の姿を見た時，ピップの心には一番グロテスクなイメージが浮かぶ。彼が以前に見たことのある恐ろしい「蝋人形」と「骸骨」(第8章) のイメージである。これらのイメージで表現されるミス・ハヴィシャムは死を象徴しているような人物である。実際ピップには彼女が着ている婚礼服はまるで「死衣」のように見えたし，長いヴェールは「経帷子」のように見えた。彼女を「蝋人形」と「骸骨」のイメージで擬物化して表現する技法は，人間本来の存在目的をなくしてしまった人物を描写するときにディケンズがよく使用する技法[8]である。次に「蝋人形」と「骸骨」の2つのイメージが重なり合って，生命を吹き込まれたかのような印象をピップは彼女に対して持つ。「蝋人形と骸骨とが，いま黒い目をもち，その目が動いてわたしを見ているのじゃないだろうか」(第8章) とピップは思う。このアニミスティックな表現はミス・ハヴィシャムにグロテスクなイメージを与える。

　次にサティス・ハウスの部屋の中に目を転じてみよう。部屋の中は外界の光を遮断するために戸が閉めてあり，真っ暗である。光が生命の象徴と考えるならば，死を象徴しているようなミス・ハヴィシャムにとっては，外界の光を遮断した部屋はまさにうってつけの部屋である。部屋は広々としているが，室内のいたるところに「ほこり」や「かび」(第11章) が充満しており，死んでいるという印象を与える。

　室内で一番目につく家具はテーブルクロスがかけてある長いテーブルである。テーブルの上のウエディング・ケーキには「くもの巣」がたるむほどにかかっており，「腐敗のかたまり」(第11章) になっている。その様子はまるで「黒いキノコ」(第11章) が生えたようである。「キノコ」(fungus) という語はこの場合，不吉なイメージが急に大きく広がっていくことを予測させるような効果を持っている。「くもの巣」(cobweb) という語には「計略，陰謀，陰険なわな」という意味もある。また複数形 "cobwebs" には「もやもやしたもの，混乱，無秩序」という意味がある。ミス・ハヴィシャムが婚約者コンペイソン (Compeyson) の「危険なわな」(第11章) にかかって財産を騙し取られ，結婚式当日に彼に捨てられて

しまったという事実を考えれば、ケーキにくもの巣がかかっている状態は、彼女が彼の「危険なわな」にかかってしまった状態の象徴と考えられる。騙された彼女はこれを機に世の中のあらゆる男性に対して復讐することを決意する。彼女のこの異常なまでの決意は、くもの巣がかかったケーキが一層腐敗していくにつれて強まっていく。こうしてミス・ハヴィシャムの精神世界は、"cobwebs" に象徴されているように「混乱」を深めていく。くもの巣のかかったケーキの腐敗はミス・ハヴィシャムの「自己腐敗」[9]そのもののイメージを伝えている。

　一般に腐敗物は下等動物の寄生を招く原因となる。恋に破れたミス・ハヴィシャムは光を閉め出し、時計を止める。彼女のこの行為は腐敗を意味する。キャミラ (Camilla)、セアラ (Sarah)、ジョージアナ (Georgiana) といったミス・ハヴィシャムの親戚の人たちが彼女の財産を狙ってサティス・ハウスへ頻繁に来るようになる。このような現象はちょうど部屋の中を「ぶちのある足としみだらけの胴体をした、何匹かのくも」、「ねずみ」、「ごきぶり」（第11章）が腐敗したケーキを狙って這いまわる寄生虫のイメージと重なる。ミス・ハヴィシャムの財産を潜在的に期待していたピップもキャミラたちと同様の寄生虫的な人間である。サティス・ハウスにみられるこのグロテスクで荒廃した姿は、当時の社会の縮図である。

　サティス・ハウスの荒廃にもかかわらず、エステラがこの屋敷にいるために、ピップにはそこが非常に魅惑的であるように見える。ピップはエステラと対等の立場に身をおくために何とかして富を獲得し、紳士になりたいと強く望む。やがてミス・ハヴィシャムの家へ出入りしている弁護士ジャガーズ (Jaggers) を介して、ピップに莫大な遺産が与えられるという知らせが届く。ピップは遺産の贈り主はミス・ハヴィシャムであり、彼女は自分とエステラを結婚させるつもりなのだと勝手に思い込んでしまう。早速ピップは紳士修行のためにロンドンへ行くことになる。ロンドンは紳士になる夢をかなえてくれるのにふさわしい上品で美しい都市であろうとピップは考えていた。しかしピップの目にはじめて映ったロンドンは「醜い、畸形な、せまっくるしい、薄汚いところ」（第20章）であった。自分の予想を裏切ったロンドンのイメージに戸惑いながらも、ピップは彼の後見人になってくれるジャガーズ氏の事務所を訪ねる。

　ジャガーズ氏の事務所の部屋の明りは天窓を通してのみとられている。そのため部屋の中は薄暗く陰気臭い雰囲気が漂っている。天窓は奇妙につくろわれていて「ぶちわられた頭みたいに」（第20章）なっている。天窓から見える隣の家々は「まるで体をねじむけて、そこからわたしをのぞきこんでるように見え」（第20章）、ピップにとってはアニミスティックなものに映る。このような表現は、

奇抜な比喩表現「ぶちわられた頭みたいに」とともに，ジャガーズ氏の部屋の不気味でグロテスクな雰囲気を作り上げている。部屋の中には「さびたピストル」，「鞘におさまった剣」，「いくつかの奇妙な様子の箱や包み」などがあり，これらの役に立ちそうにもない用途不明の事物がさびれた雰囲気をも漂わせている。

　部屋の棚の上には2つの恐ろしい「顔の鋳型」があり，その表情は「ひどくむくんで，鼻のあたりがひきつっている」(第20章)ような感じで，ピップの目には「まるで私を相手に，悪魔が，いないいない，ばあ！の遊びでもしているように」(第48章)見えた。アニミスティックな表現によって「顔の鋳型」の不気味な雰囲気が伝わってくる。部屋には天窓が1つあるものの，十分な明かりを得ることができないために，1対のろうそくが置かれている。粗悪な脂肪で作ったこの事務所用ろうそくの表情は，「まるで絞首刑に処せられたたくさんの依頼人たちを記念するかのように，汚い屍衣で飾ってあった」(第48章)と説明されているように，陰気な感じを部屋全体に与えている。汚い「屍衣」(winding-sheets)と「絞首刑に処せられた」(hanged)は死と牢獄のイメージを生み出す。こうしてピップは自分の行く先々で閉じ込められている感じを受ける。これは紳士へのあこがれから贈り主不明の遺産に飛びつき，唯物論的な考え方に堕落したために生じたピップの後ろめたい意識が牢獄のイメージとなって生じたのである。

4

　ロンドンでの紳士修行のためにピップが最初に滞在する所はバーナーズ・イン (Barnard's Inn) である。彼はジャガーズ氏の事務所で働いている事務員ウェミック (Wemmick) にここを案内してもらって，自分が今まで抱いていたロンドンの輝かしいイメージが現実と全く異なっていることに気付き失望する。彼の目にはじめて映ったバーナーズ・インは「鼻もちならんほど悪臭ふんぷんたるすみっこにぎゅうぎゅうと押しこんだ，みすぼらしい，見るからにうすぎたない建物のかたまり」(第21章)であった。バーナーズ・インを取り囲む環境は陰気臭い小さい四角い広場の「もっとも陰鬱な感じのする木々」，「もっとも陰鬱な感じのするすずめ」，「もっとも陰鬱な感じのするねこ」，「もっとも陰鬱な感じのする家々」である。「もっとも陰鬱な」という最上級表現の繰り返しは「陰鬱」という観念が1つの目に見える個体[10]として存在するような感じを与える。

　バーナーズ・インの空き部屋に掲げてある「貸間」の札は「にらんでいる」ようにピップには思える。ここに見られるアニミスティックな表現は，紳士になるために労働者階級のジョーとの絆を断ち切るようにしてロンドンにやって来たこ

とに対するピップの道徳的な罪意識と関連している。さらにバーナーズ・インの「ほったらかしにされた屋根や穴蔵でのかさかさの腐朽やじめじめの腐朽，ありとあらゆる沈黙の腐朽―どぶねずみや二十日ねずみ，南京虫，それにすぐ近くの馬車屋のうまやの腐朽―それらの臭気がかすかにわたしの嗅覚を刺激して」（第21章）いるようにピップには思える。「腐朽」という語の繰り返し表現は，先の「陰鬱」の繰り返し表現と同様に，「腐朽」という観念が1つの生き生きとしたものとして存在するような感じを与える。ここでは「陰鬱」と「腐朽」の繰り返し表現がディケンズの得意とするアニミスティックな表現と一緒になってバーナーズ・インの荒廃した姿を鮮明に描いている。

　ここでバーナーズ・インの窓に関して少し触れてみたい。ピップが外を見ようと思って階段の窓を開けたとたんに，紐が切れて窓が落ちてくるところがある。「わたしは階段の窓を開けた。とたんに，危うく首を刎ねられそうになった。紐が腐っていて窓がギロチンのようにさっと落ちてきたからである」（第21章）。窓をギロチンにたとえて不気味な雰囲気を作り出している。ピップのいる部屋の窓はどこも閉じられているために，彼はいつも監禁されているような気分にさせられる。常に彼の心のどこかにある罪意識が「ギロチンのように」という比喩表現に反映されている。

　ロンドンで紳士修行に励んでいるピップを訪ねるために，ジョーがバーナーズ・インへやってくることになった時，労働者階級のジョーとの関係を他人に見られることを嫌ったピップは「もし金で彼を遠ざけておくことができたとしたら，わたしはきっと金をだしたことだろう」（第27章）と心の中で思う。ジョーとの温かい人間関係よりも金に価値を置いているピップの考えが表れている。ここに我々はピップが物質万能主義の社会に毒されて，精神的にゆがみを生じたグロテスクな人間になりつつある姿を見ることができる。

　ピップが以前からあこがれていたロンドンは，今となっては当初考えていたほどには素晴らしいところではなくなっていた。ロンドンで生活しているピップのところへ，マグウィッチがやって来た晩は天気が非常に荒れていた。「みじめな天気だった。嵐と雨，嵐と雨，どこの通りも一面に深い泥濘，泥濘，泥濘」（第39章）。「嵐と雨」，「泥濘」の繰り返しによって嵐と雨の激しさ，街路のぬかるみのひどさが表現されている。このような荒天の晩，ピップはテムズ河畔の家の中で読書をしている。暴風雨の激しさは部屋の中のピップにも煙が時々煙突から逆流してきていることからも容易に理解できる。「ときどき，煙が煙突からもくもく逆流してきた。こんな晩に煙突からでていくことは，とてもたまらんという

ように」(第39章)。ここでは煙の逆流の様子がアニミスティックな表現で描写されており、グロテスクな雰囲気を生み出している。このような不気味な雰囲気に包まれて不安な気持ちで本を読んでいるピップの目の前にマグウィッチが姿を現す。全身ずぶぬれのマグウィッチの姿は、その場の異様な雰囲気にふさわしいものである。

マグウィッチは以前墓地でやすりと食べ物を持って来るようにピップを脅した囚人であった。彼はその後オーストラリアへ流され、そこで一生懸命働いて富を蓄える。それは彼がやすりと食べ物をもらった恩返しにピップを一人前の紳士にしてやろうという強い気持ちを持っていたからだ。マグウィッチはピップの紳士姿を自分の目で見るために、オーストラリアから危険を冒してロンドンへやって来たのである。ピップを目の前にして彼は次のように言う。「そうともピップ、わしがおまえを紳士に仕立てたんだ！わしのことだったんだ！あのときわしは心に誓ったんだ。わしが1ギニーでも金を儲けたら、その金はきっとおまえにやるんだ、とな」(第39章)。莫大な遺産の真の贈り主がミス・ハヴィシャムでなくマグウィッチであると判明した時のピップは、今まで何の根拠もなく勝手に頭の中に描いていた期待が一瞬にして崩れ去っていくのを感ずる。「ミス・ハヴィシャムのわたしにたいするもくろみなんか、まるでうつろな一片の夢であった。エステラはわたしにあてられてなどいないのだ！」(第39章)とピップは痛感する。ここでピップの夢はすっかり醒めてしまう。

ピップは囚人マグウィッチに対して嫌悪や恐怖を感じるばかりであるが、彼の身の上話を聞き終えた時、彼に対する嫌悪感はなくなり、逆に親愛の情さえ覚え始める。ピップはジョーやビディ(Biddy)のような善良な人たちを棄てた自分と比較すると、マグウィッチのほうが囚人ではあるがより人間的な優しさがあると思った。

マグウィッチのイギリスへの密入国のことが世間に漏れるのを恐れたピップは、色々と考えた末、彼を下宿先のテンプル(Temple)にかくまうことに決める。ピップ自身はテンプルの近くのハマムズ・ホテル(Hummums)へ行って泊まることにする。ピップが泊まった部屋は1階の「穴蔵みたいな部屋(vault)」(第45章)であった。"vault"は丸天井のある部屋、埋葬室、地下納骨所といったさまざまな意味を含み、物質欲に取り付かれたことに対するピップの罪意識を反映している。ピップの目には部屋の中のベッドが次のように感じられる。「まるで怪物の暴君みたいな四本足のベッドが、部屋いっぱいに踏みはだかり、勝手気ままにも、1本の足は炉の中へ突っ込み、もう1本は入り口につっぱって」(第45章)いるよ

うに，ピップには思える。ベッドをアニミスティックに表現することによって，ピップの不安な心理状態が描かれている。

　不安な心理状態に置かれているピップはハマムズ・ホテルの部屋の中でなかなか寝付かれない。煤や埃の臭いのする部屋には「青蝿」，「はさみ虫」，「毛虫」（第45章）などの昆虫の姿が見られ，いずれも不快なイメージを与えると同時に，部屋に不気味な雰囲気を漂わせている。これらの昆虫は，純真無垢な状態から道徳的に堕落し罪の意識を自覚しているピップの心の状態を反映している。このいやな雰囲気の中で，部屋の中の「押入れがささやき声をあげたり」，「炉がため息をついたり」（第45章）する。これらの聴覚に訴えるアニミスティックな表現は，静まりかえった部屋の中にいるピップの心を一層不安な状態にするのに効果的である。

5

　囚人マグウィッチとの遭遇やジョーに内緒でやすりを持ち出したことで，ピップはそれ以来絶えず心のどこかに罪意識を感ずるようになる。その結果，彼は内的カオスを抱え込むことになる。やがてピップはエステラに出会い，彼女から冷たくあしらわれ悲しい思いをする。今までのピップとジョーとの友達同士のような関係にもひびが入り，ピップは自分の苦しみを誰にも語ることができなくて，ずっと孤独な状態に追いやられる。そんなピップのところへ遺産に関するうれしい知らせが届くが紳士になるという夢が実現するかしないかのうちに，それが塵のごとく崩れ去ってしまう。彼は自分の期待がことごとく消えてなくなってしまってはじめて自分のこれまでの行動の非を悟る。周りの環境，特にグロテスクな感じのする環境はいずれもピップの精神的，内的世界を表したものであるが，こうした環境によって毒されていくピップが，最後には自分の精神のゆがみ，すなわちグロテスクなものの非を悟り，自分の後悔の中に救いを見出す。精神的覚醒を遂げたピップであるが，第2，第3のピップのような人間が依然としてこの社会には次々と現れてくるであろう。そして社会は相変わらず退廃したままであろう。第2，第3のピップのような人間もまた，相変わらず社会のゆがんだグロテスクな面に毒されていくのも事実である。

　『大いなる遺産』においてはミス・ハヴィシャムのサティス・ハウス，弁護士ジャガーズ氏の事務所，バーナーズ・イン，ハマムズ・ホテルなどの描写が特に重要である。これらはいずれもピップの紳士願望あるいは彼の紳士修行の過程で彼と深くかかわりを持った場所で，当時の社会の姿の1面を表しているからである。

これらのいずれの場所においても見られる陰鬱で荒廃した姿あるいはグロテスクな姿は，その家の住人あるいは紳士願望に取り付かれた訪問者ピップの精神を反映したものである。

　ディケンズはヴィクトリア朝時代の社会の荒廃した姿を表現するのに牢獄のイメージ，腐敗のイメージ，寄生虫のイメージといったようにさまざまなグロテスクなイメージを使用した。このグロテスクなイメージは，当時社会的に価値があると思われていたものがいかに堕落したものであるのかということを，描写するのに役立っている。社会の退廃的な風潮が個人の精神にゆがみを生じさせているということを，ディケンズはグロテスクなイメージを大いに利用して我々読者に訴えている。ディケンズは「イメージで思考する人」[11]といえる。そしてこれらのイメージを生み出すためにディケンズは主にアニミスティックな表現を効果的に使用したということが明らかになった。

注
[1] 植木研介氏は『チャールズ・ディケンズ研究―ジャーナリストとして，小説家として―』（南雲堂フェニックス，2004），p. 258 の中で「1人の成長期の青年がある幻想（great expectations）に囚われ堕落していくが，やがて幻滅し目覚めてさらに成長していく。これがこの作品のテーマである」と述べている。川本静子氏は『イギリス教養小説の系譜―「紳士」から「芸術家」へ―』（研究社，1973），p. 86 の中で「主人公の精神発達という主題が，ここではより明確に一貫して展開されている」と述べている。

[2] テキストは Charles Dickens, *Great Expectations* (London: Oxford University Press, 1973) を使用した。以後，この作品からの引用については，章数を引用箇所の後に付す。訳文は山西英一訳『大いなる遺産』(新潮社，1970 年) を参考にした。

[3] Ad de Vries, *Dictionary of Symbols and Imagery* (Amsterdam: North-Holland Publishing Company, 1974), p. 50.

[4] Dorothy Van Ghent は *The English Novel: Form and Function* (New York: Rinehart, 1953), pp. 125-138 の中で道徳的過ちに陥ったピップが罪意識に苦しめられながらも，それを乗り越えて自己認識に達するという読み方をしている。

[5] アニミスティックという言葉は，小論では，生命のない事物があたかも生命を持ったものであるかのように描写されている状態，あるいは人間以外の生物があたかも人間であるかのように描写されている状態を指し示す言葉として使用した。

6 G. L. Brook, *The Language of Dickens* (London: Andre Deutsch, 1970), p. 30.

7 Harry Stone, *Dickens and the Invisible World: Fairy Tales, Fantasy, and Novel-Making* (London: Macmillan, 1979), p. 320.

8 擬物化表現はアニミスティックな表現とまったく逆で，人間をあたかも生命のない事物であるかのように描写する表現のことで，このような表現技法をHarald William Fawknerは *Animation and Reification in Dickens's Vision of the Life-Denying Society* (Stockholm: Uppsala, 1977), p. 12 の中で "reification" と呼んでいる。

9 Mark Spilka, *Dickens and Kafka* (Massachusetts: Indiana University Press, 1963), p. 106.

10 辻邦生氏は『小説への序章』(河出文芸選書，1976)，p. 214 の中で，ディケンズの観念的な言葉の反復は「観念の具体化，個別化を目的とする」のであって，「陰鬱」という観念的，概念的言葉を繰り返すことによって，「陰鬱」は「手でさわりうる固形物のごとく」そのままで存在しているように感じられると述べている。

11 杉山洋子『ファンタジーの系譜―妖精物語から夢想小説へ』(中教出版，1979)，p. 112.

Reading the Text of
John Wain's "The Valentine Generation"

Sadayuki Nakane

> A short story needs to be better written than a novel. It cannot afford inert passages, descriptions and episodes which *almost* say what they mean, impressions that can be rounded out later. It is like a drawing, where the novel is like a painting.—Wain (1969: 84).

"The Valentine Generation" is one of the short stories collected in *Death of the Hind Legs and Other Stories* (1966) by John Wain (1925–1994), a British poet, critic, novelist, and short story writer. So far there has been no academic article, or even a paragraph-length study of this story. The present essay is an attempt to analyse the text of the story, focusing on the narrator's descriptive language and the characters' speech acts, as a way of elucidating and explicating the story.

This story is basically a monologue of an unnamed male character. He is a postman nearing retirement, recounting an episode between himself and a young girl. The narrator-character stands on a fictional stage to tell his story, once directly addressing himself to the reader-audience, "Now's your cue to call me a sentimental old fool" (89)*. Within his narrative frame is embedded a story told to him by the girl. Such is the whole narrative structure of the short story.

The narration itself is simple enough. While engaged in his usual mail collecting, he encounters a girl of about twenty years of age who has created a problem for herself. As he observes, she is a "nice-looking", "well dressed" girl of "good class" (82). Her problem is that she has posted a letter to her boyfriend in desperation on an April Sunday, and after a night's thought she has come to realise that it was a foolish act done too impulsively. She wants to retrieve the letter by any means possible. However, it is strictly forbidden by Post Office regulations for a postman to let anyone have their mail back once posted. Inevitably, a clash occurs between these two people, one trying to perform his job responsibility to the letter and the other seeking to solve her personal problem and preserve her happiness. The clash is not limited to this. Eventually it transpires that there are other points of variance between them, especially their different values as members of different generations, genders, and social classes.

The whole narrative consists of the postman's description of the circumstances and events, and his replaying, with comments, of the interaction between the two characters. By word count, the description accounts for nearly 40% of the whole short story text, the postman's utterances for nearly 29% and the girl's for nearly 33%. This shows that one third of the story is comprised of the girl's words, although we should be aware that they are presented through the postman's prism of interpretation and by his selection.

The unnamed narrator is kind, compassionate and honest, and we have no reason to assume he is telling us things palpably false and non-factual. We should remember, however, that he is the first-person narrator of the story and everything in the story is seen from his point of view. In fact, he is an "unreliable narrator" (Lodge 1992: 154-57) like Stevens, the butler-protagonist in Kazuo Ishiguro's *The Remains of the Day*. The more we recognise the features of the postman's language, the more we come to understand his way of thinking and behaviour. Through his verbal language he reveals just how little he really knows, especially about himself. The reader-audience, however, can see that there is dramatic irony here, which emanates from the interweaving of different and sometimes contrasting uses of language by the two characters.

The aging narrator has worked creditably for the Post Office for forty years and he takes pride in his fast and efficient collection of the mail. He seems to regard his daily collecting as a kind of race, and even now as he approaches retirement age he does not want to be a loser in the game. "I can get round the boxes as quick as any of them and quicker than most" (81), he boasts, and when the girl makes a grab for the letter, he is "too quick for her" (83). He wishes to be a winner, and a fair one at that. At the beginning of the story he is happy with his auspicious start: "I'm off to a fair start with the collecting" (81). He is also gratified with his being fair in the other sense, and his belief in fairness seems to extend to his life as well. He tends to use sports language habitually for description—he chides himself, for instance, for not remembering that "trouble always hits you when you've got your guard down" (81), a metaphorical use of what was originally a boxing expression. Later he points out the impossibility of what the girl considers to be love, by saying, "If that's love, so is a boxing match" (87). When he feels he cannot cope with her argument, he sees it "getting out of [his] league altogether" (87), also a sporting trope. On another occasion he does not want to let the girl "stick her oar in" (89), as she keeps on detaining him with what he construes as her absurd loyalty to her barbarian boyfriend. When a good rower is making headway in a boat, it is not fair of someone else "to stick his/her oar in," which would be interference and a nuisance. His use of these sporting idioms seems to be a reflection of his interest in sports, which people are supposed to play with a spirit of fairness.

At the start of the story the postman appears as an aspiring competitor for laurels in the mail-collection game, but the game of the day turns out to be a tug-of-war in which the girl struggles hard to get her letter back and he strains to keep it as his professional obligation, and also for the girl's own sake, as he believes.

The girl's request can only be met if the postman agrees to ignore "the firmest rule in the book" (83). Since she knows that what she wants is against the rules, she aims from the start at winning his sympathy, or rather connivance. She thus has to try and dominate the negotiation in order to carry the match. "She's *all over* me, reaching out as if she wants to grab hold of my arm" (82; italics added). On the other hand, he holds all the cards as custodian of the mail so he can reject her request outright as a breach of society's rules, and that is what he does. He declares that the Post Office is everything to him, and even advances a simile of matrimony to explain the importance of the relationship: "It's like being married. Forty years and you don't even want a change. You find you can't even imagine it any more" (83).

What the girl needs, however, is not conformity to rules but compliance. She must change his mind in order to retrieve her letter. She tells him that it is naturally impossible for her to understand the simile.

> I wouldn't know. I've never been married yet, and if you're going to stand on those regulations of yours and refuse to give just one little letter back, just once in forty years, I don't suppose I ever shall be. (83)

The real effect of this is not, as might appear, to state her expectation of never getting married. Pragmatically speaking, the interlocutionary force (Peccei 1999: 44) of the utterance is a kind of attack, a verbal act of provocation against the postman, whom she finds absurd for exalting an institutional rule above personal happiness. Perhaps her train of logic runs like this. The man believes on principle that marriage ought to have the same social importance as this Post Office regulation. Now, if the relationship between a husband and wife is unchangeably important, so, too, should be the relation between a man and woman as lovers. In practice, however, he judges that marriage, worthy institution though it may be in human society, turns out to be less important than the Post Office rule. If that is his meaning, the girl has no reason to accept what he says. She sees no point in marriage, which does not sound very attractive to her. At any rate, this is not the reaction she counted on. Her first attack ought to have sparked a response in him that might have drawn him nearer to an understanding of her problem.

The perlocutionary effect (Peccei 1999: 44) is not what the girl expected, either. He does not take her utterance the way she intended it, since he does not even interpret it as a sort of attack. He simply takes it for granted that a pretty girl should not fail to marry. He even feels free to show a patronising attitude to her, saying "A pretty young *thing* like you. Never married, that's a laugh" (83; italics added). Having failed to get him into the core of her predicament, she redirects her attack on his self-righteousness. She rebuffs his presuppositions and asserts that marriage does not necessarily mean happiness, and that, as far as she is concerned, happiness is more important than marriage. This naturally brings them into a discussion of love, and we discover that they have totally different views on the subject.

"Everything's different with you young people today" (83), the postman says, and he remarks that there is only sex and no sentiment in young people's love today. Although the girl is offended by this, he does not care a bit, but finishes his point by trying to suggest what the "real" idea of love was for people of his generation. He tries to use euphemistic language for once to make his point: "we didn't try to build a fire with nothing but kindling" (84). Clearly, the pragmatic meaning of this utterance is that they did not try to love just by having sex. This is what she is left to "chew over" (84). He seems satisfied with the "creation" of this neatly-made definitive expression. He thinks of himself as a teacher of life here, and hence qualified to teach youngsters about love, too.

The girl attributes his refusal to let her have the letter back to a lack of understanding on his part of her situation. Without any ado or asking of permission, she begins to explain why she wrote the letter and posted it. This is the beginning of her embedded story. She explains that she has written things that are even quite untrue in order to hurt her boyfriend after catching him taking an interest in another girl. But now she has realised that all she needs is not to part with him, because she knows the love between them is what the postman has just termed the "real thing" (84). When he again tries to brush her off by stressing the importance of the regulations, she does not back down but appeals straight to his conscience as a human being, trying to "guilt" him into returning her letter.

> ... Go ahead and keep your regulations. But think about it sometimes in the middle of the night. How you sacrificed somebody's happiness for the whole of their life, rather than break a regulation. (85)

The illocutionary force of this utterance is so much a challenge to his sensibility as to sound threatening, and the perlocutionary upshot is not the postman's acceptance of it but a contest of reasoning. He takes it upon himself to prove to her that she does not love the man, of whom of course he knows nothing. She consistently points out his ignorance of her relationship with the man, and tries to get him to understand it.

The details of the embedded story emerge. Jocelyn, the young man she is in love with, cancels his weekend date with her and meets his "aunt from the country" (85), actually a girl who is "about twenty years old with a lot of red hair and a dress cut very low" (85). The postman is told how the girl found this out, when she saw them in a little restaurant, probably one of their usual dating places. At that time she was with her brother and sister-in-law, and had to dash straight out of the premises with them, completely unable to bear the sight of her boyfriend together with this rival. After an awful dinner in another restaurant, she spends a sleepless night, and then writes the problem letter. She posts it in a murderous mood, but realising her folly, has now decided to retrieve it.

Thinking as he does that trust and fidelity are indispensable for a man and woman who love each other, the postman does not believe in her prospects of happiness with the unfaithful boyfriend. However, her response when he says this is quite unexpected. "But he does make me happy.... When I'm with him I'm really glad about being a woman" (86). She continues, "Casual infidelities don't matter.... It's the really deep communication between a man and woman that matters' (87). Her argument is so radically liberal and sophisticated that he sees this "getting out of [his] league altogether" (87). He is simple enough to believe that love solves everything, but the girl knows better about men, being aware that there are "some insults a man can't forgive" (87), foremost of which, as she confides she put in the insulting letter, is that "he hadn't been adequate for me, that I'd had other lovers all the time we'd been together" (87).

The postman is now deeply involved in her story, and finds himself caught up in the middle of a discussion about love. Yet he cannot stop himself now, and has to set about attacking the girl's idea of love.

> 'You say you love him?' I ask.
> 'I love him and need him utterly,' she says.
> 'Rubbish,' I say. The whole thing is beginning to get me down. 'If that's love, so is a boxing match. It's just vanity and sex, that's all it is. There's no love anywhere.'
> 'Well, perhaps that's not a bad definition,' she says, as if I've got all day to stand there and discuss it. 'I mean, one's need for another person is partly vanity, isn't it? It's all bound up with one's own belief in oneself.'
> 'One this and one that,' I say. 'You've just hair-splitting. If you love anybody, you care for them, don't you? You want them to be happy.' (87)

We see here how he reduces her conception of love to nothing but "vanity" and sex drive. This is meant as something like total war on his side, but her response is not what he is expecting from her. She accepts part of his definition of "love" as vanity. He emphasizes the ordinary negative connotation of vanity, obviously thinking of her vain desire to keep her Jocelyn just as her way of being able to feel good about herself. She is more philosophical and linguistically precise, however. Her argument might run as follows. Vanity is not as bad a thing as it tends to be thought of. If vanity means excessive pride in or admiration of oneself, then love at least has to entail *some* self-pride. If one needs another person, one ought to have a certain, if not excessive, amount of self-pride. A person with no pride does not deserve having an important human relationship like love. Therefore, there needs to be some vanity in a person who is in love with another. In other words, she sees a positive aspect to vanity. Such seems to be the line she follows in her radical philosophy of love.

This argument is rather mystifying, and finding it intractable, the postman disdains her "hair-splitting" as being full of what he considers linguistic affectation. He is obviously offended by her use of the generic *one* instead of the more colloquial *you*. His saying "One this and one that" (87) seems to indicate the irritation he feels for not being able to follow her argument. This might also reflect their different social classes. Unmistakably, he is intellectually and linguistically her inferior. She is capable of not only difficult but also uniquely creative language. She rebuffs his simple idea of love expressed in simple language as "a chocolate-boxy idea of love…. You've never had to face reality" (87). *Chocolate-boxy* is defined in the *OED* as "like the (usu stereotyped romantic) pictures on chocolate-boxes", but it is not a word to be found in ordinary dictionaries. The word is almost equivalent to *sentimental* or even *schmaltzy*, but more colourful and vivid. The postman's qualifications as a teacher of life take a shaking from this new attack, and now he is the one who is upset and cannot control himself. He is silently annoyed about the girl teaching him what reality is. She goes on accounting for his ways: "I know you've had all sorts of responsibilities and everything. It's just that your personal relationship must have been unreal. You wouldn't talk about love in that sort of Royal Doulton way if they [*sic*] hadn't been" (88). "Royal Doulton" is the trademark of a British chinaware company, authorized by King Edward VII, and this name refers here to the unrealistically beautiful pictures on its wares.

It seems to be beyond the postman's imagination that a young girl can handle such difficult arguments with such creativity of language, and his ingrained prejudice against females leads him to suppose that she is "just parroting what this Jocelyn's been teaching her" (88). He decides that "deep communication between a man and woman" and the "Royal Doulton way" are the kinds of expressions made by men, not girls. To him, the teacher image must be male. His belief in masculine superiority leads him badly astray, however, because, when the girl says, "He's capable of hardness and aggressiveness and he can be cruel himself at times. That's all part of his being a real man, the sort of man who can make a girl feel good about being feminine" (88), his characteristically cocksure response is to comment in an aside, "That's another bit of Jocelyn's patter, if I'm any judge" (88). As it turns out, though, he is no judge at all, but effectively a sexist, as has already been partly revealed by his linguistic choices, too (highlighted in boldface):

> "Anything wrong, **Miss**?" (82)/ "Sorry, **miss**." (83)/ "Listen to me, **miss**." (88)/ "Look, **miss**." (90)
> "A pretty young **thing** like you." (83)
> *Jocelyn*. I don't like the sound of that. (85)
> "If he's the type that runs after every **bit of skirt** he sees, he won't make you happy anyway." (86)
> From a **chit of a girl** like this I'm learning about reality! (88)
> You've let this Jocelyn stuff your head full of silly ideas, and you've taken his word for it that he can chase every **bit of skirt** he meets… (89)
> … that was the way I made her feel good, not telling her a lot of stuff about deep communication and keeping one eye out for the next little **piece** that came in sight. (90)

He is apparently compassionate and kind, but patronizes the girl by addressing her as "miss" and calling her a "thing". His thinking seems to be riddled indeed with prejudices of all sorts. From the beginning he dislikes the name "Jocelyn", probably because it is usually a feminine name and, as a man's name almost exclusively a public school name in Britain. He does not hesitate to refer to a girl as "a bit of skirt" or even as a "piece", both dysphemisms disdaining women. Judging from the postman's route in London's SW15 postal district, the girl probably lives in quite an affluent place, and it is conceivable that his manner of looking down on her as young and female helps in part to overcome some discomfort he feels about being lower than her in class and education.

Driven by the inherent male chauvinism in him, he is too ready to believe that the female sex is "to be cherished and taken care of" (89) by the stronger, male. He confides later to the girl that, in marrying his own wife May years before, he had "wanted to love her and take care of her because she was a *woman*" (90; italics added). On the other hand, she has the realism to know that there were also women in those days "who loved men and went on loving them even if they didn't treat them right" (91). He counters this opinion by carefully distinguishing those women's idea of love from the girl's. "A woman might go on loving a husband who mistreated her. But at least she didn't say that she loved him *because* he mistreated her. She loved him in *spite* of it" (91). Again, his picture of women's love is revealed here. He makes allowance for some men's mistreatment of women and for the women's need for submissive forbearance. A woman has to be submissive to her husband and continue to love him despite his misbehaviour and mistreatment of her.

There is no reason to suppose that the postman has been anything than kind and tender to his wife, and he certainly dislikes wild men who behave like "Tarzan of the flipping Apes" (89). He may be a kind person, as the girl says to him, "You've got a kind face" (84), but that does not prove he is not intrinsically a sexist. He is not aware of his own deep-rooted sexism. The word "sexist" first appeared in print in 1965 (Ayto 1999: 438), but in 1966 when this story was published, the formal recognition of sexism was only in its incipient stage. Working-class men of those days may not have understood the human unfairness that is now seen to be lurking in this idea, and as a man of his generation the postman is complacent about the kind of love he believes in: he never imagines that "love changes" (90), as the girl protests. His conviction that her idea of love comes not from her but from Jocelyn is so firm that he is sure of an open rift in outlooks between himself and the girl. Finally he offers a deal to her, again in the form of a kind of sporting contest: "You tell me what you think love is, and if I agree with you I'll give you your letter back" (91). She is now confident of her triumph, and smiles, because she has the exact measure of his idea of love. He has already told her, "If two people love each other, they want to be nice, and help each other, and make things easy" (84). She has no trouble understanding this, and agrees with the sentiment of togetherness. Yet the answer she gives is again contrary to the postman's expectations:

> "It's—wanting to be with somebody all the time.... It's wanting to wake up with the same person every morning and do everything together and tell each other everything." (92)

It is not that she has made up this answer to gratify him. She speaks from belief, not opportunism. Indeed, she makes the answer "without even stopping to think" (92). The postman is proud of being a fair man, and telling himself "a bargain's a bargain" (92), he agrees to hand back her letter, notwithstanding the regulation and the risk of dismissal. He is entirely baffled to learn in this way that the girl and Jocelyn have such different ideas of love.

The postman is not going to tell this incident to his wife, because he knows what she would say about it. Simply: "Was she pretty?" (93). He says he has loved her all his life, but "There are some things a *man* keeps to *himself*" (93; italics added). Clearly this contradicts what he has just agreed is the idea of love: those who love must "tell each other everything." In other words, he has broken his own principle, evidence enough that he is an incorrigible old sexist.

At the end of the story the postman recollects his wife May when she was younger, who he thinks of as "a real woman" who did not have "much Royal Doulton" (93). After his encounter with this new type of woman, however, he is not so confident in his judgment as before. His reflection "I wonder" (93) at the close of the story, constitutes a whole new paragraph. It seems to be suggested here that his wondering is not limited to what his wife would say but might be extended to other aspects of his life.

Wain once wrote about the closure of the short story:

> The short story very nearly always does, or most characteristically does, deals [*sic*] with a moment of perception, very much what Joyce called an epiphany. It deals with a moment of perception. It deals with a moment of realization. (Wain 1984: 50)

The narrator-protagonist of "The Valentine Generation" does have a moment of realisation in the final stage of the story, but it is not a full epiphany.

> … I keep thinking of her and Jocelyn. How she doesn't care what he is or what he thinks or even what he *does*, so long as she has him. Doesn't sound like happiness to me. But all at once, the thought comes to me, well she'll probably get what she wants. (92-93)

He is no longer so sure whether it would have been altogether beneficial to her if he had hung on to that letter. He sincerely believes that he is still a fair man, not realising how prejudiced and self-righteous he can actually be. Yet, while he is not perceptive enough to grasp the full reality about himself, he has at any rate started to, prompted by the dynamism of a female member of the new generation. At least he can now imagine changes in society, and possibly even in his own static, complacent mode of life. At a level, this story may be seen as closing with the postman's defeat in this tug-of-war between the older generation's social conformism and the new generation's quest for individual happiness.

Robison (1993: 2373) summarizes the typical features of Wain's short stories, as follows:

> Typically, John Wain's stories concern the internal conflict of a first-person narrator. The narrator usually is not very perceptive, whether for lack of intelligence or maturity. A frequent effect of Wain's stories is that a conflict is well developed, human narrowness is scourged with satire, and a thematic irony is made unmistakably clear.

"The Valentine Generation" is, then, a typical Wain story. The principal character is confronted with a conflict between a social and a moral obligation. He is so bound by an older set of traditional values, and consequently his vision is so limited, that he cannot see reality. And the crowning irony is that he cannot fully see even his own limited reality, unable as he is to realise that his sensibility is biased where gender and/or generational difference is concerned. At the very end of the story the author hints faintly at a change in his routine behaviour, a possibility of his trying to see events with slightly more enlightened eyes.

The overall impression we have of the postman-narrator's language is that it is loaded with fixed expressions and idioms, as already demonstrated earlier. Other stereotyped expressions he has used include "a kind of 'This-is-where-I-came-in' feeling" (82), "You get your rag out about something" (85), "I'm ruddy nowhere with my collecting" (86), "The collections have now gone for a dead Burton" (86), "The collections are up a big, tall gum tree" (92). He is a linguistic conformist to the extent that many of his language resources are stereotypes. His modification of fixed expressions is limited to adding various intensifiers, such as **ruddy** *nowhere, gone for a* **dead** *Burton, up a* **big, tall** *gum tree*. It is true that he is occasionally deft at re-mixing and contrasting the clichés in surprising ways and also at manipulating the language in a cleverly appropriate manner, as when the girl falters, "He's got to have a streak of—of—" (86) and he helps her out, "Of the jungle in him" (86). Yet as compared with the girl's language, his is less flexible. The girl seems to be rather a linguistic innovator, capable of creating new expressions as she finds them necessary and appropriate. In short, the postman's language has some limited freedom, but on the whole it is significantly characteristic of his narrow personality and the smallness of his social world. Thus, the characters' linguistic habits function aptly to bring the literary theme into relief.

Salwak (1981: 114) mentions "love between generations" as the theme in "The Valentine Generations". This is only partially true, and it undervalues the literary merit of the story. At the beginning, when he first sees the girl, the postman is ironic about his own optimism by saying, "Funny joke" (81). It is also another "funny joke", at the end, when he finds he has been "twisted round her little finger" (93). His self-irony will need to be further exercised to arrive at a full recognition of himself. Throughout the story, and even still at the end, he thinks he knows himself well enough, but well, funny joke, he in fact stands only at the threshold of a real understanding. Before retiring finally, he still has a few more rounds to make.

*All references to "The Valentine Generation" are from John Wain, *Death of the Hind Legs and Other Stories* (London: Macmillan, 1966). Page numbers from this edition are cited in parentheses in the text.

References

Ayto, John. 1999. *Twentieth Century Words*. Oxford: Oxford University Press.
Lodge, David. 1992. *The Art of Fiction*. London: Penguin.
Peccei, Jean Stilwell. 1999. *Pragmatics*. London: Routledge.
Robison, James Curry. 1993. "John Wain." *Critical Survey of Short Fiction*, rev. ed. Ed. Frank N. Magill. Pasadena, CA: Salem. 2372-76.
Salwak, Dale. 1981. *John Wain*. TEAS 316. Boston: Twayne.
Schwartz, Joseph. 1969. "The Death of the Hind Legs and Other Stories, by John Wain." *Studies in Short Fiction*, 6.5: 667-68.
Wain, John. 1969. "The International Symposium on the Short Story, Part Two." *The Kenyon Review*, 31.1: 82-85.
——. 1984. "Remarks on the Short Story." *Les cahiers de la nouvelle*, 2: 49-67.

ハリー・ポッターの道徳的選択

子安　惠子

1

　ハリー・ポッター・シリーズは，愛と正義を基本的なテーマにし，主人公の道徳観の発達に焦点をあてた典型的な教養小説である。しかしアメリカではこのシリーズへの批判の声が大きい。批判は，本シリーズの文体や構成にとどまらず，革新的社会主義の批評家や保守的宗教擁護者からの，ハリーの道徳観に対する批判にまで及ぶ。またキリスト教原理主義の批評家たちは，シリーズを不道徳だとして，魔女狩りのごとくハリーに関わる何冊もの本を焼き払うという行動まで起こしている。[1]

　この物語における道徳観のどこがこのような非難を浴びるのだろうか。シリーズの各物語における道徳観は善悪二元論を基礎とし，その道徳観に基づく選択をハリーにさせている。ハリーの選択や，選択のプロセスにどこか問題がみられるのだろうか。そこで本論は，シリーズでのハリーの道徳観の発達過程における選択，その一連のプロセスと結果を考察していく。

2

　叔母一家に預けられ，虐げられてきた孤児のハリーは，11歳の誕生日に，乗り越えなくてはならない状況の中にいることに気がつく。この日を境に，孤児から突然ヒーローとしての人生を歩みだすのである。自律性を高め，自己理解を深める歩みが始まる。

　自己の価値を知り，自己を見つめるという自己分析が進んでいく過程の観点からすると，第1巻『賢者の石』[2]では，宿命といえる現実をハリーが発見する過程が描かれる。第2巻『秘密の部屋』はこの過程がさらに進み，ハリーはスリザリンの継承者と共有する類似性に直面し，自己の価値について自分自身に疑問を投げかける。第3巻『アズカバンの囚人』は，亡くなった両親の隠されていた事実を知り，自分のアイデンティティーへの不安を抱き，ハリーの内なる混乱が究極にまで高まる。第4巻『炎のゴブレット』では，3大魔法学校対抗試合におい

て自分自身の不十分さを痛感し，自分を知ることによって宿命に甘んじて従うようになる。またその一方，道徳と意志の重要性を認識することで，宿命を乗り切ることができるようにもなっていく。

　各巻は，ハリーが叔母一家のもとへ戻ることで終わる。叔母の家での引き続く冷遇のため年々反抗的になるが，冷遇にもかかわらず，この一家とも調和していけるようになる。なぜなら，毎夏叔母の家に戻り，彼は何が自分のコントロール下にあり，何がそうでないのかということについての理解を深めていくからである。

　コントロールを超えた物事に対するハリーの選択は，繰り返し描かれる。大きな物事はもちろん小さな物事の中にも見受けられる。例えば，動物園では一番安いレモン・シャーベットで満足をえる事実，屋敷しもべ妖精ドビーからの危険だという警告にもかかわらずホグワーツ魔法魔術学校へ戻る決意，そして最大の敵である最強の闇の魔法使いヴォルデモートに直面しての忍耐を選ぶ。シリーズは脅威とサスペンスに満ちた雰囲気を維持するが，ハリーはコントロールを超えた物事との闘いにおいて，ハリーの道徳観に基づいた選択，すなわち道徳的選択をしていく。

3

　第1巻『賢者の石』の第1章で，すでにハリーは宿命の手の中にある。危うく命を失いそうになりながらも生き残った彼は，叔母一家の世話のもとに置かれる。彼は1歳のときの経験により，心身ともに傷跡をつけられる。そして自分が選んだのではない宿命を認識する。彼はヒーローであり，犠牲者でもある。しかしこの物語の中では，宿命がすべてを決めるわけではない。それは善と悪の両方を提供するが，選択や行動を押しつけはしない。各々の出来事は宿命を受け入れるよう強いるとしても，宿命への応じ方は自由である。

　第1巻は数々の挿話で宿命の働きを展開するが，重要なのは，すべての人にとっての究極の宿命である死の扱い方である。これは若い読者に尋ねるには難しい質問だが，物語は多くの方法で，死の不可避性を語る。物語は死を通して，登場人物たちの道徳的資質についての査定へ，若い読者の視点を向けていく。

　賢者の石と，その石へのヴォルデモートの興味の本質を考えれば，主題は明確に見える。石は時間の容赦なき猛襲に対して，死に打ち勝つ手段である。石は不老長寿の霊薬を生み出し，それを飲み続ける人は不死となる。すなわち，石はその持主に宿命を逃れさせる。第1巻の中心をなす道徳観は，この試みが愚かだということだ。ヴォルデモートの石への欲望と，ニコラス・フラメルの石の使い方

において，異なってはいるが関連した2つの見解が見られる。

　宿命から逃れようとしてたどり着いた悪の枢軸ヴォルデモートの状況は，死の否定の無意味さと無益さを明示する。彼が選んだ名前ヴォルデモート（Voldemort），すなわち「死の窃盗（volé de mort）」あるいは「死からの飛行（volée de mort）」がそれを的確に表す。彼は死を拒絶することで姿も肉体もない状態にされ，永遠の命を手に入れるため，残酷な知力と腐った意図をもって世界をさまよわねばならない。さらに彼は脅しと力を使って，他者に依存しなければならない。

　ヴォルデモートが死の拒絶という形で宿命と闘うとき，彼の選択は悪い結果になる。彼の非現実的な願望に対して道は1つしか開かれない。自分のコントロールを超える現実を受け入れ，その現実を直視するという道があるだけである。それが最善な選択であることを彼は理解できない。彼はまだ死を克服していないし，彼の哲学，「善と悪が存在するのではなく，力と，力を求めるには弱すぎる者とが存在するだけなのだ」（『賢者の石』428）という考え方に基づく彼の選択は，自分を邪悪なものへとおとしめるだけだということを，彼は認識できない。

　それでは賢者の石の創造者ニコラスと夫人ペレネレをどう理解したらよいのか。彼らは，宿命から逃れることが成就するかもしれないことを暗示している。だがニコラスとペレネレは，遅ればせながらにしても，自分たちの行動の愚かさに気がつく。ダンブルドア校長は，石を壊すことについての彼らの考えをハリーに説明する。

　　「わしはニコラスとおしゃべりしてな，こうするのが1番いいということになったんじゃ。」
　　「でも，それじゃニコラスご夫妻は死んでしまうんじゃありませんか？」
　　「あの2人は，身辺をきちんと整理するのに十分な命の水を蓄えておる。それから，そうじゃ，2人は死ぬじゃろう。・・・君のように若い者にはわからんじゃろうが，ニコラスとペレネレにとって，死とは長い1日の終わりに眠りにつくようなものだ。」（『賢者の石』437-8）

　彼らもまた石を壊すことの裏にある英知を受け入れ，幾分遅らせた死と出会うことになる。彼らのあまりにも長い人生は，ヴォルデモートの狂気が教えるのと同じ教訓を，優しく教えてくれる。

宿命は慰めと苦痛の両方を与えることもあれば，奪い去ることもある。ハリーは，ヴォルデモートの殺人のもくろみから２度も生き延び，両親からの愛の証と死との関連性を知る。そして命そのものよりもっと大切なものがあることを知る。

4

宿命は，第２巻『秘密の部屋』の冒頭で変化する。ドビーが，ホグワーツ校でハリーを待ち受ける脅威のことを話すときで，宿命への扱い方に他の様相が加わる。宿命は登場人物たちに，ある属性を授けるが，その属性をどう扱うかは指図しないということである。

第２巻の中心をなす道徳観は，人は自分の選択によって判断されるのであって自分の状況によって判断されるのではない，ということである。それが２つの例で示される。１つは屋敷しもべのドビーがハリーの人生に入ってきたことであり，もう１つは魔法が使えない普通の人間，すなわちマグルは劣るという偏狭な考えである。それぞれで固定概念の誤りが暴かれる。

読者は屋敷しもべのドビーが，奴隷という境遇にあることを知る。屋敷しもべは自分が仕える家族の秘密を話すことも，利害に反する行動もしてはならない。ドビーが仕える家族は彼をあまりにもひどく虐待し，彼は頼みとするものもなく，黙って耐え忍ぶだけである。だが読者は，ドビーの中にもう１人の人物を目にする。服従するという自分の地位を自覚し，ひたすら働くが，自分の雇主でないならば奴隷の精神に反してもよいとする人物である。規制への鋭い感覚をもつが，より高い道徳的義務への一層鋭い感覚をもつ人物である。

魔法の世界でのマグルに対する偏見の偏狭な考えに，また別の境遇への探求が見られる。ルシウス・マルフォイと息子ドラコの言葉や態度に，無知から生じた嫌悪の露骨な例や，能力や可能性より血筋が重要という傲慢な考えが見られる。

これら２つの例に加え，第２巻の道徳観を強調するものがある。それはハリー自身のアイデンティティーとの闘いである。第２巻を通して，彼は自分のことをスリザリンの後継者か，あるいはヴォルデモートとあまり違わない者ではないかと不安に思っている。彼は生まれながらの才能と，それを使うことができる能力との関係を誤解している。ハリーとダンブルドアのやりとりは，簡潔にそのポイントをついている。

「それじゃ，僕はスリザリンに入るべきなんだ」ハリーは絶望的な目でダンブルドアの顔を見つめた。「『組分け帽子』が僕の中にあるスリザリンの力

を見抜いて，それで—」・・・

「それでも『組分け帽子』は君をグリフィンドールに入れた。君はその理由を知っておる。考えてごらん」

「帽子が僕をグリフィンドールに入れたのは」ハリーは打ちのめされたような声で言った。「僕がスリザリンに入れないでって頼んだからに過ぎないんだ・・・」

「その通り」ダンブルドアがまたニッコリした。「それだからこそ，君がトム・リドルと違う者だという証拠になるんじゃ。ハリー，自分が本当に何者かを示すのは，もっている能力ではなく，自分がどのような選択をするかということなんじゃよ」(『秘密の部屋』488-9)

虐げられたドビーを助けるハリーの決断は，ダンブルドアの主張の正しさを証明する。宿命がハリーに特定の資質を与えたとしても，その資質を彼がどう使うかを宿命は決めていない。

5

次に第3巻『アズカバンの囚人』でのハリーの振舞いを見てみよう。彼は叔母一家に反抗し，親友ロンの家で盗み聞きし，校内を密かに出て何時間もぶらつき，ナイトバスの車掌からルーピン先生にいたるまで，周りの人たちに対してかなり頻繁に嘘をつく。その上，先生を攻撃までしてしまう。ハリーたちが嘘をつき，権威に服従せず，規則を破ることを読者はすでに見てきているが，第3巻ではその度合いが並外れている。

ハリーはダメになってきているのか。彼は自立を主張する普通の13歳の若者のように振舞う。彼の振舞いは必ずしも模範的であるとは限らず，彼はより大きな道徳上の問題に直面している。第3巻は，前の2巻よりずっと難しい選択をハリーに提示している。

第3巻は複雑である。第1巻と第2巻は，どちらもかなり分かりやすい形で善と悪を提示した。悪に対するハリーの抵抗は不変だが，その抵抗は彼自身が悪になるのを避けたいがゆえの，目に見える形での選択であった。第3巻では対照的に，物事の真の性質が不確かである。悪と思えることが善であったり，善に見えることが悪だと判明する。ハリーにとってこの難問を切り抜けることは，ホグワーツ校での最初の2年間に直面した難題をうまく処理するより，ずっと難しい道徳上の課題である。

また第3巻では，真実を語り，権力に服従し，規則に従うことが，特に危険度が高いときには必ずしも道徳的なことではないと暗示される。見た目は当てにならない。
　この傾向は明確である。シリウス・ブラックは無実であるが，誰一人そのことを知らないし，証明することもできない。ブラックは白である。ペティグリューにとっては反対のことが真実である。その上魔法省は，10年も前に出された間違った判決を正そうとしない。シリウスが自分の宿命を待つ間に，ダンブルドアはこう説明する。

　　「よくお聞き，ハリー。もう遅すぎる。わかるかの？スネイプ先生の語る真相の方が，君たちの話より説得力があるということを知らねばならん。・・・生きていても，死んでいても，とにかくペティグリューがいなければ，シリウスに対する判決を覆(くつがえ)すのは無理というものじゃ」
　　「でも，ダンブルドア先生は僕たちを信じてくださってます」
　　「その通りじゃ」ダンブルドアは落ち着いていた。「しかし，わしはほかの人間に真実を悟らせる力はないし，魔法大臣の判決を覆すことも・・・」(『アズカバンの囚人』514)

　この間違いを訂正するためには，第1巻から始まっていた規則違反をそのまま続けなくてはならない。しかしこのような行動はより高い道徳観の原理にかなっていて，ハリーは重要な教えを学ぶ。規則はそれなりの位置を占めるが，時には規則を作った人が意図したのとは違う方向へ行ってしまうこともあるということを。
　だがこの道徳観の多義性は，何をしても構わないというわけではない。頻繁にハリーは規則と権威に反する行動をしている。しかしこれらには意味がある。第1に，これらの行動は十代の考え方や行動を現実的に描写している。第2に，これらは道徳的洞察力のレベルを高めることを可能にする。もしハリーが常に良い子だったなら，別段様々な教訓を学ぶ必要性はない。彼は自分の決断と道徳観との関連を十分意識している。
　道徳観の発達は，ハリーがスネイプとルーピンとでは異なる反応をするときに見受けられる。これは彼が校則違反でホグズミード村へ遊びに行ったことが発覚したときである。スネイプは真実を指摘するが，嫌みたっぷりの説教で指摘する。

「なるほど」スネイプはまた体を起こした。
「魔法省大臣はじめ，誰もかれもが，有名人のハリー・ポッターをシリウス・ブラックから護ろうとしてきた。しかるに，有名なハリー・ポッターは自分自身が法律だとお考えのようだ。一般の輩はハリー・ポッターの安全のために勝手に心配すればよい！有名人ハリー・ポッターは好きなところへ出かけて，その結果どうなるかなぞ，おかまいなしというわけだ」(『アズカバンの囚人』367)

反対にルーピンは，いったんハリーとロンの3人だけになると，ハリーは自分の思う通りに行動することを，異なった言い方で指摘する。

「吸魂鬼(ディメンター)が近づいたとき君が聞いた声こそ，君にもっと強い影響を与えているはずだと思ったんだがね。君のご両親は，君を生かすために自らの命を捧げたんだよ，ハリー。それに報いるのに，これではあまりにお粗末じゃないか―たかが魔法のおもちゃ1袋のために，ご両親の犠牲の賜物を危険にさらすなんて」(『アズカバンの囚人』375)

スネイプへのハリーの反応がますます折り合わないものとなっていくのに対し，ルーピンへの反応は，「スネイプの部屋にいたときでさえ，こんな惨めな気持ちにはならなかった」(『アズカバンの囚人』375)と言葉にもならない。最初スネイプへの憎しみよって見えなくなっていたが，その後ルーピンの指摘で洞察力を与えられ，ハリーは心底良心の呵責を経験し，自分の愚かさを認識する。

自覚の高まりは，両親の価値観が彼の中に生きているということをハリーに学ばせる。両親の死についての記憶は彼をかき乱すが，より強い力と強化された道徳観の領域へと彼を導く。この内的混乱を通して，両親の犠牲の証が自分の内にあることを認識する。

物語後半，ハリーはこの洞察力をとても深刻な状況で使うことになる。彼の善悪の判断力が高まり，シリウスと対面して，彼の激怒は理性に道を譲る。難しい状況を通して，自分のとるべき道を考え抜く。彼はシリウスを信じるようになるが，シリウスとルーピンがペティグリューを殺すことは許さない。たとえその行動が正当化されるとしても。「おまえのために止めたんじゃない。僕の父さんは，親友が―おまえみたいなもののために―殺人者になるのを望まないと思っただけだ」(『アズカバンの囚人』489)。ハリーは自分がペティグリューの運命を決める

のではなく，法が決めることだと認識する。そして父親の友人たちが向こう見ずに行動するのを引き止めることは，父親もそうしたように，自分のコントロール下にあると確信している。出来事は彼の意図したものをはるかに超えるが，彼は何が必要で何が可能かを正しく判断し選択していく。

　第3巻の終わりまで，スネイプが暗に意味した意味ではなく，本質的に意味深いやり方で，ハリーは本当に自分の思う通りに行動する。いくつか道徳上の問題が，彼に判断を要求してくる。規則は手引きとなってくれるが，解決策を教えてはくれない。特定の状況においてどれを適用したらよいかを決めるのは，彼にまかされている。

　第3巻でのハリーの不品行の話に戻ると，彼の行動を，些細な違反行為と重大なものとに選り分けることができる。倫理上の違反は正と誤の領域にそって生じ，善と悪の思慮分別のある範疇にはきちんと納まらない。そこで善と悪ではなく，正と誤の観点から，彼の悪行や悪戯な行動を選り分け評価すると，大部分がむしろ取るに足らないものだと分かる。その上，確かな理由をもって大部分の違反を犯していることも分かる。彼は不十分ではあるが，より高い道徳観を発達させているのである。

　この成長は徐々に明らかにされている。第1巻は，ハリーが自分のコントロールを超えた状況に対応しなくてはならないことを提示する。第2巻ではもう1歩進み，自分の強さと弱さを彼が選んだのではないことをはっきりさせる。第3巻は，人生の偶然と彼自身の能力を，いかに彼が自覚するようになるかを示す。さらに，何が真実で何が正しいかという，より難しい質問を彼に突きつけていく。最終的には，道徳観の多義性のため，ハリーがコントロールを越えた状況に出会うとき，どのように善悪の判断をするかを第3巻は述べている。

<h2 style="text-align:center">6</h2>

　第4巻『炎のゴブレット』では，優勝杯を目指すものに課された3つの課題に挑戦するとき，ハリーが1人で行動すると常に不十分な結果に終わる。ハグリッド，偽者ムーディ，ハーマイオニーの助けなしでは，第1課題に失敗していただろう。セドリックからのヒント，嘆きのマートルからの激励と指図，ドビーがくれた鰓昆布なしでは，第2課題も失敗していただろう。第3課題のみ，ハーマイオニーやロンと共に長い時間練習したので，何とか実力を発揮する。しかしこの課題である迷路でさえも，邪悪な陰謀のためハリーがたどり着くようになっている。

明らかにシリーズにおける英雄的資質の概念は，主人公に与えられた魔法の能力とは別である。それは本人の道徳観の中に備わっている。3校対抗優勝杯を前にしたハリーとセドリックのやりとりに，道徳観を垣間見ることができる。

　　「さあ，それを取れよ」ハリーが息をしながらセドリックに言った。「さあ，取れよ。君が先に着いたんだから」
　　しかし，セドリックは動かなかった。ただそこに立ってハリーを見ている。それから振り返って優勝杯を見た。金色の光に浮かんだセドリックの顔が，どんなに欲しいかを語っている。セドリックはもう一度こちらを振り向き，生垣で体を支えているハリーを見た。セドリックは深く息を吸った。「君が取れよ。君が優勝するべきだ。迷路の中で君は僕を2度も救ってくれた」
　　「そういうルールじゃない」(『炎のゴブレット』下425)

　2人は栄光を勝ちとることより，道徳的に振舞うことに，より高い価値をおく。そしてハリーとセドリックは，同じ種類の人間であることを証明する。ハリーの天賦の魔法の才能は，彼の年令の魔法使いとしては少なからぬものだが，立ちはだかる試練は偶発的である。セドリックにとってもそうである。道徳的に振舞うことが，宿命に対しての安全装置になるわけではない。何ひとつどうにもならないことを，2人はその後直ぐに学ぶ。魔法の能力も，倫理にかなった英雄的行為も，人生での成功を保証するものではない。だが第4巻の中心は，正しいことをしたいという願望はどんな能力よりも重要である，という道徳観である。
　ヴォルデモートとハリーの対決は，この点において教訓的だ。ハリーは服従を拒否することで，ヴォルデモートの服従の呪いを阻止することができ，ヴォルデモートの杖へと光の玉を押し返すことができた。ハリーの意思の力，正しいことをしたいという願望は，ヴォルデモートの邪悪な願望より優ったのである。若き魔法使いの魔法の力ではまだ敵に勝つことはできないが，ハリーは悪を阻止することのために自分ができる唯一のこと，すなわち断固たる意志を貫く。選択は，他の何ものより，選択する人間の資質を映し出す。
　しかし第4巻はさらなる選択肢を提供している。ハリーが受ける度々の援助と，他の人のためにという彼の行動の両方が，共感と結束の重要性を明示する。利己主義以上のものが行動に動機を与えなくてはいけないことを提唱しているのである。

7

　こうして見てくると，ハリーは立場を変えることなく道徳観を発達させてきている。第1巻は，自分を見つめることで，自分自身の死も含め，コントロールを超えた物事と宿命の働きの認識へとハリーを導く。この認識の過程は，第2巻では，人は生まれつきの特性よりむしろ自分の選択によって判断される，という認識を彼にもたらす。すなわち生来の技量の重要性と同時に欠点もまた明白になる。第3巻は，道徳が状況の中でどのように適用されなければならないか，両親の犠牲の証をどのように扱っていけばよいのかをさらに意識するようになり，道徳観の多義性の本質を見つめるようになる。第4巻では，彼は自分自身の弱さを今まで以上に自覚し，自分の力を一層自覚する。またこれまで学んできた教訓を強化し，より高い道徳観を発達させていく。第5巻『不死鳥の騎士団』では，今までのすべてが提供され，強化される。彼はますます自律性を高め，そして道徳的選択の重要性，結束の必要性を痛感する。第6巻『謎のプリンス』では，今まで支えてきてくれた人もいなくなり，ついにハリー1人で悪と立ち向かうスタート台に立つ。

　善悪二元論の道徳観に基づいたこのシリーズのどこが不道徳という非難を浴びるのか。文体や女の子は脇役等の批判は，このシリーズの人気や売り上げに対してと思われるものも多い。[3] 問題の道徳観への批判は，主にキリスト教原理主義の観点からのもので，神の存在がなく，魔法を奨励し悪魔の脅威にさらす，というものである。このシリーズの宿命と道徳観の扱い方は，善悪二元論の道徳観よりも，ハリーの選択を前面に押し出している。すなわち善を選ぶときのプロセスに焦点があてられている。宿命を受け入れることを強いているが，応じ方は自由であり，道徳観に多義性をもたせている。道徳に従うことが，人生の成功や安全を，必ずしも保証するわけではないと語る。また選択すべきものが，必ずしも善と悪の範疇の中にあるとは限っていない。その結果，規則や権威に反する行動をとる場合も多々ある。しかし第1巻から第6巻までのハリーの選択は，一貫して善か悪かという道徳観に基づいており，そして常に善を選ぶハリーの選択には，断固たる意志という要素が不可欠となっている。宿命が与えた道も，善悪二元論の道徳観に基づくハリーの選択の支配下にある。選択の行為が道徳観より前面に押し出されたことが，不道徳という批判を浴びたと考えられるが，正しいことをしたいという願望，そしてそれを実行するための断固たる意志，この2つが合体したもの，それが全巻を通してのハリーの道徳的選択なのである。

注

[1] 参考文献の Harold Bloom および "Purging Flame" を参照のこと。
[2] J. K. Rowling, *Harry Potter and the Sorcerer's Stone* (New York: Scholastic Press, 1998). ［松岡佑子訳．『ハリー・ポッターと賢者の石』．静山社（1999）］／ *Harry Potter and the Chamber of Secrets* (1999). ［『ハリー・ポッターと秘密の部屋』（2000）］／ *Harry Potter and the Prisoner of Azkaban* (1999). ［『ハリー・ポッターとアズカバンの囚人』（2001）］／ *Harry Potter and the Goblet of Fire* (2000). ［『ハリー・ポッターと炎のゴブレット』上下（2002）］／ *Harry Potter and the Order of the Phoenix* (2003). ［『ハリー・ポッターと不死鳥の騎士団』上下（2004）］／ *Harry Potter and the Half-Blood Prince* (2005).
[3] Charlie Rose, Christine Schoefer, Jack Zipes, Julia Eccleshare らの言説を参照のこと。

参考文献

Bloom, Harold. "Conversation with Ray Suarez," *News Hour*. August 29, 2000. 〈http:www.pbs.org/newshour/ conversation/july-dec00/bloom_8-29.html〉

Eccleshare, Julia. *A Guide to the Harry Potter Novels*. New York: Continuum, 2002.

Heilman, Elizabeth E. ed. *Harry Potter's World: Multidisciplinary Critical Perspectives*. New York: Routledge Falmer, 2003.

"Purging Flame: Pa. Church Members Burn Harry Potter 'Against God'," ABCnews.com. March 26, 2001. 〈http://www.more.abcnews.go.com/ sections/us/ dailynews/book_burning 010326.html〉

Rose, Charlie. "Jamie Allen," CNN.com. July 13, 2000. 〈http://www.cnn. com/2000/ books/news/07/13/potter.hype/〉

Schoefer, Christine. "Harry Potter's Girl Trouble." Salon.com. January 13, 2000. 〈http://dir.salon.com/books/feature/2000/01/13/ potter/index.html〉

Whited, Lana A. ed. *The Ivory Tower and Harry Potter*. Columbia: U of Missouri P, 2002.

Zipes, Jack. "The Phenomenon of Harry Potter, Or Why All the Talk?" *Sticks and Stones*. New York: Routledge, 2000.

アイデンティティの根付く場所を求めて
―『さあ行くぞ,フィラデルフィア!』と「移住」―

河口　和子

1

　20世紀に入ると英国による長いアイルランドの植民地支配が終わりを告げる。それまでの英国統治の間,アイルランド人がもともと保有していた言語を含む独自の文化,伝統は,当然のことながら抑圧されていた。複雑な被支配の歴史を経験したアイルランド人は,脱植民地後の現在においても,自らのアイデンティティを考えさせられる立場に置かれ続けている。アイルランド出身作家たちの多くは,アイルランド人のアイデンティティを自らが取り組むべき課題や使命と考え,進んで作品のテーマに取り上げてきた。

　現代アイルランドを代表する劇作家の1人であるブライアン・フリール(Brian Friel, 1929-)も,例外ではない。フリールは,アイルランド人のアイデンティティを語る上で,ドネゴール州にあるバリベーグ(Ballybeg)という架空の田舎の村または町を,多くの作品で舞台に設定している。バリベーグはアイルランド語のbaile beagからきており,「小さい町」という意味である。ドネゴール州は,政治的には南のアイルランド共和国に属しており,牧歌的雰囲気の残る閑疎な地域だ。しかし,それは地理的にアイルランド島の北西に位置し,紛争の絶えない政治色濃厚な北アイルランドの町デリーとは,隣り合わせである。また,大西洋を越えると,西はアイルランド移民の多く住むアメリカ,という位置関係にもある。詩人であり,批評家であるディーン(Seamus Deane)は,このバリベーグについて,「社会的に陰鬱で政治的に混乱したデリーの町と,寂しい風景と伝統的な慣行が心に取り付くほどの魅力となっているドネゴールの田舎を,その中に融合させた」(12)場所と述べている。したがって,バリベーグという小さな村は,都会の喧騒または世界の中心からも隔離された,はるか遠い理想郷であるティル・ナ・ノグ(常若の国)のような場所ではない。この小村はある程度こうした複雑な状況を抱えた地域としてのアイルランドを集約したものと言える。

　そして,フリールの描く世界はアイルランドの一小村バリベーグで繰り広げら

れる一見特殊な世界のように思われる。しかし、それは、世界のどこにでも存在する人間模様でもある。フリールは、物事を多角的に考える土壌として、また、小さな世界を描きつつ普遍的なものを示唆するために、バリベーグを創作したように思える。本論では、フリールの初期の代表作『さあ行くぞ、フィラデルフィア！』(*Philadelphia, Here I Come!*, 1964) において、フリールがバリベーグを舞台にアイルランド人のアイデンティティ論をどのように展開しているかを考察する。

2

　この劇の主題のひとつは、国外移住である。劇の主人公ガレス・オドンネル (Gareth O'Donnell, 通称ガー Gar) は、人生の新天地フィラデルフィア行きを明日に控えている。故郷での最後の夜に、バリベーグに住む人々がガーの元にやってきたり、ガーが過去を回想したりして、劇は進行する。まず、ガーがバリベーグを立ち去ろうとすることに対する地元の人々の態度や、彼に対する思いを１人ずつ検証することによって、登場人物とバリベーグとの関連性、さらに表象としてのこの場所が示すものを探ってみたい。

　最初にガーのもとにやってくるのが、みすぼらしい身なりの、酒におぼれたかつての恩師ボイル先生 (Master Boyle) だ。彼はアメリカで新しい教授職の話があると法螺を吹き、さらに彼の詩集をガーに手渡しアメリカでの出版を夢見る。また、彼はかつて恋をしたガーの母の面影を必死にガーに見出そうとし、いまだ払拭できない未練の思いを懐いている。彼はガーに対し、「100％アメリカ人になれ。」(53) とか、「バリベーグとアイルランドを忘れろ。」(54) と言い、自分の過去や故郷を忘れ、何の迷いもない人間になるように勧める。しかし、すぐその後で、「たぶん君は私に手紙を書くだろうよ。」(54) と述べることから、そういう完全なる人物になることも、バリベーグの一切を忘却することも、ガーには不可能であることを彼は示唆している。

　ガー自身も出発を明日に控えながら、生まれ故郷を簡単には捨て去ることができないと自覚している。ボイル先生の姿は、人生の失敗、物質的貧乏、感傷的な過去を表しているが、この田舎に留まれば、ガーもボイル先生のように落ちぶれて朽ち果てる運命は明らかだ。ここでは、バリベーグの負の性質が、ボイル先生に表象されているように思われる。フリール自身がこの劇を「怒りの劇」(3) と対談の中で述べているように、ガーはボイル先生に対しどうしようもない怒りや嫌悪を感じている。しかし、彼を見くびることや完全に否定することはできず、ガーは最後に彼に酒代を渡し、温かい思いやりを示す。このようにガーは、嫌悪

と同時に敗者に対する同情も感じる人物なのである。

　次にやってくるガーの友人たちは，若さゆえに性的欲求はありながら，バリベーグの古い慣習や教会の圧力のため，実際の行動に移すことはできない，という鬱憤を抱えている。彼らはホテルに滞在している女性客を見て空想を膨らまし，競って虚構話をすることしかできないのである。アメリカは恋愛や性に関しても自由な場所と考える彼らは，ガーに対し羨望の気持ちを持っている。そのためガーの渡航を率直に喜ぶことも，また逆に自らの本当の気持ちを素直に表現することすらもできない。若さを閉じ込めてしまう抑圧的な地域性が，この村に感じられる場面である。

　そして，最後にやってくる神父（Canon）は，ガーがフィラデルフィアへ旅立つ前夜と知っていながら，父とお決まりのゲームに興じる。最後に父と会話をしたいガーのいらだつ気持ちを，プライベート・ガー（内面の自己，Private Gar）が次のように語っている。

　　なぜって，あんたならこの寂しさ，このためらい，このひどくいやなおどけを，キリストの言葉に言い換えられるだろう。それでぼくたちは皆こんな人生でも我慢ができるってものさ。でもあんたは何も言ってくれない。どうしてですか。神父様。どうして，頭の枯れた神父様。これがあんたの仕事では？言葉に言い換えることですよ。・・・ぼくはあんたのせいで半分気が狂っている。フィラデルフィーへ立つのだよ。(88)

　本来人々の気持ちを解さなければならない神父が，このように切実なガーの気持ちを理解しようとはせず，平然とゲームを続けるのである。ここに，人々の精神的救いとなるはずの宗教の無能さが明示される。

　他方，主体性があり自立した女性像の欠如も，この村の描写の特色だ。ガーのかつての恋人ケイト（Kate）は，父権社会に押しつぶされた人物として描かれている。ガーと結婚の約束をするが，彼女の関心事は実質的な生活費の多寡や，彼女の父親の眼鏡にかなうかどうかだ。次のケイトとガーのやり取りを見ると，お互いの今後の生活に関する思考の相違が浮き彫りになる。

　　ケイト　でも3ポンド15シリングよ，ガー！それでは暮らしていけないわ。
　　パブリック・ガー　（彼女の髪にキスをしながら）うむ
　　ケイト　ガー！聞いて！分かって。

パブリック・ガー　うむ
ケイト　どうやって暮らすの。
プライベート・ガー　(まねして)「どうやって暮らすの。」
パブリック・ガー　領主の旦那方みたいに，家，電気，燃料，食料もみんなただでさ。・・・
ケイト　ガー！あんたがなんていったってそのくらいのお金じゃ暮らせないのだからね。それじゃできないのだから。それよりももっと安心できる方法をとらないと。(40)

ガーは実際ケイトを愛しているが，実質的な問題に踏み込むと自分が窮地に落ち込むことは理解している。そのため，彼女の真摯な問いかけを不真面目にかわすことで，現実を逃避しているのだ。さらに，ガーとケイトはお互い異次元の世界に存在しているとも言える。お互いに愛していながらも，彼はバリベーグの偏狭な父権社会に属す意思はないし，彼女は父親の意にかなった裕福な医者と結婚をする。また，彼女の母親は父親の影に隠れ，舞台に姿すら現さない。このようにガーの母親なきこの村に，父権制度に基づくよき母，よき妻，よき娘，性的対象物としての女性は登場するが，ガーにとって精神的な充足感を満たす女性は不在に等しいのである。

　しかし，家政婦マッジ (Madge) は，会話のない父と息子の橋渡しをする人物としてこの劇で重要な役割を演じている。彼女は，ガーの知らない過去の出来事から現在の親子の心情まで，すべてを見通している。マッジはガーの一番のよき理解者であり，母親のいないガーもまたマッジを頼りにしている。明日旅立つガーが父に求めているのは，この地に留まる理由になるような，また，彼を信頼し彼の存在を認めるような言葉である。その様なガーの内心を彼女は知っている。したがって，いつもと違う何か温かな言葉を発するよう，再三父親に仕向けるが，父親は彼女の言うことにまったく無関心だ。父親は彼女の言うことに耳を貸さない上に，自分の名前をつけてくれると期待していた姪の子に別の名前がつけられ，深く落ち込んで帰ってきたマッジの心情を理解できない。一方，マッジは「言葉数が少ないのは，人並みの感情がないってことじゃないよ。」(33) とガーに述べる。これは，言葉で自分の気持ちをうまく表現できない父親の性格も，彼女が十分理解していることを示す言葉であると同時に，言葉による愛の表現を求めるガーに，彼女が父親を弁明する場面でもある。しかし，彼女は父と息子の架け橋としての役割や，ガーの母親代わりの役割を全うしようとしても，父親の無関心な態度に

よって，父と息子，2人の心を結びつけることに成功することができないのだ。

また，マッジを通しガーの母親像の一部が開示される。彼の母親は，父親と対極の「野生的」で「若い」(37)女性であり，目は輝き髪は放たれ，靴を脇に抱えて村はずれを散策するような人であった。彼女は自由であるがために，男性に関する考え方も古い慣習にとらわれない。そんな母親を，マッジは「彼女はたくさんの人と付き合っていた。それがあの人のやり方だった。抑えられなかったのさ。」(87)と表現する。しかし，彼女は母親についてそれ以上語ることなく，彼女を理想化したままにしている。今バリベーグにいる人々は，温かい情愛をこめて，母親の面影を思い出にしまいこんでいるのだ。

しかし，若く自由な母親は，中年の古い考えに固執する父親とはまったく逆のベクトルを持つ存在であり，バリベーグには適合せず，異質な存在と考えられていたはずだ。明らかに，彼女に対する憧憬の気持ちはあっても，それを率直に受容できるだけの許容力は当時のバリベーグにはなかった。さらに，今まで見てきたように，当時と変わらない偏狭な性質を持つ現在のバリベーグもまた，若く自由な想像力を育む土壌ではないことが分かる。社会的に不毛の土地に，母親がおらず，恋人とも別れたガーは，心の空虚さを感じて，肉親である父親との絆を探り，強く彼の愛を求めようとするのである。

フリール自身が，この劇について「フィラデルフィアは一種の愛の分析である。それは父と息子，そして息子と彼の誕生の地との愛」(47)と対談の中で述べている。そのように，これは父 (S.B. O'Donnell) と息子の間の愛，息子の生まれ故郷への愛について描いた劇だ，とすれば，彼らのすれ違う思いや関係は，愛を求めて満たされない挫折と，そこから生まれる憎しみを表現するものと理解できる。彼らは，世間によくある会話のない親子で，お互いに会話を通し意思疎通を試みたいと感じているが，決して成功には行き着かない。ガーがフィラデルフィアへ立つ前夜でさえ，父親ははなむけの言葉はおろか，普段と変わったことは何も言わず，いつもどおり1日の仕事をこなし，ガーにもいつもと変わらぬ仕事を言いつけ，お決まりの行動をそつなく成し遂げる。そんな父親にガーは強い苛立ちを感じるのだ。マッジが「2つの豆のように似ている」(98)と述べているように，ガーは父親の若いころにそっくりだし，また，年を取ると父の姿になるであろう，とガーはマッジと同じように感じている。若々しさに欠け，新味のない同じ毎日の繰り返しをこなす父の姿に怒りを感じつつも，ガーは皮肉にも父と将来の自分の姿を重ねてしまっている。今，ガーにとっては，拒否し，捨て去ろうとしているバリベーグと父親の存在とが，二重写しとなるように思われる。そして，父親

に似ている自分が、この偏狭な小さな土地で父と同じ一生を過ごし朽ち果ててしまうのではないか、という恐怖心がかき立てられて、この地からの脱出へと彼を駆り立てるのである。

3

今まで見てきたように、バリベーグは、登場人物が表しているすべての性質を兼ね備えている土地と言えるようである。それは、物質的に貧窮し、抑圧的で、変化のない不活性そのものだ。その対極にあるのがフィラデルフィアである。ステレオタイプ的なイメージではあるが、そこはアメリカを代表する物質的豊かさ、自由、また成功のチャンスが山とあるところだ。

アメリカから来た厚化粧でおしゃべりな伯母リジー（Lizzy）は、古きよきアイルランドを懐かしむ一方で、アメリカの物質主義的な考え方に染まった人物として登場し、ここではアメリカのイメージを代表する典型的なアイルランド系アメリカ人と考えることができる。彼女はエアコンつきの車やカラーテレビなどを所有していると言い、アメリカの物質的豊かさをひけらかし、ガーのアメリカ行きを説得する。子供のいない伯母は、うわべだけの成功とは裏腹に精神的な貧しさ、空虚さをも持ち合わせている。その愛の埋め合わせを、ガーに託そうとする。それが折悪しくケイトの結婚式のときであり、失意の底に沈んでいるガーは、衝動的に彼女の提案に合意をするのである。

しかし、伯母に代表されるアメリカの含蓄のなさや、アメリカに行っても支配的な伯母から抑圧的に管理される生活が待っていることに、ガーは早くも気づいている。プライベート・ガーは「彼女は毎晩エアコンの効いたベッドの毛布にくるんでくれる・・・そして子守歌を歌って寝かせつける、『お眠り、私のかわいい子よ。』ってね・・・行きたくないのだろう、おい。認めろよ。行きたくないって。」(67) と述べて、伯母の説得に不本意にも同意した日を思い出しながら後悔している気持ちを暴きだす。

このようにガーは、偏狭で若々しい想像力を閉じ込めてしまう性質を持ったバリベーグにも、また、精神的空虚さを持ち合わせるアメリカにも、属することができない。両者から離れた地点からこのように客観視できるガーは、もはやどちらにも属していないのである。ガーの精神的に存在する場所とは、バリベーグでもなければフィラデルフィアでもない、両者の間の流動的であいまいな地にあると言える。題名中の Here は、今まさに出立しようとするガーの勢いを表すせりふであるが、同時に彼の位置する、出発地と到達地の中間点を意味しているよう

にも思われる。なぜなら，ガーが心を寄せる中間地とは，流動的であいまいで，その地点はガーの依って立つべき確固とした場所ではなく，ガーの心境は両極に惹かれながら揺れ動いているからである。

　ガーの心の葛藤を描いたこの劇で，フリールはこのアメリカ行きに対するガーの不安定な心のうちを，2人のガーを舞台に登場させて，視覚的に観客に提示する手法を取っている。これを，フリールが前書きで次のように説明する。

　　2人のガー，つまりパブリック・ガーとプライベート・ガーは，1人の人間の2つの見解である。パブリック・ガーは人々が見たり，話しかけたり，話題にするガーである。プライベート・ガーは目に見えない，内なるもので，良心であり，別の自己で，内なる思考で，イドである。(27)

一般の人々に見えて話すことができるパブリック・ガーだけが，誰にも見えないプライベート・ガーと話すことができる。研究者アンドリュース (Elmer Andrews) が「プライベート・ガーを通して，フリールは心の闇を見せ，沈黙をはっきり言葉で言おうとする」(85) と述べているように，プライベート・ガーは冷笑的にそして端的にパブリック・ガーに問いかけ，彼の揺れ動く心情を暴き出すのである。

　この劇は移民という感傷に陥りやすいテーマを扱っており，実際「やや感傷的」(清水 251) な劇という指摘もある。しかし，研究者ダンタナス (Ulf Dantanus) は「プライベート・ガーはそのような感情的放縦に対する完全なる予防法になっている。」(95) と述べている。このようにフリールは，2人のガーを登場させる技法によって，アイルランド人の特性であり，移民をテーマにする場合に陥りやすい弱点であるセンチメンタリズムから，うまく逃れ出ているのである。プライベート・ガーは，感傷的になると「しっかりしろ。忌々しいセンチメンタルな馬鹿になるな！（歌う）さあ行くぞ，フィラデルフィア—」(55) と気持ちを奮い立たせる。パブリック・ガーもまた歌を歌い，裕福になった自分を想像し，気持ちを高揚させている。

　しかし同時に，移住の決断は衝動的であったと，ガーは後悔してもいる。彼はケイトをめぐって階級差に苦しめられてはいるが，本当の意味で物質的に豊かな生活を求めてアメリカへ行くのではない。精神的愛に飢えている彼にとって，アメリカ行きを必然化する理由もなんら見出すことができない。それが劇の最後のせりふとなって表れている。

プライベート・ガー　ああ，どうして行かなければならない？どうして，ど
　　うして？
パブリック・ガー　分からない。ぼ，ぼ，ぼくは分からない。(99)

　彼がバリベーグのすべてを完全に忘れ去ってフィラデルフィアへ行くことができないのは，まだバリベーグのどこかに愛着があるからだ。そして，バリベーグを去ることは，自分自身のアイデンティティを完全に否定することになりかねないからだ。偏狭で単調な生活の中に，ガーの愛憎の混ざった複雑な心境の振幅が描かれている。出発の時間が迫るにしたがって，プライベート・ガーとパブリック・ガーのやり取りが示すように，さらに葛藤が増してくる。

4

　先にも述べたように，この劇はガーの出発前夜が舞台の設定時間となっており，その時点からガーが過去を回想したり，未来の自己を空想したりして，劇が進行する。進行する現在の時間の中に，過去と未来の時間が混在する形式になっている。過去とは人が培った歴史であり，現在の人格形成の土台であり，自らの存在を証明する証である。そのことを考慮に入れると，ガーによる過去の追憶は，自身の確かなアイデンティティを模索することであることが理解できる。また，他者と共通の過去を有することで，自身のアイデンティティを確保できるとともに，相手との愛が確信できる。

　愛の枯渇が原因でこの村を出るガーは，父親の愛を確認するため最後の賭けに出る。彼は，昔父親が優しくしてくれた思い出を，思い切って父に打ち明けるのである。それは5月のある午後，ガーと父親が青いボートで釣りに出かけたときのことだった。突然の雨に，父はやさしくガーの肩にジャケットをかけ，帽子を渡す。何かを話すわけでも，するわけでもなく，突然父は 'All Round My Hat I'll Wear a Green Coloured Ribbono' を歌いだしたのだ。しかし，その思い出は，父と息子の間で共有されておらず，ボートの色から歌まで何もかもが食い違い，ガーの最後のほんのわずかな救いの糸も，はかなく切れてしまう。

パブリック・ガー　何も理由はないさ。僕たち，―お父さんは幸せだったっ
　　てことを除いてはね。覚えている？覚えている？
　　（S.B. が思い出す間，間がある。）
S.B.　いいや・・・いや，そのときのこと，覚えていない。

[・・・]
　　'All Round My Hat' か？それは私の得意な歌じゃない。どんなのだ？
パブリック・ガー　いえないよ。ぼくも分からない。
プライベート・ガー　は，は，は，は，は，は，は。
S.B.　それからボートが青だって言ったね。
パブリック・ガー　関係ないよ。忘れて。(95)

　それは現実だったのか，または幻想だったのか。人は，自己の存在理由，存在の証を確認するとき，常に自身の過去と未来を行き来するものである。ガーによる過去の追憶や未来の空想は，自身の中でのアイデンティティの確認作業と受け取れる。しかし，それも失敗に終わり，彼にとってアイデンティティの存在が危ういものになる。
　ガーは父親から言いつけられた仕事だけをやらされて，自分のやりたい仕事を自由にやらせてもらっていない。しかも，彼はマッジより少ない給料しかもらっていないのだ。それは，25歳になるガーが父親から認めてもらっていない証拠であり，父親の大きな力で抑圧的に管理されていることに他ならず，ガーにとって耐え難いことである。また，村の人々が表象している偏狭なバリベーグからも，目には見えないが，彼の自由を奪い，抑圧的な強い力を彼は感じている。このように，父親とガーの関係は支配と被支配の構図が浮かび上がるし，また，バリベーグとガーの関係も同様である。この構図は，英国とアイルランドの支配，被支配の関係に置き換えることはできないだろうか。ガーが支配的な大きな力で抑圧され，自己のアイデンティティの模索に苦しむ状況は，総体としてのアイルランド人の置かれた状況とも見て取れる。
　アイルランド人は，英国人によってアイデンティティのよりどころである独自の文化を抑圧され，「自国にいながら追放の憂き目」(的場127)にあってきた。あまりにも長い間，アイルランドに2つの国と2つの文化が存在していたのである。そのような環境の中では，自分ともう1人別の自分がいるという意識が生まれる。その意識は，信仰心や他者の愛によっても解消されない。そして，「自我の確立の問題とはまた別に，心の中に自身を部外者・疎外された者と感じる意識を生む。」(児嶋37) ガーは，宗教に信頼を寄せることも，愛に救済を見出すこともできず，バリベーグを立ち去ろうとする。その時点で，ガーの肉体はまだバリベーグにあるが，彼はもはや精神的にバリベーグには帰属しておらず，離れた視点からバリベーグを見ている。バリベーグから一歩踏み出したところで揺れ動く

不安定な彼の心境は，まさにアイルランド人自身のアイデンティティそのものだ。複雑な被支配の歴史を経験したアイルランド人にとって，ボイル先生の言う百パーセントの完全な自己を持つことは不可能であり，このような揺れ動く不確実なアイデンティティを彼らは持つに至ったと言える。この劇でフリールは，バリベーグにいるガーをアイルランド人の代表的存在とし，2人のガーを用いて，アイルランド人の抱えるアイデンティティの問題を効果的に描くことに成功したのである。

引用文献

児嶋一男「評伝ブライアン・フリール—二つの文化ともう一人の自分」現代演劇研究会編『現代演劇14＜特集ブライアン・フリール＞』東京：英潮社，2001. 1-37頁.

清水重夫「ブライアン・フリールとその劇作」ブライアン・フリール（清水重夫，的場淳子，三神弘子訳）『現代アイルランド演劇2—ブライアン・フリール』東京：新水社，1994. 246-264頁.

的場淳子「二アイルランドの演劇概観—3 ブライアン・フリール」松村賢一編著『アイルランド文学小事典』東京：研究社，1999. 125-131頁.

Andrews, Elmer. *The Art of Brian Friel: Neither Reality Nor Dreams*. London: Macmillan Press, 1995.

Dantanus, Ulf. *Brian Friel: A Study*. London: Faber and Faber, 1988.

Deane, Seamus. 'Introduction.' Friel, Brian. *Selected Plays*. London: Faber and Faber, 1984. 11-22.

Friel, Brian. *Selected Plays*. London: Faber and Faber, 1984.

Murray, Christopher ed. *Brian Friel: Essays, Diaries, Interviews, 1964-1999*. London & New York: Faber and Faber, 1999.

『ストーンズ・イン・ヒズ・ポケッツ』と
アイルランド映画産業

磯部　哲也

1．アイルランド映画産業

　『マイ・レフトフット』(*My Left Foot*, 1989) が1990年3月26日に発表された第62回アカデミー賞で主演男優賞と助演女優賞を受賞して以来，アイルランド映画は世界的に認知されてきている。しかし，それ以前のアイルランド映画産業は，イギリスやアメリカの映画製作会社に支配されていた。英米の映画は，自国の観客を対象に製作されたものであり，それぞれの国から見たアイルランド像を描いてきた。『邪魔者は殺せ』(*Odd Man Out*, 1947) や『ライアンの娘』(*Ryan's Daughter*, 1970) は，イギリスの映画会社によってアイルランドを題材にして製作されたものである。これらの映画はイギリス側から見た反イギリス紛争に明け暮れる好戦的なアイルランド像を描いている。『静かなる男』(*The Quiet Man*, 1952) はアメリカの映画会社によって製作され，アイルランドを牧歌的な姿として描いている。

　早くも1909年にダブリンに常設の映画館が開設されたにもかかわらず，アイルランド国産映画の製作は年数本に留まっていた。アイルランド政府は，映画産業を，雇用を生み出し，外貨を稼ぐ産業と考えていただけであった。政府は，外国の映画会社がアイルランドで映画を製作するために，税金面で優遇し，財政的援助を与えて，外国の映画製作会社を誘致した。1958年に設立されたアードモア撮影所も，75年に国有化され，主に外国映画の撮影のために使用されていた。一方，国内の映画製作会社に対する財政的援助は最小限のものであった。

　アイルランドの映画製作会社は，1990年代に入り国際的に評価される作品を製作していった。それには，政府の映画政策の転換が背景にあった。アイルランド政府は，1981年に国産映画振興策の1つとして，アイリッシュ・フィルム・ボードを設立した。その第1回助成作品はニール・ジョーダン監督のデビュー作『殺人天使／エンジェル』(*Angel*, 1982) であった。アイリッシュ・フィルム・ボードは，政府の予算削減のために1987年に閉鎖されることになった。しかし，その2年後にジム・シェリダン監督の『マイ・レフトフット』がアカデミー賞を受賞した。1992年に芸術・文化・ゲール語担当大臣に任命されたマイケル・D・ヒギンズは，国内の映画製作を活性

化させる政策を発表した。アイリッシュ・フィルム・センターが，1992年11月にダブリンのテンプル・バーに開設された。1993年にアイリッシュ・フィルム・ボードが復活され，人材育成が図られ，助成金の額が年々増加していった。映画製作への投資を促す財政法35条が制定され，製作資金の融資や投資家に対する税の免除などを通して，経済的に映画を製作しやすい環境が整えられていった。かつては年数本であった製作本数が，96年には30本になった。

　740年以上に及ぶイギリスのアイルランドに対する政治的支配やアイルランドのイギリスからの独立過程をポストコロニアリズムと捉えることができるのと同様に，アイルランドにおけるアメリカの映画文化支配からの独立過程もポストコロニアリズムとして捉えることができる。1999年に初演されたマリー・ジョーンズ(Marie Jones, 1951-)作『ストーンズ・イン・ヒズ・ポケッツ』(*Stones in His Pockets*, 1999)は，アイルランドにおけるアメリカ映画の製作過程と，アイルランド自国映画の萌芽を題材にした戯曲である。本論では，『ストーンズ・イン・ヒズ・ポケッツ』を通して，アメリカ映画製作がアイルランドの人々にどのような影響を及ぼし，そして，アイルランド自国映画がどのように芽生え出したかを探求したい。

2．『ストーンズ・イン・ヒズ・ポケッツ』の上演

　マリー・ジョーンズは1951年にベルファストで生まれた。1983年から90年までシャラバン劇団のライター・イン・レジデンスとして戯曲を発表した。その後，リプレイ劇団やダベル・ジョイント劇団に戯曲を提供していた。『ストーンズ・イン・ヒズ・ポケッツ』以前に27の劇作品を発表している。『ストーンズ・イン・ヒズ・ポケッツ』の初期の段階の形は，ダベル・ジョイント劇団所属のコンレス・ヒルともう1人の俳優とで発表された。

　『ストーンズ・イン・ヒズ・ポケッツ』は，1999年6月3日にベルファストのリリック劇場で3週間半初演された後，ダブリンのアンドリューズ・レイン劇場で3週間半上演された。

　イギリスでは，エディンバラ・フェスティバルでの上演が好評であったため，ロンドンのトライシクル劇場で1999年9月1日から18日まで上演され，さらに，2000年4月4日から5月20日まで再演された。5月24日からウエスト・エンドのニュー・アンバサダー劇場でロングラン公演となった。8月21日からデューク・オブ・ヨーク劇場にトランスファーされ，再び，2003年7月21日にニュー・アンバサダー劇場に移され，2004年5月15日に閉幕されるまで，4年間上演された。

　ニューヨークでは，2001年4月1日にジョン・ゴールデン劇場で開幕し，9月

23 日に閉幕した。

　ベルファスト，ロンドン，ニューヨークの公演ともマリー・ジョーンズの夫であるイアン・マッキルヒーニーが演出をし，ショーン・カンピオンとコンレス・ヒルが出演した。

　日本では，2002 年 5 月 17 日から 6 月 2 日まで東京グローブ座で上演され，その後，名古屋，岡山，神戸，新潟，大阪，富士，水戸で上演された。オリジナル演出家であるイアン・マッキルヒーニーが演出をし，市村正親と勝村政信が出演した。

　マリー・ジョーンズは俳優でもあり，自作や他作を問わず，アイルランドの主要な劇場に出演している。また，映画にも数多く出演している。映画出演作の中には，『ハシャバイ・ベイビー』(Hush-A-Bye Baby, 1989) や『父の祈りを』(In the Name of Father, 1993) などが含まれている。演出のイアン・マッキルヒーニーも俳優で，同様に映画の出演経験があり，「2 人ともかつては俳優をやっていて，アイルランドでたくさんの映画の撮影現場を渡り歩いて来たんだ」(『シアターガイド』136) とインタビューで答えている。この 2 人の映画出演経験がこの戯曲に生かされている。

　舞台装置は，大きなトランクが 1 つだけである。青空に雲が浮かんでいるアイルランドの風景が写されている映画のフィルムの 1 コマが背景のホリゾント幕となっている。ホリゾント幕の下には靴が約 20 足並べられている。

　物語の舞台は，アイルランドの南西部に位置するカウンティー・ケリーの小さな農村である。この村で，ハリウッド映画「静かなる谷間 (The Quiet Valley)」の撮影が行われている。ロケ隊が村を占領している。ロケ隊には，イギリス人の映画監督のクレム，第 1 助監督のサイモン，第 3 助監督のアシュリンがいる。映画の内容は，主演女優であるキャロラインが演じるイギリスで教育を受けた地主の娘メーブと農夫の青年ローリーとが恋に落ち，結婚し，土地を人々に解放してハッピーエンドとなるというものである。

　この村の人々のほとんどが，エキストラとして参加している。劇の登場人物であるチャーリーとジェイクもその中の 2 人である。チャーリーはレンタルビデオ店を経営している 32 歳である。北アイルランドの北端に位置するバリカースル出身で，エキストラ募集の広告を見て，ロケに参加するためにテント持参でこの村にやってきた。自分が書いたシナリオを映画にすることが夢であるが，行動に移せないままである。一方，ジェイクは俳優志望で，アメリカに渡ったが，ホームシックのためすぐにこの村に戻ってきたところである。

　この 2 人を演じる役者が，他のすべての役を演じる。年齢，性別，出身地によって異なる英語のアクセントにより，衣装を替えることなく全 15 役を次から次へと

演じ分けていくところが、この劇の特徴である。

3. アイルランドの映画製作

　アイルランドはアメリカ映画にとって格好な題材の1つであった。1845年から49年に起きたジャガイモ飢饉以来、アメリカに渡った移民は700万人にも及ぶ。そして、現在アメリカには約4千万人のアメリカ人がアイルランド移民を先祖として持っていると言われている。アイルランドを描く映画は、これらの潜在的なマーケットのためであった。したがって、アメリカ映画は、アイルランドの現実を描くというよりも、アイルランド系アメリカ人にとっての理想的な楽園としてアイルランドを描く傾向があった。

　アイルランド政府は、経済的効果をもたらし、雇用を確保するためにアメリカ映画の製作を誘致している。『ストーンズ・イン・ヒズ・ポケッツ』の舞台となっているカウンティー・ケリーにあるディングル半島は、映画のロケ地として数多くの映画が撮影されてきている。『ライアンの娘』はダンキーン村の付近一帯で1969年2月に撮影された。『遥かなる大地へ』(*Far and Away*, 1992)の前半のアイルランドの場面は、1991年にシビル岬一帯で撮影された。

　『ストーンズ・イン・ヒズ・ポケッツ』に登場するエキストラの1人であるミッキーは、ジョン・フォード監督の「『静かなる男』の生存している数少ないエキストラの1人として有名である」(Jones 17) ことが自慢である。『静かなる男』は、1951年6月から7月にかけにカウンティー・メイヨーのコング村で撮影された。映画の原作であるモーリス・ウォルシュの短編小説で設定されている舞台はカウンティー・ケリー北部の都市である。しかし、ジョン・フォード監督は自分の祖先の出身地であるカウンティー・ゴールウェイで撮影を行いたかったが、充分な宿泊施設がないため、隣接するカウンティー・メイヨーのコング村で撮影することに落ち着いた。6週間に及ぶ撮影で、「数百人の男女が前代未聞の賃金でエキストラ、代役として雇われていた。」(MacHale 42) 50年経っても、毎年数千人の観光客がコング村を訪れており、1996年6月には「『静かなる男』ヘリテージ・センター」が開設され、観光産業としても成功した映画のロケ地となっている。『ストーンズ・イン・ヒズ・ポケッツ』でも、村のほとんどの人が「1日40ポンド」(Jones 11) でエキストラとして雇われ、大きな収入源となっている。

　アメリカ映画がアメリカ以外の地域を描くときは、その地域の特色を過度に描く傾向がある。アイルランドを描く際の常套手段が作品の中にも出てくる。第1助監督のサイモンは、監督のクレムが撮影に使われている牛が「アイルランド的でない」

(Jones 28) でないので気に入らなく，他の牛に変更することを第3助監督のアシュリンに伝えている。チャーリーとジェイクは移動中のバスの中で，次に撮影される場面について次のように話す。

 チャーリー 小さいとき以来泥炭は掘っていない。
 ジェイク （皮肉的に）すばらしくロマンティックなアイルランドの田舎の場面となるだろう。
 チャーリー そうなると思う。俺たちみんなが泥炭を掘り続け，メーブが馬に乗って通り過ぎ，ローリーに気づき，ローリーも彼女に気づく。その間じゅう背景でフィドルが演奏されている。映画はいいもんだ。非現実的な人間だ。(Jones 27-28)

さらに，アイルランドの1番の特色といえるアイリッシュ・ダンスの場面も出てくる。作品のト書きに「音楽。チャーリーとジェイクがまるで他の人々と一緒であるかのように踊る」(Jones 49) とわずか1行で書かれているだけであるが，この場面はこの劇の見せ場の1つである。通常4組8人で踊るセット・ダンスを2人で表現する。2人の踊りを見ていると，次第に実際にはいない他の6人の姿が空間に浮かんで見えてくるような気がしてくる。監督のクレムはダンスが終わったときに，「カット。美しい。アイルランド人は1つのことを知っている。それは踊り方だ」(Jones 49) と絶賛する。このように，牛，泥炭，フィドル，アイリッシュ・ダンスそして田舎の風景というアイルランドを表わす事物が，映画の中で組み合わされていく。チャーリーもジェイクも現実のアイルランドの姿と映画の中で描かれるアイルランド像との間の隔たりを感じている。たとえこれらの事物が非現実的なものであるとしても，この1つ1つが映画を外面的にはアイルランド的なものにしていくことになる。

4．アイルランド映画産業とポストコロリアニズム

 経済的効果をもたらす一方で，アメリカ映画製作会社がアイルランドを描くことは，アイルランドを文化的に侵略することにも結びつく。ハリウッド映画がアイルランドを題材として描くことには，アメリカの帝国主義的な側面があると考えられる。『ストーンズ・イン・ヒズ・ポケッツ』は，アメリカ映画がいかにアイルランドの人々から言語，土地，文化，国の姿そして人間としての誇りを奪っていくかを描いている。
 ジェイクとチャーリーはアメリカ人俳優たちが話すアイルランド英語の発音について次のように語っている。

　　　　ジェイク　　とんでもなくひどい発音だ。
　　　　チャーリー　大したことないさ。アイルランド人を演じるたくさんの映画ス
　　　　　　　　　　ターはみんな同じさ。お客さんはみんなあれが俺たちの話し方だ
　　　　　　　　　　と思うんだ。(Jones 14)

アメリカ映画は，主としてアメリカ人の観客に向けて製作されている。アメリカの観客にとって，実際に話されている通りのアイルランド英語の発音を聞き取ることはとても困難である。そのため，映画ではアイルランド風の英語が作り出される。アメリカの観客だけでなく世界中の観客が，映画で話されるアイルランド風の英語を本物のアイルランド英語の発音と信じてしまうことで，アイルランド風の英語が一般的にアイルランド英語として認識されることになる。

　アイルランド英語のアクセントを習得しようとするキャロラインに対して，アクセント・コーチであるジョンは次のように助言する。

　　　　ジョン　　　　夜パブに行こう，地元の人と交わって，感じをつかめばいい。
　　　　キャロライン　ええ，そうするわ。ぜひそうしたいわ。
　　　　ジョン　　　　しかし，キャロライン，気をつけて，正確すぎてはいけない，
　　　　　　　　　　　ハリウッドでは通用しない，理解できないだろう。
　　　　キャロライン　ハリウッドはくだらないわ。この場所を見てよ，まさに地上の天
　　　　　　　　　　　国だわ，私は母方の第3世代よ，ここに本当に属している感じが
　　　　　　　　　　　するわ。人々はとても純粋で，単純で，満足している。(Jones 15)

キャロラインはアイルランド移民の子孫であり，自分のルーツであるアイルランドは彼女にとって特別な場所である。彼女は見るもの聞くものすべてが美しいと思っている。彼女はアイルランド英語を習得するため，ジェイクにせりふを読んでもらい，模倣しようとする。ジェイクは，キャロラインが演じるメーブはイギリスで教育を受けた地主の貴族の娘であるので，自分が話すような発音はしないと言うが，キャロラインは一向に気にしない。彼女には，アイルランドに階級など存在しないかのようであり，現実のアイルランドの姿が目に映らない。アメリカ映画は映画の世界でのみ流通するアイルランド風の英語を世界中に広めることで，アイルランドから言語を奪うことになる。

　アメリカ映画のロケ隊が1つの地域に入ると，アメリカの価値観が支配し，その地域はアメリカの植民地のような状態となる。ジェイクは，金もうけのために自分

の家を明け渡す地元住民のことを次のように語る。

>ジェイク　数年前に別の大作があった。地元民は今では映画には抜け目がなくなった。町でゲストハウスを経営している女性は，はじめて満室を経験した。ひと夏「空室なし」の看板を下げていた。今年は彼女の家族は庭のはずれのトレーラーハウスで寝ている。自分たちの部屋も貸しているのだ。前の時は，映画の魅力と世話をするのが好きだった。わずかなお金はおまけみたいなものだった。今度は，金，金，金だ。悲しい。(Jones 17)

この経営者の場合は，自分の部屋ですら貸しているのは，あくまでも営利目的であり，自主的なものであるので，理解できる。問題は，アメリカの映画産業が入ってくることにより，アイルランド人が節度を失いかけていることである。

第1幕の終わりで，17歳の少年ショーンが入水自殺したことが伝えられる。ショーンは地元のパブでキャロラインに声をかけた時にボディガードによって外に追い出される。ジェイクはキャロラインにアメリカ映画産業がこの町に及ぼしている影響について抗議する。

>キャロライン　非常に残念ですわ。とてもつらかったでしょう。
>ジェイク　　　ええ，とてもつらい。私の彼の扱い方，あなたや他の人が彼をまるで靴についた泥のように扱ったことを思うと余計つらい。
>キャロライン　失礼ですが，私は彼のことを知りもしません。
>ジェイク　　　そうでしょう，しかし，あなたは彼を，自分の町で，地元の人の前で，パブから追い出したのです。彼の屈辱感について，彼の自尊心に何をしたのかについて考えてみなさい。
>キャロライン　何を話しているのかわからないわ。
>ジェイク　　　もちろんわからないでしょう。あなたたちはここに来て，私たちを利用し，土地を利用し，そしてそれから出て行き，後に残したものについて何も考えない。
>キャロライン　私は映画産業で熱心に働き，今まですべてのことに働いてきたわ。誰も利用してないわ。
>ジェイク　　　あなたが熱心に働いてきたこの産業があの子を自殺に追い立てた原因の1つかもしれない。(Jones 48-49)

ショーンはジェイクのまたいとこで，ジェイクのことを尊敬していた。ショーンはこの町を嫌っていた。幼い時，アメリカ映画の撮影現場を見て以来，映画に憧れ，アメリカに逃避したいと思っていた。ショーンは追い出されたパブの外で座っていたとき，ジェイクが，自分を追い出したキャロラインと一緒にパブから出てくるところを目撃する。すべてに裏切られたと感じ，ショーンはポケットに石を詰めて，海に飛び込んでしまう。ジェイクとキャロラインとの関係は，ショーンが疑っていたようなものではなく，ジェイクは自分もキャロラインによって利用されていたと感じる。

　ミッキーもまた自分の土地から追い出されている。ショーンの葬式で飲んだ酒で酔っ払ったまま映画のエキストラとして参加し，結婚式の祝宴のためのテーブルをひっくり返したために，ミッキーはロケ現場から追い出されてしまう。しかし，ミッキーは次のように抗議する。

>　ミッキー　おまえたちが立っているこの土地は俺のおじいちゃんのものだった。そしておまえたちはリョーダン一族の俺さまに俺の土地から出て行けと命令している。ジェイク，この世の中はどうなっているんだ。
>　サイモン　アシュリン，警備を呼んでくれ。騒動になりそうだ。この老人は立ち去ろうとしない。
>　ミッキー　その必要はない。お前たちはショーンを自分の町の道路に追い出した。俺には同じことはさせない。
>　ジェイク　行くな，ミッキー，残ってくれ。どんなことがあってもたたき出すことはさせない，残ってくれ。
>　ミッキー　俺は自分の意志で出て行く。やめてやる。(Jones 54)

自分の土地から追い出されることは，アイルランド人の記憶に強く刻まれている。最初はイギリス人によって，アイルランド人は自分の土地から追い出され，今度はアメリカ人によって追い出されることになる。ミッキーはショーンが経験した屈辱感を味わいたくなかったし，自尊心も傷つけたくなかった。そのため，自分から出て行くのである。ジェイクは，アメリカ映画産業が，この町の人々から人間としての誇りを奪っていくのを感じている。

　このようにして，アメリカ映画産業が，アイルランドの人々から言語，土地，文化，国の姿そして人間としての誇りを奪っていくことを『ストーンズ・イン・ヒズ・

ポケッツ』は描いている。

5．アイルランド国産映画の可能性

　ジェイクもチャーリーも人生の目的を見出せないでいる。チャーリーは，自分が書いた映画の脚本を映画にすることが夢である。映画のエキストラに参加したのも，脚本を映画関係者に見せる機会を得ようとするためであった。しかし，ジェイクが読んだチャーリーの脚本は，「ストーリーがなく，人物も真実性に欠ける」（Jones 52）ものであった。ショーンの自殺を契機に，ジェイクとチャーリーは，自分たちにしか書けない題材を見つける。

> ジェイク　もし映画が製作されていることについての物語であり，少年が自殺する物語であるとすれば，言い換えれば，スターがエキストラになり，エキストラがスターになるとすれば，ショーンの物語となる。そして，ミッキーやこの町の全員の物語となる。（中略）　どうしてできないのか，自分たちの物語を語る権利はないのか，自分たちが望むように。（Jones 54）

エキストラであるアイルランドが，スターであるアメリカに代わってスターとなる。換言すると，中心が周縁に移り，周縁が中心に移動する。周縁であったアイルランドから全体を見ることにより，別の世界を描くことができるようになる。ここからアイルランド自国映画が芽生えてくる。2人は，映画監督のクレムに自分たちの映画の題材について話す。

> ジェイク　水の中に入っていくショーンと彼を見ている牛が最後の映像になるのです。彼の未来となる牛は溺れていくところを見ているのです。監督，どうですか。
> クレム　あまりセクシーじゃない。
> ジェイク　どういうことですか。
> クレム　子供が麻薬密売人に追われてたとしたらどうだろう。
> ジェイク　追われていなかった。
> クレム　映画は実生活とは違うんだ。（中略）　恋愛の興味も必要だ。
> ジェイク　彼は土地を愛していたし，牛も愛していた。
> クレム　いいアイデアが浮かんだ。フィンが女の子としたらどうだろう。彼

ジェイク	フィンは彼の連れで，ショーンのすべてだった。ショーンは女性とは恋愛関係を持てなかった。
クレム	これだけは言っておきたい。これらの要素を意識しないと，提案できないだろう。(中略)アイリッシュ・フィルム・ボードに持っていったらどうだ。
ジェイク	これはどんな子供，田舎のどんな子供にも起こりえることなんです。
クレム	そうかもしれないが，商業的に当たらない。何人の人が自殺についての映画を見たいと思う。ハッピーエンドを求めているんだ。人生はつらいものだ。落ち込むために映画を見には行かない。(Jones 56-57)

 この会話から，アメリカ映画とアイルランド映画の相違が読み取れる。アメリカ映画は，世界をマーケットとして，巨額の資金が投資されるため，商業的に成功しなければならない。そのため，映画の題材は，ハリウッド的なもの―セクシーである，恋愛の要素がある，サスペンスではらはらさせる，社会的に更生する，ハッピーエンド，楽しめる―に修正されることになる。一方，アイルランド映画は，製作規模やアメリカ的な常套句でアメリカ映画と競うのではなく，自国の主題を現実的な視点で描くことで，価値を持つことができる。
 ジェイクとチャーリーにとっての自己探求の過程は，アイルランド自国映画の可能性の発見に至る過程でもあった。

引用文献

『シアターガイド』モーニング社，2002年5月号（123）。
Jones, Marie. *Stones in His Pockets & A Night in November*. London: Nick Hern Books, 2000.
MacHale, Des. *The Complete Guide to* The Quiet Man. Belfast: Appletree Press, 2002.

参考文献

Rockett, Kevin, ed. *The Irish Filmpgraphy: Fiction Films 1896-1996*. Dublin: Red Mountain Media, 1996.
Rockett, Kevin, Luke Gibbons and John Hill. *Cinema and Ireland*. Syracuse: Syracuse UP, 1988.

伝統の語り直しと複数の「私」
—ポーラ・ミーハンの手法—

河合　利江

1

　ポーラ・ミーハン（Paula Meehan, 1955-）は，現在アイルランドで最も注目されている女性詩人のひとりである。現代アイルランド女性詩人を代表するイーヴァン・ボーランド（Eavan Boland, 1944-）は，同国におけるフェミニズムの先駆者であるが，彼女は自らが編集した『アンソロジー—3人のアイルランド詩人—』（Three Irish Poets: An Anthology, 2003）に，次世代を担う女性詩人としてミーハンを採択している。アイルランド大使館の日本国内向けアイルランド文化・文学紹介のインターネットサイトにもミーハンの名を見出すことができるが[1]，日本ではまだミーハン単独の訳詩集は出版されておらず，その名はあまり知られていない。しかし，彼女の詩は，アメリカや日本の文学研究者から評価をされており，その一例として，アメリカの研究者である Haberstroh の批評が挙げられる。彼女は，アイルランド女性詩人が新たに作り出している伝統について述べた『女性を創造する女性たち—現代アイルランド女性詩人論—』（Women Creating Women: Contemporary Irish Women Poets, 1996）において，ミーハンの詩作行為は，シェイマス・ヒーニー（Seamus Heaney, 1939-）が行った，アイルランドの土地に根差し，その伝統を掘り下げていく作業に匹敵すると述べている（223-224）。

　ミーハンの詩の中には詩人自身と容易に結びつく「私」が存在する。しかし，1人称の「私」だけでなく，その他の登場人物も作者を反映していると思われる例もしばしば見受けられる。中でも，『冬の刻印を受けた男』（The Man who was Marked by Winter, 1991. 以下『冬の刻印』と略す）[2]からタイトル詩の「冬の刻印」（52-53）と「闇のもうひとり」（"The Dark Twin"）（36-37），そして『寝物語』（Pillow Talk, 1994）[3]からタイトル詩の「寝物語」（32-33）は，詩人の詩作行為に関するテーマを含んでいると思われる。特に，「闇のもうひとり」では，複数の自己の関係が最も丹念に描かれているので，詩作行為をする自己のテーマを扱う詩群の根幹をなしていると思われる。そこで，本論では，「闇のもうひとり」の分析を中心に据え，この詩と「冬の刻印」および「寝物語」の共通項である複数

の自己を分析することにより，ミーハンの詩作の手法を探っていくことにする。

2

　「闇のもうひとり」の分析に入る前に，複数の自己が分かりやすく表現されている詩として，まず『寝物語』に収められている「自叙伝」("Autobiography")(40-41) を論じておきたい。タイトルからして，この詩は作品と作者が結びつけられることを意図して書かれていると言える。登場人物は，語り手である「私」，3人称単数で示される2人の女性である。1人目の女と「私」との関係は第1連の最後に示され，「この人は私の母／娘でもいいくらいに若いけれど（She is mother to me, young / enough to be my daughter)」とある。2人目の女と「私」との関係は第2連の最後に示され，「私はこの人の母／娘でもいいくらいに若いけれど（I am mother to her, young / enough to be her daughter)」とある。つまり，「私」よりかなり若い母親的な女と，「私」よりかなり年上の娘的な女が描かれているのである。

　母親的な女は「私」と同じ顔をしており，娘的な女は「私」の未来の姿であることが詩の中で示されている。ゆえに，この2人は明らかに「私」と同一の自己である。しかし，この2人の女はあらゆる点で対照的に描かれており，単に「私」の幼少期と将来の姿を表しているのではない。母親的な女は「私」にとってどうしても必要な存在であり，「私」はその乳を吸い，ひざの上で胎児の夢を見る。一方，娘的な女は「私」にとって疎ましい存在でありながら，「私」が乳を与えてきた。

　その他の描写を対比してみると，母親的な女は槍を手に持ち，「私」を後ろから追いかけてくる。無知，あるいは，無垢ゆえの大胆さを持っており，「黄色」，「火」，「金色」といった単語は太陽を連想させる。「彼女の言葉は／私にはわからない」（She does not speak / in any tongue I recognize)」とされ，終始「私」によって語られる存在である。一方，娘的な女は「私」を待ち伏せし，「薄暗い」，「夜」，「地下」といった単語によって闇を連想させる。「この女は／人間の声で語り，私にもわかる（She speaks / in a human voice and I understand)」とされ，第2連の半分はこの人物によって語られる。

　「私」より若い母親的な女は，言葉を獲得する以前の，生来的に「私」に備わった資質であり，「私」の原形であると解釈することができるだろう。「私」は，そこから癒しと詩作のエネルギーを得ているのである。「私」より年上の娘的な女は社会や環境の中で後天的に形成された自己であり，その痩せ衰えた姿は，現実世界に生きることによって詩作に必要な創造的エネルギーが消耗することを示し

ている。つまり，この2人は作者の過去と未来の姿ではなく，詩作をする時に存在する複数の「私」を体現しているのである。そして，最終連では分裂した自己のまま「私」が脱皮して飛ぶ姿が描かれている。

　・・・．From one breast
　flows the Milky Way, the starry path,
　a sluggish trickle of pus from the other.
　When I fly off I'll glance back
　once, to see my husk sink into the grasses.
　Cranesbill and loosestrife will shed
　seeds over it like a blessing.　(lines 38-44)

　片方の乳房からは
　きらめく星の道　天の川が流れ出す
　もう片方からはじくじくと膿がしたたる
　飛び立ちざまにちらっと振り向けば
　私の抜け殻が麦畑の中に沈んでいくのが見えるだろう
　フクロウソウやミソハギが
　その上に祝福するように種を降り注ぐ

　詩人である「私」が脱皮して飛び，体内で生産された分泌物を出す行為は，現実世界を俯瞰し，作品を生み出すことに等しい。「乳の道」と英語では表現される「天の川」は生来の「私」からもたらされ，読者にとって心地よい作品の要素である普遍的真理や美を象徴しており，「膿」は後天的に形成された自己からもたらされ，読者にとっては不快な要素となる現実世界の歪みや矛盾を象徴していると考えられる。したがって，ミーハンから生み出される作品には，相反する2つの性質が内包されており，それを自らのアイデンティティとして受容し，詩作を始めた経緯をこの詩は表していると言えるだろう。

3

　次に，「闇のもうひとり」に描かれている人物たちについて，解釈を試みていく。この詩に登場する人物は2人称で語りかけられ，男性として描写されている「あなた」と，「ピンクの服の娘」と，「女性／彼女」である。状況としては，「あな

た」と「女性」が部屋の中にいて,「あなた」は「女性」に金銭を支払うことにより性的な関係を持っている。「女性」は深い心の傷を負っていて,「あなた」に癒しを求めている。この部屋の窓から「ピンクの服の娘」が通り過ぎる姿を見ることができ,「あなた」は一瞬この人物に関心を向けるが,最終的に視線を「女性」に戻し,その体に入る。これらの人物は,象徴的な意味を帯びているように思われるが,その枠組みとなる背景が明確に提示されていないため,様々な解釈の可能性を持っている。

　すでに見たように,執筆の時期は前後するものの「自叙伝」の中でミーハンは複数の自己を作品に投影させる手法を明確に示していることから,この詩においても登場人物を複数の自己として解釈してみることは可能であろう[4]。すると,個々の関係や不可解な暗喩に整合性がつき,詩人自身の内的世界を反映したものであるという1つの解釈が成り立つと思われる。

　「あなた」と「女性」の関係の手がかりとなる語句に,この詩の題である「闇のもうひとり」が挙げられる。この語は,5連で形成されるこの詩中の3連に1回ずつ出てくるので,最も強調されている表現である。しかも,「彼女はあなたの闇のもうひとり」(17)という1節があることから,「あなた」と「女性」は単に金銭によって性的な関係を持つ男女という枠組みを越え,「あなた」にとって「女性」はもう1人の自分として描かれている。

　また,「女性」と「ピンクの服の娘」の関係は,この2人の対照的な描かれ方を考慮することによって読み取ることができると思われる。「女性」は,先に挙げた「闇のもうひとり」という描写の他に,「彼女の黒い体」,「彼女が育った暗い水たまり」,「彼女の暗さ」という表現が見られ,'dark'という形容詞を用いて執拗に「闇」のイメージで描かれている。一方,「ピンクの服の娘」は,「カモメが空を横切る」明るい外の世界に存在し,服装の鮮やかな色彩から,健康的な快活さを持ち,女性性を顕示している人物として描かれている。この詩は「あなたは信じている／窓の方を見ると　その2つが収縮すると—(You believe / they contract when you turn to the window —)」で始まるが,この1行が「女性」と「ピンクの服の娘」の関係を解く手がかりになる。2行目の'they'とは第1義的には「あなた」の瞳であり,明るい方を向くと瞳が収縮するという意味である。しかし,「あなたの瞳」と言わずにあえて冒頭で'they'という代名詞を用いていることから,別の内容も同時に含んでいると思われる。'they'とは「あなた」以外のこの詩の登場人物である「ピンクの服の娘」と「女性」のことを示しているという解釈もでき,'contract'には「親交を結ぶ」という意味もあるので,外界にいる色彩豊か

な「ピンクの服の娘」は表層の自己であり，部屋の中にいて闇に包まれている「女性」は深層の自己を体現していると考えることができる。そして，その境界は，内と外を隔てる窓にある。「あなた」が窓に目を向けるということは，その境界線に立つことである。

　では，表層の自己と深層の自己の境界に立つ「あなた」とは，どのような人物なのであろうか。「女性」の体を自由にすることができ，「彼女はあなたを悪魔と呼ぶ」という表現から，「女性」にとっては恐ろしい存在である。しかし，同時に「女性」は「あなた」を拒むことができず，なぐさめられ，「あなた」を求めている。「あなた」は常に「女性」に対して優位にあり，「女性」の身も心も支配し，「女性」のセクシュアリティーを搾取しているといえる。精神分析批評においてはペンはペニスを象徴するため，詩作をする自己は，深層の自己に分け入って創作の素材を搾取する男性として描かれている。つまり，深層の自己を支配するのは詩作をする自己であり，詩中の性交は詩作のメタファーと解釈することができる。

　このように詩作をする自己を男性として表現するミーハンの手法は，「歴史」が男性の物語であることを読者に喚起する役割も果たしている。第1連において，「歴史は作られ続ける／あなたが抱いている女があなたの目を見ると（history will be made on / as the woman you hold turns to your eyes）」とあり，男性である「あなた」が詩作をすることにより歴史が継承されることが示されている。また，「歴史の性質を教える」ことができるのは「蓄えた知恵」を持つ「あなた」である。男性の詩作行為によって歴史が継承されていくという記述は，アイルランド文学が男性によってのみ継承されてきた歴史を象徴的に表現したものと思われる[5]。以下の描写もその歴史を表していると捉えることができる。

```
when she tells you again
how the world will succumb to men in dark uniforms.
You believe she has stood, her face to a stone wall,
while the men cock their rifles and wait for the order.  (lines 36-39)
```

　　彼女が再びあなたに話す
　　どうやって世界が黒い制服の男たちに屈するかを
　　あなたは信じている　彼女が顔を石壁に向けて立ち
　　男たちがライフルの撃鉄を起こして命令を待っていることを

ライフル銃は男性性器のイメージと重ねられており，男性による権力誇示が表現されている。さらに，「男たち」は'dark uniforms'を着ており，第2連において'dark form'と表現された「女性」と明確な対比をなしている。男性同士が結束して単一の価値観で世界を支配し，その意にそぐわない異種類の「女性」が背後から今にも撃たれようとしているのである。つまり，この状況は，男性原理によって脅威にさらされている「女性」のトラウマを示すものと思われる。アイルランドにおいて表現活動を行おうとする女性たちが受けた苦難を，深層の自己が我が身の痛みとしているのである。

すでに述べたように，この詩において，「あなた」は「女性」に性交渉の代金を支払っている。性的関係を持つ男女が詩作をする自己と深層の自己を表しているならば，詩作をする自己が深層の自己に支払わなければならない代価とは何であろうか。第2連から最終連にかけて，各連の最後はそのことに触れており，第2連では取引の様子が具体的に描写されている。

> She'll name a price later and say you've had
> her cheaply. She'll be just. You won't haggle
> but find the exact change and count it into her palm. (lines 22-24)

> 彼女はあとで値段を決め　あなたにとっていい取引だという
> 彼女は譲らない　あなたは値切らずに
> ぴったりの小銭をさがして彼女の掌に数えて渡して

値段の決定権は「女性」にあり，それ以上もそれ以下の額も望んではいない。第3連，4連の最終行では「ぴったりの額を彼女に支払わなければならない（you must pay her the exact amount due）」という表現が繰り返され，「あなた」は「女性」に求められ，愛の喜びや，慰めを与えているにも関わらず，なおも「支払い」の義務がある。そして，最終連では，「あなたの息があなたを離れるとき／あなたが彼女に支払いきれないたったひとつの言葉をつくる（your breath as it leaves you / makes the one word you can never repay her）」とあり，ここで「支払い」の中身が明らかにされる。詩作する自己が与える代価は「言葉」である。そして，「あなた」が吐く「言葉」とは，「女性」に対する共感や癒しを言語化したものであろう。「女性」との性交渉は詩作する自己が深層心理に分け入ることであり，それにより，心の傷を無意識下から引き上げ，的確な言葉にする義務が課せられる。

しかし，深層の自己が開示した傷はあまりに深く，それを償うに足る表現への到達は至難の業であることを示している。

　最終行で，詩作をする自己に対し，表現能力の限界を感じさせる終わり方をしているのは非常に悲観的である。しかし，この詩全体の構造に立ち戻ってみると，すべては断定的な事実ではないことが分かる。各連はすべて「あなたは信じている」で始まり，詩作する自己を客観的に眺める超越した自己が語り手として存在している。「信じる」とは，ある種の思い込みであり，それが妥当な場合もあれば，真理は別なところにあるかもしれないという含みも残している。つまり，詩作をする自己が，より正確な言葉を獲得し変容していく可能性を，超越した自己が示唆していると捉えることができるのである。

4

　「寝物語」においても「闇のもうひとり」と同様に，複数の自己を見出すことができる。語り手である「私」は，恋人とおぼしき「あなた」が「彼女」に出会って傷つけられることを恐れており，「あなた」に対し次のように語りかける。

> What you don't hear is the other voice
> when she speaks through me
> beyond human pity or mercy. She wants you. (lines 14-16)

> あなたは知らない　もう一つの声
> 彼女が私を通して話している
> 人の情けや慈悲を越える声　彼女はあなたを求めている

　この表現によって，「私」と「彼女」が同一の自己であり，「私」は表層の自己で「彼女」が深層の自己であると解釈することができる。さらに，「彼女はあなたを求めて」おり，「あなた」の気を引こうとしている。その有効な手段を「彼女」は心得ており，「白い川石や／小妖精のほら穴　彼女の聖なる鳥（white river stones, / elfin grots, her sacred birds）」について語る。つまり，「彼女」は創作の素材を豊富に持つ存在として「あなた」を誘惑しており，このことから「あなた」は詩作する自己であると解釈することができる。

　登場人物のすべてが複数の自己の反映であることを確認した上で，改めてこれらの2編の詩を比べてみると，「寝物語」と「闇のもうひとり」に表現されてい

る深層の自己の人格が全く対照的であることに気付く。「闇のもうひとり」の「彼女」は弱々しく、支配される側であり、男性に危害を加えることは決してなく、「彼女」にとって「あなた」は「悪魔」である。一方、「寝物語」では「あなたは悪魔にまたがっていることに気付く」とあるように、男性である「あなた」にとって「彼女」が「悪魔」として描写されており、支配できない恐ろしい存在といえる。さらに、「寝物語」では、「彼女はあなたを手に入れる（She shall / have you）」とあり、主体は「彼女」の側にある。そして、「彼女」は「あなた」をまるで獲物のように狙っており、「私」は「彼女」が「あなた」を虜にすることを確信している。「人がもつ情けや慈悲を越える」獣的な存在として、「彼女」は次のように描写されている。

I know she once tore a man apart,
limb from limb with her bare hands
in some rite in her bloody past. (lines 23-25)

私は知っている　彼女がかつて
素手で男の手足を引き裂いたことを
血塗られた過去の　ある儀式で

「儀式」という語は、「闇のもうひとり」において性交―すなわち本論の解釈では詩作行為―を示す語として2度使われている。この詩における「儀式」にも同様の解釈をあてはめると、ここで言及されている「男」は「あなた」より以前に、「彼女」と接触し、詩作を試みようとした自己と捉えることができる。しかし「彼女」の獣性を前にその試みは失敗に終わっている。そして、最終連に「私は恐れている／私の治癒のすべを持ってしても／彼女があなたに負わせる傷を治せないのではと（I fear / not all my healing arts can salve / the wound she has in store for you）」とあることから、「あなた」も「彼女」の餌食となり、致命傷を負うことを暗示する終わり方となっている。

「闇のもうひとり」では、詩作する自己は深層の自己を支配し、創作の素材を得ることができたが、それを十分に言語化することはできなかった。これに対し、「寝物語」では、「あなた」が「彼女」によって傷を負わされることから、詩作する自己が携えている表現手法が深層の自己によって否定されているのである。

5

　複数の自己を表現している詩として,「冬の刻印」にも,「闇のもうひとり」や「寝物語」と同一のメタファーが存在すると考えられる。しかも,「冬の刻印」と「寝物語」は,それぞれミーハンの第3,第4詩集のタイトル詩であり,「冬の刻印」のテーマが「寝物語」に引き継がれていることは間違いないと思われる。この2編の詩は,第1印象として鮮やかな視覚的イメージを喚起しながらも,同時に底知れない恐ろしさが共通して伝わってくる。

　「冬の刻印」の登場人物は,語り手である「私たち」,「私たち」の先を歩いている「彼」,自然の脅威と一体化した「彼女」である。これらの登場人物にも「寝物語」との共通性が見られる。ここで3人称単数の「彼女」として語られる女性は,「冬の獣 (that beast of winter)」と表現され,獣性を帯びている。このことから,「彼女」は深層の自己を示していると解釈することができる。語り手は複数形の「私たち」になっているが,これは単独で行動する「彼」との明確な対比をなしている。語り手を「私」ではなく「私たち」にすることにより,表層の「私」が「彼」を傍観し,距離を置いている態度が鮮明になる。一方,男性である「彼」は詩作する自己を表現していると思われる。「闇のもうひとり」や「寝物語」では詩作をする自己を「あなた」と語りかけていたが,「冬の刻印」では「彼」と呼ぶことにより創作の姿勢を冷静に客観視している。「彼」は「私たち」に無関心で,目的を単独で遂行しようとする姿勢が描れている。「ほこりっぽい小道をつらそうに登っていく」姿は,詩作行為に対する苦闘を表現しており,「溺れかけのような呼吸」は,結末を暗示している。

　「冬の刻印」では,暑さのため,「彼」は雪解け水が流れる川の中に入り,そこで溺れて「彼女」と出会う。「彼女」は「彼」の肉体を味わい尽くし,「彼」を虜にしていく。しかし,「彼女」は「彼」に飽きて,「奴隷」という刻印を付けて「彼」を元の世界へ「ゴミくず」のように投げ捨てるのである。この詩において,詩作する自己には深層の自己と接触する意図は見られない。不用意に近づいたための偶発的な出会いであったか,あるいは,深層の自己が詩作する自己を罠にはめ,自分のところに引き寄せたと言えるだろう。表層の「私」は,その危険を十分知っており,「私たちは彼に警告することもできた／水の深さと見えない流れを (we'd have warned him of the depth, / the secret current underneath)」と述べ,あくまで傍観者の立場で,無知のまま深層の自己に近づいていった「彼」が容赦なくその餌食になる様を語っている。

6

　「寝物語」と「冬の刻印」を対比してみて，獣性を帯びた「彼女」とその餌食になる男性との関係は，どちらの詩でも一致することがわかった。「冬の刻印」に登場する男性も詩作をする自己であり，「彼」と「彼女」の2人が接触することは，すなわち詩作のメタファーであった。

　では，「闇のもうひとり」の「彼女」を受け身で弱々しい人格を持つ女性として描いたのに対し，「寝物語」と「冬の刻印」の「彼女」を攻撃的かつ支配的な人格として描いた作者の意図はどこにあるのだろうか。谷川冬二氏は「理論ではなく獣的でエロティックな体を通して絶対なるものと対峙することができるのは，それが伝統的に，あるいは因習的に，男性とされているからであろう」と述べ，「絶対の男性性を逆手に利用」するミーハンの手法を指摘している（230）。これに従えば，「寝物語」と「冬の刻印」の「彼女」の人格には，作者自身の歴史に対する認識とその関わり方が色濃く反映されていると見ることができる。アイルランド文学に限らず，西洋の文学的伝統は，男性の〈理性〉による言語化が本流であり正典である。この〈理性〉による詩作を否定する自己がミーハンの中に存在しており，「寝物語」や「冬の刻印」の「彼女」の人格に表象されている，いわば〈情念〉が言語化されることを拒否し，〈理性〉に対し攻撃を加えるのである。

　「闇のもうひとり」の「彼女」は，男性が作り上げた文学伝統の中で傷つき，無力な存在である。「彼女」が語り継がれるのは，「子どもたちを育てる歌（songs for the rearing of children）」の中，つまり，文学作品として名を残さない作者不詳の非正典の中においてのみである。この無力な女性像は，ミーハンの深層の自己として存在し続けており，アイルランド女性の心の傷として，共有されているものであろう。これに対し，「冬の刻印」と「寝物語」に描かれる「彼女」は，男性の文学伝統を自らの糧として欲し，必要がなくなれば容赦なく切り捨てる。このことは，詩作する自己に内在化されている男性の文学伝統から脱し，新たな出発点に詩人自身が立っている，あるいは立とうとしていることを示している。それが，「冬の刻印」の最終連に象徴的に描かれている。

　　・・・. His past is a blank
　snowfield where no one will step. She made her mark
　below his heart, a five-fingered gash—*Bondsman*. (lines 28-30)

彼の過去は真っ白
　誰も足を踏み入れない雪原　彼女は刻印を
　彼の心臓の下につけた　5本指の深く長い傷——「奴隷」

　「彼女」に搾取され，捨てられた男性の「過去は真っ白」ということは，詩作をする自己につきまとう男性性が払拭され，歴史，及び伝統が，新たに女性が主体となって語り直されることを意味していると言えよう。そして，「5本指の深く長い傷」は，詩作をする自己が決して忘れてはならない女性たちが共有する心の傷として残っているのである。
　Pelanはアイルランド，フェミニズム第二波の期間になされた女性作家の功績について，「歴史的に定義されたイメージや表現に異議が唱えられ，切り崩しが行われた。そして，勢いは劣るものの，現在もその作業は行われている。これは，現代アイルランド女性の作品によってなされ，フェミニストの抗議の言説の例である」(133-134)と述べており，本論の分析からミーハンもその担い手のひとりであることは間違いないと思われる。冒頭で，ミーハンの詩作行為が，ヒーニーの行った作業に匹敵すると評されていると述べたが，彼女は，女性として作家として，アイルランドの文学の歴史を見つめ，その伝統を掘り下げていくと共に，新たな伝統を作り上げる担い手となっているのである。

注

[1] アイルランド大使館のホームページは http://www.embassy-avenue.jp/ireland/index.html。ミーハンの記述が見られるページは http://www.embassy-avenue.jp/ireland/index8.html。「女流詩人のイーバン・ボーランド(1945-)，アイリーン・ニ・クイリナン(1942-)，メーブ・マガキアン(1950-)，ポーラ・ミーハン(1955-)は，伝統的に男性優位のアイルランド文壇に挑戦を続けている」との記述がある。(2005年10月現在)
[2] ミーハンの第3詩集。出世作と目されている。
[3] ミーハンの第4詩集。
[4] 「自叙伝」と「闇のもうひとり」では，「闇のもうひとり」の方が先行するが，「自叙伝」において，初めて複数の自己が明確に提示されているので，本論ではこの詩の解釈に基づいて，「闇のもうひとり」の分析を行っていく。
[5] 女性表現者が語る声を奪われていた歴史については『女性たちのアイルランド——カトリックの＜母＞からケルトの＜娘＞へ——』(225-231)に詳しい。

引用文献

大野光子『女性たちのアイルランド―カトリックの＜母＞からケルトの＜娘＞―』
東京：平凡社，1996．

谷川冬二「ポーラ・ミーハン（Paula Meehan）―詩法の意義とその背景―」
風呂本武敏編著『ケルトの名残とアイルランド文化』広島：溪水社，1999．
218-239頁

挧木伸明『アイルランド現代詩は語る―オルタナティヴとしての声―』
東京：思潮社，2001．

Boland, Evan. *Three Irish Poets: An Antholory*. Manchester: Carcanet Press, 2003.

Haberstroh, Boyle Patricia. *Women Creating Women: Contemporary Irish Women Poets*. New York: Syracuse University Press, 1996.

Meehan, Paula. *The Man who was Marked by Winter*. Oldcastle, Co. Meath: The Gallery Press, 1991.

―. *Pillow Talk*. Oldcastle, Co. Meath: The Gallery Press, 1994.

Pelan, Rebecca. *Two Ireland: Literary Feminisms North and South*. New York: Syracuse University Press, 2005.

アメリカン・<ダメ男>の源流を訪ねて
―リップ・ヴァン・ウィンクルとイカバッド・クレーンを中心に―

中村　栄造

1. 伝統としてのアメリカン・ヒーローとアメリカン・<ダメ男>

　スーパーマン，バットマン，スパイダーマンといえば，アメリカを代表する3大ヒーローである。21世紀を迎えた現在でも彼らは映画館のスクリーンやテレビ画面のなかで，ところ狭しと活躍し続けている。そればかりか，ハリウッドの新作映画を見ていると，新ヒーローたちが次々と登場してくるのには驚かされるばかりである。アメリカに広がるヒーロー崇拝熱は相当なものだ。[1]

　彼らヒーローたちは，荒唐無稽なお伽話の登場人物に違いないが，これほどまでに再生産が繰り返されるとなると，その人気には大衆の潜在的願望が強く反映しているのではないかと考えたくなる。つまり，スーパー・ヒーローの存在や活躍そのものが，きわめて高いところに設定されたアメリカの男性規範（ジェンダー・コード）のあり方を逆照射しているのではないか，ということである。社会学者のアーヴィング・ゴッフマン（Erving Goffman）は，次のように指摘する。

>　アメリカにおいては，ある重要な意味で，完全無欠な男性はただの1種類だけである。若く，けれど既婚で，白人で都会人，北部出身者でセックスは正常，大学教育を受けたプロテスタントの父親。それなりの職を持ち，血色は良く，背丈も体格もしっかりしており，スポーツマンで何か最近，良い記録をだした者。アメリカ共通の価値体系といえば，こうした点が重要な構成要素となっている。アメリカのすべての男性はだれしも，この視点から世間を見渡そうとする傾向がある。これらの資質に1つでも欠けるところがあれば，どんな男性でも―少なくとも一定期間は―自分を価値がなく，不完全で，劣った存在として見なすことになる。(Goffman 128)

厳しい審査規準を持つ男性規範が，アメリカでは広範に機能していることを，我々は常識として知っておくべきなのかもしれない。ここで注意したいのは，身体能力はもとより肉体性そのものが重要視されている点である。歴史的に言って

も，フロンティアを開拓し，家族を外敵から守り，繁栄を築かねばならなかったアメリカ人男性にとって，何よりも肉体的な頑強さは，子孫繁栄という点からも，男性性の不可欠な要素となったはずである。

　ジェンダー論の立場からすれば，このような＜男らしさ＞の規準は，時代を追って弱体化の一途を辿った「父親の権威」を，男たちがなんとか維持・補完するために，[2] 自分たちの手で築き上げたものに過ぎない，と断罪されるかもしれない。だが，ゴッフマンが指摘する規準項目に当てはまらない「何か」によって，男たちのプライドは，密かな劣等感に蝕まれてきたことも事実であろう。自業自得と言ってしまえばそれだけの話だが，劣等意識が民衆の想像力に否定的に作用すれば，＜ダメ男＞としての強迫観念へ転じ，逆に＜男らしさ＞への憧憬として肯定的に作用すれば，ヒーロー崇拝熱へと転じることは想像に難くない。

　このような視点からとらえれば，アメリカではスーパー・ヒーローの伝統と＜ダメ男＞の伝統が，実は表裏一体の関係にあったことが分かってくる。2つの伝統は，まるで正反対のように見えるものの，もとは規範が高すぎるために複雑に屈折した男性意識から生じたものだったと考えられる。スーパーマンは気弱で純真なクラーク・ケントを，バットマンは能なしの億万長者ブルース・ウェインを，スパイダーマンはひ弱な青年ピーター・パーカーを分身として背負っている。彼らはみな，派手な外見とは似ても似つかぬ「さえない」部分を持つ複合的な存在である。彼らが人気を失わないのは，極端な2面性が＜男らしさ＞を巡って紆余曲折する（主に男性）大衆の深層心理と深く共鳴作用を起こすからだろう。

　アメリカにおいて，＜ダメ男＞の存在をいち早く察知し，世間に問うたのは，おそらくワシントン・アーヴィング（Washington Irving, 1783-1859）ではなかったろうか。彼はアメリカ人として始めて国際的に認知された作家であった。つまり，当初からアメリカ文学は「男性性の欠如」というテーマを扱っていたということになる。この史実は，＜男らしさ＞および＜男らしさからの逸脱＞という問題が，アメリカの歴史や文化の成り立ちと深く絡まり合っていることを，いみじくも物語ってはいないだろうか。

　アーヴィングの少年期に関して少しだけ伝記的事実を確認しておこう。彼が成長した時代は，アメリカが独立後，共和国として歩みだした時期とほぼ一致する。アレクシス・ド・トクヴィル（Alexis de Tocqueville, 1805-59）は，フランス人の政治家で，アメリカを視察し，その体験をもとに見聞録を書き記した。彼によれば，当時は「市民たちの個人的利益が，すべての人たちの幸福のために努力すること」を意味するという考え方が，「一般的教理」（トクヴィル225）として定着

した時代だという。

　アーヴィングの父ウィリアムは、時代の雰囲気を体現したような人物であった。彼は裕福な商人であり、「特に息子たちには1分1秒たりとも無駄に費やすことを望まなかった。他人の尊敬を集めることは良いことだが、それが金銭的な繁栄に必ず結びついていなければ、単に時間の無駄に過ぎない」(Collins 16) という人生観、教育観の持ち主だった。「書物など、いかなる実質的価値 ("practical value") も持たず、軽薄な輩や夢想家のみに訴えかける無用の長物」(Collins 14) と断言した父の影響で、アーヴィングは文学的才能に長けていたにもかかわらず、16才になると大学進学を諦め、法律事務所で実務経験を積むことになるが、それでも、新聞、雑誌への文章の寄稿はやめなかったと言われている。

　父が求める生き方と自らの文学的才能が理想とする生き方の落差に、アーヴィングがどれほど苦悩したかは知る術はないが、1つだけ推測できるのは、「社会規範（そして男性規範）からの逸脱」という問題が、彼にとって強い関心の的であっただろう、ということだ。そんな彼が、やがて2人の印象深い＜ダメ男＞を世に送りだす。『スケッチ・ブック』(*The Sketch Book*, 1819-20) 収録の「リップ・ヴァン・ウィンクル」("Rip Van Winkle") の主人公リップと「スリーピー・ホローの伝説」("The Legend of Sleepy Hollow") の主人公イカバッド・クレーン (Ichabod Crane) である。テーマは、ともに「社会規範・男性規範からの逸脱」と密接な関わりを持つ。2人の主人公と彼らが置かれた環境は、アメリカン・＜ダメ男＞の源流を訪ねようとする我々の試みに最良の機会を提供してくれる。

2．リップ・ヴァン・ウィンクルの場合

　「リップ・ヴァン・ウィンクル」は、おそらくアメリカ人なら誰でも知っている話である。舞台は独立戦争前のニューヨーク州ハドソン河上流地域、キャッツキル山脈の麓にある村。そこにリップ・ヴァン・ウィンクルという「素朴で人の良い」、「女房の尻に敷かれた ("henpecked") 従順な男」がいた。[3] 彼は、のべつ幕なしに妻の毒舌攻撃にさらされていたが、うるさい妻から逃れるように猟にでたある日、森の奥で、河の名前のもとになった探検家「ヘンドリック・ハドソン船長」(65) とハーフ・ムーン号の船員たちの亡霊にでくわす。リップは、彼らの酒宴に加わったのち、したたかに酔っぱらって眠り込んでしまう。翌朝、目覚めた彼が村に帰ってみると、すでに20年が経過し、アメリカが独立を果たしていたことを知る。

　アーヴィングが種本として利用したのは、ドイツ民話「山羊飼いのピーター・

クラウス」であるという。深い谷間に入り込んだ山羊飼いが，ナイン・ピンズ（ボーリングの原型となった遊技）をしている 12 人の騎士を見かけ，酒を酌み交わしたあと 20 年も眠ってしまう，というお話である（フィードラー 62-63）。アーヴィングは，異世界の住人との出会いと 20 年間の眠り，というエピソードをそのまま借用しつつも，前後に話を付け加えることによって，自らの作品をきわめてアメリカ的な物語へと変貌させることに成功している。

注目したいのは，リップと妻が正反対の性格の持ち主として造形されている点である。彼女は夫に一家の主としての義務を履行させるべく躍起となっている。「彼の女房は，のべつ幕なしにがなりたてて，やれぐうたらだ，やれのんきすぎる，いまに一家が路頭に迷うよう」(44) になると責め立てる。一方，リップは，そんなときには「旗をまいて退却し，家のそとへと逃げていくより仕方がなかった」(44)。リップの性質の「大きな欠点は，何ごとによらず，金になる仕事がいやでいやでたまらなかった」(42) ことだ。彼に決定的に欠けているのは，自分の家族を繁栄に導く気力と能力である。

> なにも一生懸命になってやる気がないからとか，根気が足りないからというのではなかった。その証拠に彼は濡れた岩の上に腰をおろし，タタール人の槍ほどもある長くて重い釣竿をもって，日がな 1 日釣りをして，ぶつりともいわず，たとえいっぺんも魚が食いつかなくても平気なのだ。彼は猟銃を肩にして，何時間もぶっとおしに，重い足をひきずりながら，森をぬけ，沼地を渡り，丘を越え，谷をくだって，あげくのはてに，りすや野鳩をほんの数匹射ちとめたものである。彼は近所の人の手伝いならば決してことわらず，どんな荒仕事でもした。田舎の陽気な野良仕事には，真っ先に立って働き，とうもろこしの皮をむいたり，石垣を築いたりした。…一口に言うと彼はだれの用事でも喜んで引きうけたが，自分の仕事はダメで，一家のつとめや，自分の畑の手入れとなると，とてもする気になれなかったのである。(42)

リップは決して怠け者ではない。何でも気軽に手伝ってくれるため，近所の奥さん連中には，たいそう評判が良い。彼がかたくなに背を向けているのは，一家の繁栄を目指す利己的な金銭感覚であると言えよう。トクヴィルは「個人主義は民主主義的起源のもの」（トクヴィル 187）であると指摘したが，国が間違いなく育みつつあった，とくに物質的成功しか眼中にない「個人主義」に，リップは拒絶反応を起こしているのだと思われる。

実在の人間で，リップとは正反対の価値観を持つ人間がいる。ベンジャミン・フランクリン（Benjamin Franklin, 1706-90）だ。印刷工から身を起こし，科学者，発明家，文筆家，外交官など職を転々としても，そのすべてにおいて成功を収め，やがては「建国の父」を代表する政治家にまで昇りつめた人物である。彼は「富に至る道」("The Way to Wealth," 1757）や『自伝』（Autobiography, 1818）などを通じて，「勤勉」と「節約」を旗印に効率主義を重んじ，時間まで金銭に換算し，人生を実用的・実践的（practical・pragmatic）な観点からとらえて，物質的な面でも，精神的な面でも成功者となる「自助の精神（self-help）」を説いた。フランクリンが時代の寵児，そして「ミスター・アメリカ」と称されるのだとすれば，他人を助けてばかりいて，社会や時代が是とする価値観（社会規範）を有しないリップは「ミスター・アメリカン・＜ダメ男＞」と称されねばならない。

19世紀前半のアメリカの家庭における父親と母親の権威の変遷に関し，メアリー・P・ライアン（Mary P. Ryan）は次のように指摘する。

> 1850年代に入る前には，家族愛が声高に賞賛されるなかで，父親の権威は消散してしまった。実際，父親という観念は，母親とこどもの絆が家族愛のなかで中心的な場所を占めるにつれ，それ自体，ほとんど萎縮して（"wither away"）しまったように思われる。一方，母親という役割に対する畏敬の念は，19世紀文化を席巻した感傷主義の嵐より，よほど実質的なものだったのである。（Ryan 231-32）

刺激的な主張だが，彼女の意見にしたがうのなら，家庭内で「畏敬の念」の対象と化した女性たちが，「父親の権威」を失墜させた夫を支配することも，多分にあり得た話であろう。

リップのおかみさんが「専制政治（"the tyranny"）」(65) を敷いたのは，物語の時系列で言うなら独立戦争前だが，むしろ（物語が描かれた）1820年頃の時代風潮に即したものだったと言えよう。「民主的国民を構成している大多数の人々は，物質的なそして目前の享楽に著しく貪欲であ［り］…自分たちの財産を変え，またはこれをふやす手段だけを考えている」（トクヴィル　93）という指摘や，独立戦争以降，父親が「家族の快適な生活を物質的に支え，母親がこどもたちに共和的価値観の育成に協力し，立派なお手本として生きて行く義務を背負った」(Heidler 32) という意見なども，当時顕著になってきた家庭内の現象を，それぞれ別の視点から説明したものである。おかみさんの「専制政治」とは，過酷で窮

屈な男性規範が男たちに総攻撃を仕掛けてくる時代の到来を意味していた，と言えそうだ。
　リップと彼の妻の関係をめぐる次の記述は，興味深い。

　　連れそう年月がたつにつれて，リップ・ヴァン・ウィンクルの形勢はますます悪くなる一方だった。とげとげしい性質は，年を経ても和らぐものではなく，毒舌は使えば使うほど鋭くなる唯一の刃物（"edged tool"）である。もう久しいこと，彼は，家から追いだされると，村の賢人や，哲学者や，そのほかの怠け者が集まる一種の常設クラブのようなところへ通っては，みずからを慰めることにしていた。(45)

心理学的に言えば，妻の毒舌を「刃物」と形容するレトリックは，注目に値する。なぜならそれは作品に潜む「去勢不安」や「去勢恐怖」といった感覚を見事に暗示しているからである。こうした感覚はリップの猟犬ウルフの描写によってさらに強化される。唯一「リップの味方」(44)となるこの犬も，おかみさんにはまったく対抗できない。ウルフは「家に入るなり，うなだれてしまい，尾を垂れ下げるか，股の間に巻き込んで，絞り首にされるような様子でおずおずと歩く」(45)しかない。もちろん，この表現は「男の機能不全」を示唆してやまない。男としての敗北感は，独身者の楽園のごとき「常設クラブ」で「酒」の力を借りて「慰める」しかない。この点で，レスリー・A・フィードラー（Leslie A. Fiedler）の以下の指摘は正鵠を射ている。「もし酒宴というものが，…神話的な，超人的な敵，すなわち，…女性という敵にたいするワスプの男性のなかば公然たる武器であったとするなら——アーヴィングは…その事実を認めた最初の作家という栄誉を荷なっている。」（フィードラー　63）
　『オックスフォード英語大辞典』(OED)によれば，"rip" は「価値のない，放蕩者，道楽者（A worthless, dissolute fellow; a rake）」（初出：1797年）や「ほとんどあるいはまったく価値のない人や物（A person or thing of little or no value）」（初出：1815年）という意味を持つ。『第3版ウエブスター・インターナショナル英語辞典』では，"rip" の項目に「rep が変化したもの」とあり，「向こう見ずの放蕩者（a reckless or dissolute person）」という意味を載せている。また "rep" は同時に "reprobate" の短縮形でもある。この単語は神学的に「神に見放されること（to reject from Himself）」を意味する。
　物語の冒頭部にさりげなく挿入された「安らかに眠りたまえ（"rest in peace"）」

(40) が，リップに捧げられた墓碑銘であることは，今日では文学的常識であろう。"rest in peace" の短縮形が "R.I.P.", つまり "Rip" となることは，決して偶然の一致ではない。この名には，アメリカでは社会の要請や男性規範から離反する者は，「山にでも行って眠る（≒死ぬ）しかない」というメッセージが強く込められているのである。

3．イカバッド・クレーンの場合

　ときは1790年頃，ハドソン河の河口にあるタリー・タウンという村の近くに，ものうい静けさが漂う谷，通称スリーピー・ホローと呼ばれる場所があり，「妖術がかけられたような」(194) 近隣一帯には「首なし騎士」の伝説が残っている。むかしヘッセ（ドイツ中西部地方）からアメリカに渡ってきた騎士が独立戦争のおり，敵の大砲で首を飛ばされて以来，夜な夜な墓地から抜けだし自分の首を探しに，戦場に舞い戻るというのである。

　この村にコネティカット州から1人の教師（イカバッド・クレーン）がやってくる。

> クレーン（鶴）という苗字は彼の容姿にぴったりしていた。背は高いが，ひどく細く，肩幅はせまく，腕も脚も長く，両手は袖口から1マイルもはみだし，足はシャベルにでもしたほうがいいような形だった。…風の強い日に彼が丘の背を大股で歩き，洋服をばくばくと風になびかせてゆくのを見ると，貧乏神（"the genius of famine"）が地上におりてきたのか，あるいは，どこかの案山子がとうもろこし畑から逃げだしてきたのかとまちがえるかもしれない。　(196-97)

彼は「案山子」のような貧弱な肉体をしており，歩く姿が「貧乏神」と形容されていることは，記憶にとどめておく必要がある。

　イカバッドは，資産家の娘で「花も恥じらう18才の乙女」(205) カトリーナ・ヴァン・タッセルに身勝手な恋心を寄せる。村の荒くれ男たちが彼のライバルとなったが，そのなかでも最大の恋敵は，ブロム・ボーンズである。彼は若い鍛冶屋で，「骨格の逞しい，ほえるような，威勢のいい若者」(210) だと描かれる。

> 肩幅がひろく，体の自由が利き，黒い髪の毛は短くちぢれていて，顔つきは武骨だが，嫌味はなく，道化たような，高慢な風采をしていた。ヘラクレ

スのような体格と物すごい腕力とのおかげで，彼はブロム・ボーンズ（骨太ブロム）というあだ名で呼ばれ，どこへ行ってもその名で知られていた。…支配力というものは田舎ではつねに肉体的な力があるものが獲得するものだが，彼もその支配力をもって，何か争いがあればかならずその審判官になり，帽子を斜めにかぶって，判決をくだした。そのときの彼の態度や声の調子では，だれも反対したりすることはできなかった。(210-11)

ある夜，ヴァン・タッセル邸での宴会が終ったあと，邪魔なイカバッドを追いだすためブロムは，「首なし騎士」に扮して，愛馬デアデビルを駆って，ガンパウダーという名の借り物の老馬にまたがるイカバッドをさんざん追い回したあげく，カボチャをぶつけて失神させ，村から追放することにまんまと成功する。

イカバッドが失踪する理由は，明確には書かれていない。後日談として，ニューヨークで偶然彼に出会った村の者の話として，「1つには悪鬼（"the goblin"）やハンス・バン・リッパー（イカバッドが宿泊していた農家の主）が怖かったからであり，1つには不意にあの跡取り娘に捨てられたことが無念だったからである」(239) と紹介される。だが，カトリーナに捨てられるかどうかは，彼が失踪した時点では不明のはずだし，リッパーが教育に無理解な「年寄りの怒りっぽい」(217) 人間であったとしても，イカバッドは「1軒に1週間ずつ世話になっては，近所を巡り歩いていた」(199) わけだから，この大家が恐かった，という説も納得がいかない。（もちろん象徴的な次元では，世俗的な価値観しか持たないリッパーが，イカバッドに去勢を施す切り裂き人間（ripper）の代表格だった，と見る解釈が成り立たないわけではないが。）結局，彼が村から姿を消した可能性として残るのは，「悪鬼」の存在を信じたという話だけだ。

彼の精神的な特徴に関しては，こう述べられている。

不可思議なことを好む食欲も，またそれを消化する力もなみなみでなかった。しかも，それが両方ともに彼がこのまじないのかかった地方に住んでからいよいよ旺盛になった。どんな大きな話でも，恐ろしい話でも，彼はがぶりとのみこんでしまうのだ。彼の楽しみは，午後，学校が終ってから，…ふさふさしたクローバの上に，しばしば寝ころがって，マザーの恐ろしい話を熟読玩味することだった。(202)

リップも「幽霊や，魔法使いのばあさんや，インディアンの話」(41) が得意だっ

たが，イカバッドの場合はさらに徹底している。彼は，セイレムの魔女裁判にかかわったコトン・マザー（Cotton Mather, 1663-1728）が残した「ニューイングランド魔術史」を愛読し，その内容を「固く信じ込んでいる」(201)。彼が敗北者となった一番の原因は，その旺盛な想像力である可能性は高い。

カトリーナの屋敷での宴会に赴くイカバッドは，「冒険を求めて修行に旅立つ騎士 ("knight")」(217) と形容されている。実は，その夜，彼をボーンズが追い回す場面は，西洋騎士物語の新大陸版パロディーとなっているのだ。本来であれば，勇気と剛胆さが求められる決闘の現場で，イカバッドは戦いの前段階で怖じ気づき逃走してしまうのである。勇敢に戦ってお姫様を救出するどころか，彼は自らの想像力の過剰な働きで実体化した「首なし騎士」に無惨に打ちのめされてしまうのだ。

だが，イカバッドとブロムとの勝敗は始めから決まっていたと言う方が正確だろう。ブロムの職業が「鍛冶屋」であることは重要である。鍛冶屋といえば，額に汗し，炎を操り熱く燃えた鉄と格闘する男の仕事であり，同時に開拓社会を根底で支える貴重な職業でもある。ブロムはこの点で「実用性・実践性」を重視するフランクリン的な価値が律する世界の住人なのである。人々の信頼が厚いのもこのせいだろう。

一方，イカバッドは「えらく安楽な生活」(200) を送る「穀つぶし」(199) であり，農家の労働を手伝うことがあっても「かるい畑仕事」(199) しかしない。彼は肉体労働を軽蔑し，実利的視点からすれば空疎で軟弱な学芸や教養に，自らのアイデンティティーを見出している。物質主義の国アメリカでは，「想像力」が豊かで，賛美歌，詩，ダンスなどの文化的素養に長け，美食家にして健啖家，口達者で化粧もする伊達男イカバッドに，とうてい勝ち目はないのだ。彼のようなボヘミアン（「俗世間に掟に従わず放縦な生活をする人」，『広辞苑』）は，新大陸では，やはり「貧乏神」に他ならない。イカバッド（Ichabod）もリップの場合と同様，作家によって厳選された名前であろう。OEDによれば，この名は聖書「サムエル記上」(1 Samuel) 4章21節に由来し，ヘブライ語で「栄光は失われた (the glory is departed)」を意味する。リップもイカバッドも，もともと命名の段階で，神の「栄光」から見放されているのである。[4]

『アメリカン・ヒーローの系譜』のなかで亀井俊介氏は次のように指摘する。

> 自然人で荒野に立ち向かう彼ら（アメリカン・アダム）は，一般的にいって，大きく強い肉体の持ち主とされる。開拓の事業には肉体の力が不可欠だった

から，それは当然のこと…だが高度に発達した知性は文明のものであり，タテマエとしては不信の念をもって見られたのだ。<u>反知性主義は，アメリカの重要な伝統といってよい。…野性的な肉体は，ほとんど無条件に信頼されるのである。</u>下線部筆者（亀井　30）

　イカバッドが恋の敗北者となったのは，「過剰な想像力の働き」と「肉体性の欠如」に起因する。そして，彼の失敗談は，これらの特性がアメリカン・＜ダメ男＞の重要な構成要素となっていることを雄弁に物語っている。

　切り落とされた首を探しに夜な夜な墓地を抜けでる「首なし騎士」の物語には，リップの場合より，はるかに明確に「去勢不安」を読み取ることができる。だが，アーヴィングは，イカバッドの「去勢」をさらに容赦なく実行する。実は「首なし騎士」に扮したボーンズは，「威勢のいい若者（"blade"）」（210）と形容されていたのである。彼はイカバッドの＜男らしさ＞を切断する「刃物」だったことになる。

　1999年にティム・バートン（Tim Burton）監督，ジョニー・デップ（Johnny Depp）主演の『スリーピー・ホロー』（Sleepy Hollow）が公開された。ストーリーは原作とほど遠く，イカバッドはニューヨーク市警の捜査官である。物語は，スリーピー・ホローで起きた連続殺人事件の調査に彼がやってくるところから始まる。彼は心に傷を負っている。まだ幼いころ，魔女として処刑された母親の死がトラウマとなっているからだ。その反動で彼は科学的捜査に没頭する。だが，その彼の前に，なんと本物の首なし騎士が登場し，次から次へと人々の首を切って回るのだ。ブロム・ボーンズは，映画の途中で首なし騎士に胴を真っぷたつにされてしまうなど，原作では考えられない展開が繰り広げられる。だが，そんななか見過ごせない１場面がある。首なし騎士が村の判事の首を切り落とすと，生首がごろごろ転がって，尻餅をついているイカバッドの股ぐらにすっぽりと収まるシーンである。首なし騎士がその生首を剣で刺し抜き持ち去ると，イカバッドは恐怖のあまり気絶してしまう。ここに暗示される「去勢イメージ」は見事なものである。この作品は，原作を換骨奪胎しながらも，「去勢不安」を中心テーマとして見事に捉えているばかりか，「母親固着」（マザコンぶり）や「気の弱さ」（実際，主人公はよく気絶する）も，＜ダメ男＞の必須アイテムの１つであることをしっかりと教示してくれるのだ。

4. ＜ダメ男＞は永遠に

　ここまで「リップ・ヴァン・ウィンクル」,「スリーピー・ホローの伝説」という２つの物語を，＜ダメ男＞の視点から解読してきた。そこから浮上してきた問題は，家庭や社会が男に強要する義務や役割の不履行や，父親としての責務からの逃避や逃亡願望，（妻であれ鍛冶屋であれ）強大な存在を前にすると生じる去勢不安，実利的な社会ではマイナス面にしか作用しない「想像力」の問題，無条件に受け入れられるマッチョな肉体性の問題などであった。これらは，アメリカにおける＜男らしさ＞を巡ってやがて作品を描きだすことになるホーソーン(Nathaniel Hawthorne, 1804-64)やジェイムズ(Henry James, 1843-1916)を始めとする後代の作家たちによって扱われていくテーマ群でもある。この点で，リップもイカバッドも，たしかにアメリカン・＜ダメ男＞の源流地点にたたずむ人間として重要な存在意義を持っている。

　アーヴィングはリップの息子を初めて描写するとき,「いたずら小僧で父親に生きうつしで，やがては父親の古着といっしょに，その性癖まで受けつぐことはあきらかだった」(43)と書いた。そして，20年後にはその子が「親譲りの性格まるだしで，何にでも首をつっこむが，自分の仕事はそっちのけ」(64)の人間に成長した姿を提示することで，自らの予言を成就させる。しかも，用意周到に，名前まで父と同じリップにするほどである。アーヴィングは，時代がどれほど変遷しても，アメリカにおける「＜ダメ男＞の永続性」を確信していたのだろう。

注

[1] 亀井俊介氏は『アメリカン・ヒーローの系譜』の第１章「アメリカ人のヒーロー熱」のなかでシルヴェスター・スタローン(Sylvester Stallone)主演の『ロッキー』(*Rocky*)シリーズや『ランボー』(*Rambo*)シリーズを題材に，アメリカ大衆に広がるヒーロー崇拝熱について，興味深い論考を展開している。

[2] Steven MintsとSuzan Kelloggは，*Domestic Revolution*でニュー・イングランドへの移民が始まって以来，こどもたちへ土地を譲り渡すことで保たれてきた父親の権威が，まもなく土地不足という問題に直面したため,「消滅はしなかったものの，どんどん弱体化していった」(20)と指摘している。とくに "The Godly Family in New England and Its Transformation" (1-41)参照のこと。

[3] 『スケッチ・ブック』(新潮文庫　改版　2000), 40頁。この作品からの引用はすべてカッコ内に数字で表記する。ただし訳文には，必要に応じて日本語表現を改めた部分や，原文と照らし合わせて訳を変更した部分がある。訳文中に挿

入した英語は，*Washington Irving: History, Tales and Sketches*（New York: The Library of America, 1983）を出典とする。
[4] だが，イカバッドは村から失踪したのち，「学校で教えるかたわら法律を勉強し，弁護士になり，政治家に転じ，選挙運動に奔走し，新聞にも寄稿もし，ついには民事裁判所の判事になった」（239）と後日談が紹介されている。彼には「小利口で抜け目ない（"small shrewdness"）」（202）ところがあると書かれていたが，これらの記述には，フランクリンへの当てつけがあるのかもしれない。「悪魔と競争することになった人は，とにかくめちゃくちゃに走るのも当然」（242）とされているが，「悪魔の世界（＝想像力の支配する世界）」に負けないように，ひたすら実務的な世界に没頭し，そこに少しばかりの「抜け目なさ」さえあれば，アメリカ社会では十分に「立身出世（"preferment"）」（242）できる，という強烈な皮肉が，ここには込められていることを読者は見逃してはなるまい。

引用文献

アーヴィング，ワシントン／吉田甲子太郎訳『スケッチ・ブック』改版 東京：新潮文庫，2000.

亀井俊介『アメリカン・ヒーローの系譜』東京：研究社，1993.

トクヴィル，アレクシス・ド／井伊玄太郎訳『アメリカの民主政治』下 東京：講談社学術文庫，1987.

フィードラー，レスリー・A／渥美昭夫，酒本雅之訳『消えゆくアメリカ人の帰還』東京：新潮社，1972.

Collins, David R. *Washington Irving: Storyteller for a New Nation.* Greensboro: Morgan Reynolds Inc., 2000.

Goffman, Erving. *Stigma: Notes on the Management of Spoiled Identity.* New York: Simon & Schuster Inc., 1963.

Heidler, David S. & Heidler, Jeanne T. *Daily Life in the Early American Republic, 1790-1820: Creating a New Nation.* Westport, Connecticut: Greenwood Press, 2004.

Mints, Steven & Kellogg, Susan. *Domestic Revolution: A Social History of American Family Life.* New York: The Free Press, 1988.

Ryan, Mary P. *Cradle of the Middle Class: The Family in Oneida County, New York, 1790-1865.* Cambridge: Cambridge UP, 1981.

ホーソーンの「ブルフロッグ夫人」
―＜ダメ男＞の系譜と強い女―

大場　厚志

1　はじめに

　アメリカにおいては，文学に限らずいろいろな面において，一般的に＜男らしさ＞が強調される傾向にあるが，ワシントン・アーヴィング（Washington Irving, 1783-1859）が「リップ・ヴァン・ウィンクル」("Rip Van Winkle")の同名の主人公や「スリーピー・ホローの伝説」("The Legend of Sleepy Hollow")のイカバッド・クレーン（Ichabod Crane）という人物像に表した＜ダメ男＞は，程度と質の差はあるものの，以後さまざまな姿で多くの作家たちの作品に登場し，アメリカ文学の中で1つの系譜を形成している感がある。19世紀中葉，後にアメリカン・ルネッサンスと呼ばれるようになった時代に活躍したナサニエル・ホーソーン（Nathaniel Hawthorne, 1804-64）も，＜ダメ男＞を描いた作家の1人である。この小論は，まずホーソーンのよく知られた作品において＜ダメ男＞がいかに繰り返し描かれているかを概観し，そのあと＜ダメ男＞の系譜という観点から「ブルフロッグ夫人」("Mrs. Bullfrog," 1837)で描かれる男と女を分析し，これらの人物像のはらむ問題を考察する試みである。

2　ホーソーン的＜ダメ男＞の系譜

　ホーソーンの創造した人物たちを＜ダメ男＞の系譜から考える場合，「ウェイクフィールド」("Wakefield," 1835)は格好の作品である。主人公ウェイクフィールドは妻の前から消える男という点でリップ・ヴァン・ウィンクルの直系である。ウェイクフィールドの失踪は「病的な虚栄心」[1]が要因であり，彼は「自分が中心」と信じている家庭が自分の不在に影響されると確信していると考えられる。彼のこの確信は，別れ際の「狡猾そうな微笑」（IX 133）が示す妻に対する優越感にも現れている。彼は自己の権力，妻に対する優越，家庭の所有を確認し，妻にも身をもって確認させようとしたのである。したがって失踪による自己の存在理由確認の行為は，＜男らしさ＞[2]を確認する行為と同義となる。この行為が妻に対してサディスティックな形をとったのは，外の社会では決して満たすことのできない権力欲を家庭内で，しかも妻が不安がる様子を見ることによって満たそうとす

るがゆえである。

　また，実際に失踪したところに，妻を支配・所有していると信じる一方で，彼女に対して懐疑を抱いていることが感じられる。この懐疑は，「妻への愛情は…穏やかで習慣的な感情に落ち着いていた」とか，「怠惰のために彼の心は安らかだった」（IX 131）ということから判断すると，無自覚的なものと言える。懐疑を抱かせるものは，1つには男にとっての女の不可解さであり，これは結末部分でウェイクフィールドが家の外に佇み居間を見上げる場面において，天井に映ってダンスをするようにゆらめく妻の「グロテスクな影」（IX 139）という不気味なイメージに顕在化することになる。また1つには，懐疑は男の優位という幻想に対する無意識的な反応でもある。男の優位は社会的・文化的なものであり，女の側の一種の迎合によって成立する。男にとって女は支配・所有の対象でありながら，依存の対象でもある。自分が家庭の中心であり，妻を支配・所有しているというウェイクフィールドの確信は幻想にすぎず，それは皮肉にも妻への依存に支えられていたのである。

　独立前後の激動と流血の20年間にわたるリップの眠りには，＜男らしさ＞に付随する責任や重荷から逃れたいという願望が反映している。都会の直中で透明化したウェイクフィールドの20年間にそのような願望の反映が見られるだろうか。むしろ我々は，失踪者の記事に触発されてウェイクフィールドを創造し，批判することで，自分自身の中に潜在する＜ダメ男＞を否定・排除しようとする語り手の欲望に目を向けるほうがいいだろう。

　女性に対する懐疑が主人公の運命と密接にかかわる場合が他にも見受けられる。「若いグッドマン・ブラウン」（"Young Goodman Brown," 1835），「痣」（"The Birth-mark," 1843），「ラパチーニの娘」（"Rappaccini's Daughter," 1844）がそれである。

　グッドマン・ブラウンは夜の森で村の立派な人物たちによる魔女集会に遭遇する。魔女集会が現実なのか夢なのかについては曖昧になっているが，彼は森から帰った後には猜疑心が強く陰鬱な人間になり，村の善人たちの心の中に悪を見るようになる。善なるものが悪なるものに反転する。妻のフェイス（Faith）は「祝福された地上の天使」（X 75）だという幻想を彼は抱いており，夜の森では妻が悪に抗う精神的なよりどころであったが，幻想が崩れ，依存していた妻に強い懐疑を抱くようになる。それ以後もともに夫婦生活を送り続けるにもかかわらず，夜目覚めてはその胸から身を引き離したり，祈りのときにその顔から目をそむけたりするような，忌避すべき存在に妻も転落する。これは人間存在における善と悪

の混在を認めることのできない未熟さを表している。

　「痣」においては科学者エイルマー（Aylmer）を通して現実に対して敗北する理想主義への共感が表現されている。頰の痣はジョージアナ（Georgiana）の唯一の欠点であるが，エイルマーの目にはそれがきわめておぞましいものに映る。痣は原罪の象徴というのが一般的な解釈であるが，妻の中に潜在するエイルマーに理解不能なもの，理解不能であるがゆえに懐疑を誘発するものを暗示すると解することもできる。痣が気になり始めたのが結婚後であることは重要である。つまり，痣の除去は完全な女を創造しようとする行為であるとともに，家長による妻と家庭の所有という問題にかかわるものでもある。ジョージアナが妻であるからこそエイルマーは夫として彼女の理解不能な部分を排除して完全に所有せねばならないのである。痣の除去とその失敗は，この意味では男性権力の行使と男性による女性の所有の失敗を表している。また痣の除去は妻の側の迎合があってこそ，すなわち妻への依存があってこそ実行可能なのであるが，もちろん彼はそのことに気づくことはない。

　「ラパチーニの娘」の視点的人物であるジョヴァンニ・ガスコンティ（Giovanni Guasconti）も女性に懐疑を抱く人物である。ベアトリーチェ（Beatrice）は聖女なのか毒女なのか，天使なのか魔女なのか，と迷い悩んだ末に，彼は彼女に解毒剤を飲ませ，死なせてしまう。ベアトリーチェは肉体的には毒をはらんだ存在であるが，精神的には清純である。それら相反するものの混在が理解できないジョヴァンニには，エイルマーにとっての痣と同じように彼女の毒は懐疑を誘発するものとなる。彼がベアトリーチェに解毒剤を飲ませる行為とエイルマーがジョージアナの痣を除去しようとする行為とそれらの結果は，この意味で類似している。

　ウェイクフィールド，グッドマン・ブラウン，エイルマーが抱く懐疑は，質と程度の差を越えて，男の性役割にこたえ続けられるだろうかという，〈男らしさ〉の背後にある不安を反映している。ジョヴァンニの場合は，精神的・肉体的に，そして毒が女性の肉体に宿るものであるがゆえに性的な面で，男として成熟することへの不安を反映している。〈ダメ男〉とは，男たちが多かれ少なかれ内面で抱える問題—〈男らしさ〉を獲得・維持することへの不安—を体現した人物像なのである。

　「美の芸術家」（"The Artist of the Beautiful," 1844）は美を追求するオーウェン・ウォーランド（Owen Warland）を通して，実利的な社会で芸術家が直面せざるをえない問題を提示している。美の化身のごとき機械仕掛けの蝶が壊されたときのオーウェンの超然とした態度には，ホーソーンの芸術家に対する共感が現れている。とはいえ，オーウェンは鍛冶屋のロバート・ダンフォース（Robert

Danforth)や師匠のピーター・ホーヴェンデン (Peter Hovenden) との比較において自立できない人物である。ダンフォースとオーウェンの関係は肉体性と精神性の対立を示している。アニー (Annie) は華奢で繊細なオーウェンよりも屈強なダンフォースに心を引かれる。『ブライズデイル・ロマンス』(The Blithedale Romance, 1852) で女性たちの心を引きつけてマイルズ・カヴァデイル (Miles Coverdale) に嫉妬と劣等感を抱かせるホリングズワース (Hollingsworth) も元鍛冶屋であるし、「スリーピー・ホローの伝説」におけるイカバッドの恋敵で、カトリーナ (Katrina) の愛を獲得するブロム・ボーンズ (Brom Bones) も鍛冶屋である。火とハンマーによって鉄を鍛える鍛冶屋は、肉体的な＜男らしさ＞を表すのである。

　ホーヴェンデンとオーウェンの関係は、実利主義／理想主義、実用／美、理解力／想像力、理性／感性、時間／永遠などの対立を示している。これらは俗物と芸術家の対立を表すと同時に、自立する男と自立できない男の対立を表している。ホーヴェンデンは実利社会の要求を体現する存在としてオーウェンを萎縮させ苦しめる。理想美の追求や物質の精神化はロマン主義的なものであり、個性や想像力などを強調したそれが実利主義と抵触するものであることは言うまでもない。これに関連して、カトリーナをめぐる恋の鞘当てでイカバッドがブロムに敗れたことには、彼の過剰な想像力が災いしたことも思い出しておきたい。また、オーウェンが引退した師匠の前で萎縮し苦しめられることは、彼が父親（的存在）を乗り越えられないことも示唆している。

　このほか短編では「ロウジャー・マルヴィンの埋葬」("Roger Malvin's Burial", 1832) の罪意識ゆえに自己を損なっていくルーベン・ボーン (Reuben Bourne)、長編では『緋文字』(The Scarlet Letter, 1850) のこれも罪意識ゆえに自己をさいなむアーサー・ディムズデイル (Arthur Dimmesdale)、『七破風の家』(The House of the Seven Gables, 1851) において投獄の影響で幼児化の観を呈するクリフォード・ピンチョン (Clifford Pyncheon)、『ブライズデイル・ロマンス』の「見ること」に憑かれ行動不能に陥るマイルズ・カヴァデイルも、＜ダメ男＞の範疇に入る人物である。

3　＜ダメ男＞ブルフロッグ

　＜ダメ男＞は「ブルフロッグ夫人」にも1人称の語り手として登場している。この短編はホーソーンにおいてはマイナーな作品であり、あまり言及されることはない。しかし、「ウェイクフィールド」や「若いグッドマン・ブラウン」の翌々

年に発表されたこの短編には，それら2編よりも直截的かつ明瞭な形で＜ダメ男＞が描かれているという点で注目すべきである。そしてメジャーな作品からマイナーな作品に至るまで＜ダメ男＞が繰り返し登場することは，ホーソーンにとって＜ダメ男＞のはらむ問題がいかに根深いものであったかを示している。また，「ブルフロッグ夫人」では＜ダメ男＞とかかわる女性が特徴的である。この小論で扱ってきた作品において，妻あるいは女性は，＜ダメ男＞とのかかわりにおいて重要であるのだが，登場人物としては十分に描かれているとは言えず，＜ダメ男＞の心理を映す鏡のごとき存在と言えよう。ところが「ブルフロッグ夫人」という題名が示すとおり，この作品では妻が重要な役割を果たし，ホーソーンにおける男と女の関係を考察する貴重な手がかりを与えてくれるのである。

　「ブルフロッグ夫人」は結婚観をめぐる話である。ブルフロッグは冒頭で結婚相手の容姿や性格などの「些細なこと」（X 129）に注意を払いすぎてはいけないという現実主義的な結婚観を述べる。それから自嘲的に独身時代の自分の感性や価値観について，次いで結婚直後の出来事について語り，いかに自分がそのような結婚観を抱くに至ったか，そしてそれがいかに正しいかを説明しようとする。

　独身時代の彼は仕事の性格上「女性的な感受性とあまりにも洗練された優美さ」を身につけた「貴婦人のごとき紳士」となり，女性の欠点を見抜く感受性を持ち，「新鮮な花のごとき若さ，真珠のごとき歯，艶やかな巻き毛，・・・とりわけ，処女にふさわしい清純な心」（X 130）など，さまざまな美点を女性に求めた。このように彼は女性的な感性と審美眼ゆえに妻となる女性に厳しい注文をつけているが，彼が抱くイメージは父権制社会がつくりだした無私の天使のような女性の誇張された理想像と言えよう。

　ブルフロッグは妻となる女性と出会ってからわずか2週間のうちに結婚する。妻となったのは彼が理想の女性には不可欠と考えていた「艶やかな巻き毛」と「真珠のごとき歯」を持った女性である。新婚のブルフロッグ夫妻が夫の服地屋へ行く途中，馬車が転倒する。すっかり気が動転したブルフロッグは，夢中で馬車から抜け出すが，中に取り残されたはずの妻の姿はなく，その代わりに御者を手ひどく殴っているおぞましい容貌の人物がいた。その人物は髪も歯もなく，頬は落ち窪み，暴力的で，「お化け」，「人食い鬼」，「悪魔」（X 133）などと表現される。恐ろしいことにその人物は妻と同じ衣服をまとっていた。男たちが馬車を元に戻すと，元の姿の夫人がブルフロッグの背後に立っていた。ここで彼の言うおぞましい容貌をそのまま事実と見なしていいだろうか。彼の言葉通りの容貌だとすれば，かつら，入れ歯，含み綿その他のメイク・アップがすっかり剥がれた夫人の

姿が露呈したことになる。だが、メイク・アップがある程度損なわれたということはあるとしても、怒り狂ったものすごい形相をして御者を殴っている様子を目の当たりにした彼には、獰猛な女と自分が抱いていた理想の妻のイメージとのあまりに大きすぎるギャップゆえに、彼女が現実以上におぞましい容貌に見えたとも解釈できる。いずれにせよ、暴力性のみをもってしても、夫人が彼の抱く理想の女性像からはなはだしく逸脱しているのは確かである。

そのような女を妻と認めたくないので、彼は一貫しておぞましい人物と妻とを同一視するのを避けようとする。容貌がどれほどおぞましいかはさておき、少なくとも獰猛であるという明白な事実に彼は目をつむり、「たしかに彼女はやさしい女性で、天使のような妻だ」(X 134-35)と語るが、この言葉が示しているのは、彼が彼女と結婚したのは彼女がやさしい天使のような女性であるという幻想に支えられてのことだった、ということである。すでに崩れた幻想にしがみつき、明白な事実を曖昧化しようとする語り口は滑稽であり（この滑稽さが作品の持ち味なのであるが）、彼の優柔不断さを際立たせている。とはいえ、旅再開後すぐに彼は「半分の時間は美しい女性で、もう半分の時間は恐ろしい怪物だという妖精の話を思い出し、・・・目の前でその変身がおきるのをほとんど期待して」(X 135)彼女を横目で見る。このマゾヒスティックな期待には彼の受動性や服従への願望をうかがうことができる。マゾヒズムは無意識的な自己破壊願望に関連することもあるということにも注目しておこう。

結局のところ、女性の欠点を見抜く感受性が鋭いと豪語していたにもかかわらず、彼の立場からすれば、彼は彼女にうまく騙されたことになる。彼女には女性のしたたかさが強調されている。彼の感受性が鋭いのは事実かもしれないが、それは女性のつける仮面に対しては無力であった。だが、人間はさまざまな顔を持っており、純粋な素顔というものはありえない。人間の顔は複合的なものであり、ブルフロッグ夫人の仮面もまた彼女の妻としての顔の一部とも言えよう。

旅再開後、古い新聞の記事からブルフロッグは夫人がかつて婚約不履行の訴訟をおこしたことがあるのを知り、愕然とする。婚約不履行で訴えたのだから、結局夫人には「処女にふさわしい清純な心」もなかったのである。訴訟の件で彼は彼女を非難する。彼は訴訟が女性らしくない行為であり、女性を不必要に世間の目にさらすことになると考えるのである。彼は彼女に毅然たる態度で反論される。しかもその訴訟で勝ち取った金を彼の店の仕入れのために使うと聞くにおよんで、彼は喜んで彼女の「些細な欠点」(X 137)を忘れることにするのである。彼女のさまざまな欠点は、彼の価値観からすれば決して「些細な」ものではなく、

とても許容できるものではないにもかかわらず，彼は理想の妻の獲得と美意識の成就を犠牲にして，彼女の金による店の維持を選ぶのである。

　馬車が転倒したとき，彼は気が動転し，妻の存在をすっかり忘れて，我知らず妻の体を踏み台にして馬車から這って出て，本能的にネクタイをきちんと直す。これは彼が自己中心的で，精神的・肉体的に脆弱であり，このさき自立できず，精神的・肉体的に妻に依存することになるということをユーモラスに示している。自己信頼，精神的自立，肉体的・性的な力などが彼には欠けているのである。彼は競争社会で生き抜くための商売の基盤を妻に依存するのであるから，社会的・経済的にも自立できず，それは当然，家長としての権力も獲得できないことを示唆している。要するに＜男らしさ＞に付随するさまざまなものが彼には欠けている。そしてそれは暴力性に見られる妻の中の男性性や過剰な生命エネルギーと相俟って，男と女の性役割の逆転を表しているのである。

　ブルフロッグはもともと肉体的な面で男性性が欠けている。彼は「小柄で華奢で細面の男」(X 135)で，女性的な「白く優美な指」(X 131)の持ち主である。それに加えて馬車転倒の場面では，「私の知力がどうなってしまったのか，想像もできない。私の知力がもっとも必要なときに限って，私を見捨てるという天邪鬼な悪さをしてきた」(X 132)とあるように，肝心なときに彼は知力が働かない。ここでは男性中心主義におけるロゴス＝理性中心主義を思い出しておきたい。

　美意識と肉体性と知性において男性性に欠けるブルフロッグが，美意識よりも妻の金を選んだことは，外の社会での公的な労働を優先したことを意味するので，これは＜男らしさ＞を獲得しようとする行為と言える。服地屋経営はジェンダーレスな労働という部分もあるだろうが，競争と直接結びつくので，商売がうまくいくことは競争社会で生き抜くという＜男らしさ＞の証明ともなりうるものである。ところが妻への依存ゆえに，＜男らしさ＞獲得のための行為に＜ダメ男＞が露呈するのは皮肉なことである。

4　ブルフロッグ夫人が提起するもの

　ブルフロッグの＜ダメ男＞ぶりは，ブルフロッグ夫人とのかかわりによっていっそう強調されることになるが，彼女はそのような役割を果たすだけでなく，さまざまな問題も提起する。

　馬車を転倒させた御者を手ひどく殴っている彼女についての「殴っているのはおぞましい容貌をした人物で，頭はほとんど禿げ上がり，頬は落ち窪み，見たところ女性 (the feminine gender) のようではあるが，女というやさしい性 (the gentler sex)にはとても分類しがたい」(X 133)という描写は重要である。ホーソーンの時代には，現在使われているような意味での，社会的・文化的性差としてのジェンダーの概念はなかったが，見たところ "the feminine gender" であるというのは，彼女が女性の服装をしているからであり，"the gentler sex" に分類しがたいのは，彼言うところの「おぞましい容貌」のためである。暴力行為も含めていい。ここには女性の服装という外側とその服装の内側との奇妙な不一致が現れている。換言すれば，社会的・文化的に構成された性差であるジェンダーと生物学的な性差であるセックスとの不一致がここで見られるのであり，それはジェンダーの虚構性を暴露しているとも言えるだろう。

　ブルフロッグ夫人がジェンダーからもセックスからも逸脱していることにも注目したい。彼女は女性の服装で男性性の範疇に入る暴力行為を行う。夫人の暴力性は，女のジェンダーにそぐわない部分を抑圧しても消えるわけではないことを表している。しかし，女というセックスからも逸脱するとはどういうことなのだろう。彼女はまぎれもなく生物学的に女であるはずなのである。ここで忘れてならないのは，女というセックスに分類しがたいと述べているのは夫ブルフロッグであり，女というセックスからの逸脱はあくまで彼の主観によるものだということである。しかもそれは妻を天使の比喩で表現するような，男性中心主義社会の固定観念が染みついているだけでなく，たぐいまれな女性的感受性を身につけた男の主観なのである。この意味で夫人の逸脱は男性中心社会からの逸脱である。そもそも女としてのセックスを「やさしい性 (the gentler sex)」とか「弱い性 (the weaker sex)」と呼ぶこと自体，父権制に都合のいい女性像を反映している。ブルフロッグ夫人は，リップ・ヴァン・ウィンクルの妻やハンナ・ダストン[3]の場合と同じように，女性が生物学的に「やさしい」あるいは「弱い」というのは幻想だということを示している。また，夫人の服装と容貌と暴力性には，性の多様性や両性具有的なイメージを想起させるものがあり，それはユニセックスやトランスセクシャルなどの問題をも暗示していると言えないだろうか。

　ブルフロッグ夫人は単に醜く獰猛な女性としてのみ描かれているわけではない。彼女には自立する女性の行動力・強靭さ・知恵が表現されている。馬車が転倒したとき，真っ先に馬車を元通りにするよう指図したのは彼女である。また，以前に彼女が自分を裏切った男に対しておこした婚約不履行の訴訟は，彼女が貞淑・従順・家庭的という男性中心社会の要求する性質の持ち主ではなく，女性の人権を踏みにじるさまざまなものに抵抗する強靭な女性であることを示している。人生を，与えられるものではなく，自分で決めるものだとする態度もここに

見てとることができる。最終的に彼女が夫ブルフロッグの気持ちを支配するのは勝訴して得た金ゆえであるとはいえ、自分に対する見方が変化した夫をなだめ説得する様子には注目すべきである。訴訟のさいに妻が世間の好奇の目にさらされたであろうと想像し、ブルフロッグは両手で顔を覆ってうめき声をもらすが、そのとき「彼女はやさしく私の両手を自分の両手に包みこんで顔から引き離し、じっと私の目を見つめ」、決意をこめて彼を説得する。

「そのくだらない弱気に打ち勝って、力のおよぶ限り、よい夫であることを示しなさい。わたしも負けないくらいよい妻になります。おそらくあなたは花嫁に些細な欠点をいくつか見つけたのでしょうね。でもね、あなたは何を期待していたの？ 女は天使ではないのよ。もしそうなら、夫を見つけに天国へ行くわ・・・」(X 136)

彼の手を包みこむ仕草と説得の言葉に現れている彼女の包容力とやさしさと毅然たる態度には、あたかも子どもを諭す母親、児童を諭す教師のようなおもむきがある。そのすぐあとの夫の頬を軽くたたきながら諭す様子（X 136）は、この力関係の逆転をさらに補強している。

この説得における「女は天使ではないのよ」という言葉にも注目したい。先に指摘したように、ブルフロッグも妻を天使の比喩で表している。この場合、天使は男の側が作り出した女性の理想像であり、よき妻・よき母として外で働く男に安らぐ場所を与えるヴィクトリア朝的な「家庭の天使」や、信仰深く、純潔で、従順で、家庭的であるという、19世紀アメリカにおける「真の女らしさ」（ウェルター 56）を想起させる。これらの性役割は、肯定的な役割を与えて女性を家庭という私的領域に閉じ込め、社会という公的領域から排除する、父権制社会維持のための方便だった。「女は天使ではないのよ」という夫人の言葉は、このような女性の規範的イメージが女性の本性とは異なるものであることを表している。とはいえ、互いによき夫、よき妻になろうというのであるから、彼女は父権制における家庭を維持するつもりである。意識のうえで彼女の素顔は仮面に合わせようとしている。したがって、ブルフロッグ夫人は意図的に男性中心社会に対して反逆しようとするのではない。彼女は女の規範的イメージと実際の女は異なると主張しているのである。

彼女が夫の手を包みこむ仕草に、ユング心理学におけるグレート・マザー（太母）という観点から再度注目したい。ユング心理学では集団的無意識の中に元

型(archetype)があると仮定する。グレート・マザーは「母なるもの」の元型であり、善なる母／恐ろしい母、肯定／否定、創造／破壊という両極性をもち、その基本的な特性はすべてを一体として「包含すること(containing)」である。「包含」の肯定的側面はやさしく包みこむこと・育むこと(生へとつながる)であり、否定的側面は呑みこむこと・破壊すること(死へとつながる)である。[4] ブルフロッグ夫人が夫の手を包みこむ様子に見られる包容力やさしさは善なる母のイメージを想起させ、そこに現れた母性原理は彼らの家庭が母権制的なものとなることを暗示している。しかも彼女は恐ろしい母でもある。メイク・アップが損なわれ暴力性があらわになった彼女が「人食い鬼」(X 133)と表現されるように、善なる母のイメージは呑みこむ恐ろしい母という破壊的側面と裏腹なのである。

彼女は金銭のみならず、包容力、強さ、恐ろしさによっても夫を支配するのである。男たちが転倒した馬車を復元するあいだに行う素早いメイク・アップと暴力性の隠蔽は、彼女の言う「些細な欠点」は素早く隠せることを示している。これは彼女がいつ豹変するか分からないということなので、夫の側からすれば、美女と怪物半々の妖精を想像するごとく、妻に不安と恐れを抱かざるをえない。

夫を支配するブルフロッグ夫人の特性は、後のホーソーン文学に登場するダーク・レイディたち——「ラパチーニの娘」のベアトリーチェ、『緋文字』のヘスター(Hester)、『ブライズデイル・ロマンス』のゼノビア(Zenobia)、『大理石の牧神』(The Marble Faun, 1860)のミリアム(Miriam)——に引き継がれていくように思われる。ダーク・レイディは美しく異教的で男を惑わす存在であり、ブルフロッグ夫人とは容貌・性格ともに異質な人物像であるが、夫人の強さ、規範からの逸脱、そして秘められた恐ろしさや不可解さなどによって男に対して強い影響力を及ぼすその内面的特性に、ダーク・レイディの萌芽を見出すことはできよう。

ブルフロッグ夫妻の家庭は女性性の強い夫と男性性の強い妻によって成り立っているし、先に述べたように、経済的に夫婦関係は逆転している。夫婦の力関係は2重の意味で逆転しているのである。先の引用で彼女の言う「よき夫」とは父権制社会におけるよき夫であると考えられるが、彼がそのような夫になる見込みがあるとは考えられない。この夫と妻はどう見ても、弱い者と強い者、子どもと母親、児童と教師のような関係を思わせる。男のアイデンティティを確保できない夫と規範的イメージから逸脱する妻というこのような夫婦関係は、この作品では大げさにデフォルメされているのであるが、じつは多くの夫婦に共通するものではないだろうか。彼らの夫婦関係は、父権制社会において一見強固に見える家庭というシステムが、社会的に押しつけられたものであるがゆえに、あやうさを

秘めているということを示唆しているように思われる。

　それにしても，容貌にしろ，性格にしろ，ブルフロッグ夫人の描写はどのように考えたらいいだろう。容貌はあまりにも醜悪であるし，性格はあまりにも暴力的である。それらの描写には肯定的に捉えうるものがない。ここにはブルフロッグの眼差しの背後に作家自身の眼差しを見て取らないわけにはいかない。そこにはホーソーンの女性嫌悪（ミソジニ），とくに当時の社会規範における女の領域を越境する強い女たち―とりわけ当時の女流作家たち―に対する嫌悪感が反映しているのであろう。父権制社会にとって脅威となるタイプの女性が，文学作品の中で魔女や怪物のイメージを付与されることはしばしば見られることであるので，ホーソーンもそのような社会の価値観を共有する人ではあった。また，素早いメイク・アップによってブルフロッグを引きつけた元の姿に戻るところには，女は油断できないというホーソーンの気持ちが反映しているようにも感じられる。その意味では，ブルフロッグはホーソーンの中の騙される＜ダメ男＞をコミカルに描いたものでもあるだろう。

5　おわりに

　このようにメジャーな作品からマイナーな作品に至るまで，ホーソーンは＜ダメ男＞を描き続け，「ブルフロッグ夫人」においては＜ダメ男＞が強い女との関係で強調されている。ホーソーンの場合，幼くして父親を失い，幼児期から成人し自立するまで母方の親戚のもとで養育されたことや，当時の作家として彼がおかれていた厳しい状況や，夫であり父親であり家長であるという実生活での立場からくるさまざまな思いが＜ダメ男＞に反映したことは，比較的容易に想像できる。しかし，これまで見てきた＜ダメ男＞はホーソーンのフィルターを通して創造されたものであるが，程度の差こそあれじつは誰の中にも存在するものであろう。

　アーヴィングのリップやイカバッドからホーソーンの人物たちへと引き継がれた＜ダメ男＞の系譜は，この後ヘンリー・ジェイムズ（Henry James, 1843-1916）の「孤独な人間もの」のテーマにかかわる作品の主人公たちへと引き継がれていき，20世紀に至って，文学のみならず映画にも引き継がれていく。大雑把な捉え方だが，映画においては，ヒーローはつねに歓迎される傾向にあるが，少数の例外を除いて，シリアスな形で＜ダメ男＞が主人公となるには社会の変化を待つ必要があり，男性中心主義社会から部分的であれユニセックスの社会へと変化し始めるころから，そのような主人公の登場が目立つようになったと思われる。ここで文学と映画について比較するつもりはないが，ヒーロー崇拝の著しいアメリカにおいて，いつ

の時代にも，そして誰の中にも存在する＜ダメ男＞について，文学が早い時期から問題にし続けてきたことはやはり注目すべきことである。

注

[1] Nathaniel Hawthorne, *Twice-told tales*, *The Centenary Edition of the Works of Nathaniel Hawthorne*, Vol. IX, ed. Roy Harvey Pearce et al. (Columbus: Ohio State Univ. Press, 1974), p. 134. 以後，ホーソーンからの引用はこの版を使用し，本文中に巻数とページ数で出所を示す。

[2] ホーソーンと当時の＜男らしさ＞の概念については主として Walter Herbert と David Leverenz を，本論で援用される＜男らしさ＞の優越・権力・所有の3つの志向については伊藤公雄を参考にした。

[3] ハンナ・ダストン (1657-1737) はアメリカ先住民（インディアン）に襲われ，その捕囚となったが，10人もの先住民を殺し，証拠として彼らの頭の皮を剥いで逃げ延び，報奨金を受け取った。一般に彼女はヒロインと見なされているが，ホーソーンは「ダストン一家」("The Duston Family," 1836) において彼女を恐ろしい女として描いている。御者にブルフロッグ夫人を「雌虎 (she-tiger)」と呼ばせたのと同様に，ホーソーンがハンナ・ダストンを「雌虎 (tigress)」と呼び，その獰猛さを強調しているのは興味深い。

[4] このようなグレート・マザーの概念に関しては主としてノイマン (Neumann) 18-83頁を参照。

参考文献

伊藤公雄『＜男らしさ＞のゆくえ―男性文化の文化社会学』東京：新曜社，1993.

ウェルター，バーバラ／立原宏要訳「女は"女らしく"というモラルがつくられた」カール N. デグラーほか7名著『アメリカのおんなたち―愛と性と家族の歴史』東京：教育社，1986. 55-91頁.

Herbert, Walter. "Hawthorne and American masculinity." *The Cambridge Companion to Nathaniel Hawthorne*. Ed. Richard H. Millington. Cambridge: Cambridge Univ. Press, 2004. 60-78.

Leverenz, David. *Manhood and the American Renaissance*. Ithaca and London: Cornell Univ. Press, 1989.

Neumann, Erich. *The Great Mother: An Analysis of the Archetype*. Trans. Ralph Manheim. Princeton, N.J.: Princeton Univ. Press, 1963.

ホーソーンの子供像と空想
―『緋文字』と『ワンダー・ブック』を中心に―

倉橋　洋子

はじめに

　19世紀アメリカの代表的作家であるナサニエル・ホーソーン（Nathaniel Hawthorne, 1804-1864）は,『緋文字』(*The Scarlet Letter*, 1850),『ブライズディル・ロマンス』(*The Blithedale Romance*, 1852）などのロマンス作家として知られている。さらに，ホーソーンは,「小さなアニーの散歩」("*Little Annie's Ramble,*" 1835),「小さなダッフィーダウンディリー」("*Little Daffydowndilly,*" 1843),『おじいさんの椅子』(*Grandfather's Chair*, 1841）など，子供の本も多数執筆している。とりわけ，ギリシア・ローマ神話を書き改めた『ワンダー・ブック』(*A Wonder-Book for Girls and Boys*, 1852）で，ホーソーンは児童文学者としての地位を確かなものにした（Chesner 353）。『ワンダー・ブック』とその続編の『タングルウッド・テールズ』(*Tanglewood Tales, for Girls and Boys; Being a Second Wonder-Book*, 1853）は，ホーソーンの子供の本の代表作と言える。

　ホーソーンは『ワンダー・ブック』の序で,「空想（fancy）」の命じるままに，2,3千年の歴史により神聖化されたギリシア・ローマ神話の「形式（form）」に変更を加え，子供の読み物として「教訓（moral）」を滲み出させるつもりであると抱負を語っている。[1] 19世紀に至っても否定的な見解が存在した「空想」を創作の原点に据えることをホーソーンはここで公言している。[2]

　『ワンダー・ブック』が出版された19世紀にヨーロッパではロマン派の子供像が誕生し，子供の本や教育に影響を与えた。本稿では，まずヨーロッパとアメリカにおける子供像の変遷を考察する。その上で，17世紀のピューリタンの子供像に対するホーソーンの見解を『緋文字』から読み取る。また,『ワンダー・ブック』やホーソーンの子供の本にみられる子供像をロマン派のそれと比較検討する。これらの検討を通してホーソーンの子供像と空想について考察する。

1．子供像の変遷と子供のための読み物

　17世紀までの芸術に子供が描かれなかったのは，子供期の存在が発見されて

いなかったからだ（アリエス 35）。文学でも児童文学が誕生するには，子供の存在が認識される必要があった。印刷術の発明以前の口承文学は後に児童文学に貢献するが，子供だけを意識したものではなかった。ピューリタンは子供を念頭においたものの，たわいない空想物語は子供に悪影響を与えるとして排除したために，17 世紀末までに出版された子供の本は，教科書，行儀の本，道徳の本が大半であった。ピューリタンの影響が増大すると，子供の本の重点は子供たちを「地獄の火」から救う宗教と道徳に移行した（タウンゼント 8）。ピューリタンの本は原罪観に基づいた子供像を浮彫りにしている。ホーソーンが『緋文字』で言及し，アメリカで 1690 年から 1850 年まで広く使用された『ニューイングランド初等教本』(The New England Primer, 1690) の内容は，アルファベットと教理問答を組合わせたもので，「A」の項目では「アダムが堕落したため，われわれはみんな罪人だ」と原罪を説いている（Crain 16）。[3] アメリカの植民地時代におけるピューリタンの子供像も，子供は生来罪に染まっているというカルヴィニストの概念に基づいていた。

　ピューリタンの子供像に対して，イギリスでは早くも 17 世紀にジョン・ロック（John Locke, 1632-1704）が『教育に関する考察』(Some Thought Concerning Education, 1693) で，子供は白紙状態（タブラ・ラサ）であるから理性的な大人に急いで教育すべきであると論じた。子供は「小さな大人」として扱われていた（カヴァニー 34）。18 世紀に入り，イギリスの神学者兼，賛美歌作者で，ロックの信奉者でもあるアイザック・ワッツ（Issac Watts, 1674-1748）が，『子供のための神さまと教訓の歌』(The Divine and Moral Songs for the Use of Children, 1715) を出版した。ワッツの人生観は，17 世紀のジョン・バニヤン（John Bunyan, 1628-1688）の「古いかたくななピューリタニズムよりもはるかに柔軟になっている」（タウンゼント 17）。アメリカでも『ニューイングランド初等教本』の後期の版にワッツの『子供のための神さまと教訓の歌』の中の「ゆりかごのうた」("Hush, my dear! Lie still, and slumber") が取り入れられた。子供像の変化とともに，アルファベットの教育にも変化があらわれた。たとえば，『子供の新しい遊び道具』(The Child's New Plaything, 1750) では，A の項目は原罪の示威から中立な「アップル・パイ」に変化した（Crain 66）。[4]

　19 世紀に子供像は大きく変化したが，フランスのジャン・ジャック・ルソー（Jean-Jacques Rousseau, 1712-1778）のロマン派の子供像の成立への影響は見逃せない。ルソーは『エミール』(Emile ou de l'education, 1762) において，「人間の心には生まれつきの不正というものは存在しない」と子供の無垢な心を主張し

た(ルソー 130)。本性が無垢な子供の美徳からの逸脱の原因は環境や不適切な指導にあるという『エミール』の影響は,たちまちイギリスに伝わった(カヴァニー 38)。ルソーの教えに導かれたイギリス人の弁護士トーマス・デイ(Thomas Day, 1748-89)は,子供のための教訓物語,『サンフォードとマートン』(Sanford and Merton, 1783-89)を執筆した。ただし,ルソーの感性は喪失されたという批判もある。さらに,ウィリアム・ブレイク(William Blake, 1757-1829)が,詩集『無垢の歌』(Songs of Innocence, 1789)に収められた「聖木曜日」("Holy Thursday")で,子供の手を「無垢の手」と語り,子供の無垢と自然の心を歌った(Blake 8)。他方,ブレイクは『無垢の歌』に相対する『経験の歌』(Songs of Experience, 1794)で,人間性の基本である想像の喜びの発現を社会には拒む力があることも告発した(カヴァニー 51)。また,ウィリアム・ワーズワース(William Wordsworth, 1770-1850)が,1802年に創作され,1807年に出版された「虹」("Rainbow")で,「子供は大人の父」に示される子供像を提示したのは周知のことである(Wordsworth 7)。ワーズワースは自然の中にあって虹を見て感動する純粋な子供の心を賛美しつつも,それが大人になって喪失されることを危惧している。

　アメリカではリディア・マリア・チャイルド(Lydia Maria Child, 1802-80)が,『母親のための本』(The Mother's Book, 1831)でワーズワースの詩を15, 16歳の青少年に推薦した(Child 47)。また,宗教家,ホレス・ブッシュネル(Horace Bushnell, 1802-76)が,『クリスチャン・ネイチャー』(Christian Nature, 1847)で無邪気に生まれる子供に善良さを育てることを唱えた。このように,ヨーロッパにおけるロマン派の子供像の成立はアメリカにも影響を及ぼした。

2．ホーソーンの短編における子供像

　ホーソーンは「小さなアニーの散歩」を『ユースズ・キープセイク』(Youth's Keepsake: A Christmas and New Year's Gift for Young People, 1835)に発表した。それはキャサリン・マリア・セジウィック(Catharine Maria Sedgwick, 1789-1867)も執筆している年一度の贈答書である。ホーソーンは「小さなアニーの散歩」で「罪のない子供」(9巻122)という子供像を提示している。これはブレイクやワーズワースのいわゆるロマン派の子供像と一致する。また,「小さなアニーの散歩」におけるアニーの「純粋で本能的な優雅さ」(9巻127)は,人間に似ている猿の醜さに打ちのめされ,アニーは心が落ち着かなくなる。子供の優雅さは大人の醜さと相容れないものであることが指摘されている。この子供の純粋さと大人の関係は,ワーズワースの考えるそれに合い通ずるところがある。

ホーソーンとワーズワスの関係はどのようなものであったであろうか。1825年ごろ短編集にする構想があったものの，まとまって公表されなかったホーソーンの『故郷の七つの物語』(Seven Tales of My Native Land) は，ワーズワスの「私たちは七人」("We Are Seven," 1798)から題辞を取っている (Gale 538)。これはチャイルドがワーズワスの詩を青少年に推薦する以前のことであった。また，ホーソーンは1855年に湖水地方のワーズワスの住居を訪問し，非常に満足したことなどワーズワスにまつわることを語るために，『イングリッシュ・ノートブックス』(The English Notebooks, 1853-1856, 1941) を10ページ以上も割いている (21巻247)。ホーソーンがワーズワスの詩を熟知し，彼に関心を抱いていたことが分かる。

　「小さなアニーの散歩」では，大人を救済する子供像も提示されている。子供の清らかな息吹は老人の命を甦らせ，子供の自由で単純な考えや陽気な快活さなどに大人の徳性を甦らせる力がある (9巻129)。また，「子供の空想」はおもちゃの人形に生命を与え，現実の世界では不可能なことを空想の世界で可能にする。一方，現実の世界は「野蛮」(9巻125)であるが，子供は現実の世界に似た空想の世界を造ろうとする。ホーソーンの「子供の空想」は，現実世界からの解放というよりも，可能性を秘めているものの，現実世界の模倣の域を出ない。しかし，空想を楽しむ無邪気な子供が大人を救済する力を持っている。

　『少年と少女のための雑誌』(Boys' and Girls' Magazine, 1843) に掲載された「小さなダッフィーダウンディリー」にもホーソーンの子供像が見出される。楽しいことのみを好み，労苦を嫌う少年のダッフィーダウンディリーは，象徴的な名前の厳格な「トイル教師 (Mr. Toil)」を嫌い，学校を抜け出し，「見知らぬ人 (stranger)」(11巻201) に出会い，二人で歩き回る。少年は農夫，兵士の一行，ヴァイオリン弾き，怠惰ゆえに惨めな生活をしている人々に出会うが，いずれの人物の顔も少年にはトイル教師に見える。しかし，「見知らぬ人」によれば，彼らはトイル教師の顔に似た兄弟や親類である。結局，少年はどこへ行ってもトイル教師に出会うと思い，勤勉が怠惰ほど労苦ではないことを教訓として学習する。学校へ戻ったのち，少年は「トイル教師の少年に対する是認の微笑みにより，教師の顔が少年の母親のそれと同様に心地よいものだと思い始める」(11巻207)。

　「小さなダッフィーダウンディリー」には，子供像と子育てに関する二つの変化が見出せる。ダッフィーダウンディリーは怠惰な子供であったが，勤勉を学び成長する子供像を担う。ホーソーンは勤勉を教訓として子供に与え，成長を促している。子供の成長は，誰に出会ってもトイル教師の顔を思い浮かべる「子供の

空想」がなくてはありえない。しかし，少年の空想はアニーの空想と異なり，抑圧的で楽しいものではない。一方，子育てに関する変化は，物語の冒頭においてトイル教師の持っていた「鞭」(11 巻 200) が，ダッフィーダウンディリーの成長とともに「微笑み」へと変わることである。これは子供像の変化に伴い，アメリカの子育ての方針も変化したことを示している (Sanchez-Eppler 145)。

3. 『緋文字』におけるピューリタンの子供像とパール

　17 世紀の姦通を扱った『緋文字』にはピューリタンの子供像が明示されている。姦通の結果生まれたパールを「悪魔の落とし子」とみなすベリンガム総督を筆頭とする人々は，パールを母親のヘスターから取り上げ，よりふさわしい保護者にゆだねるべきだと考える (1 巻 100)。17 世紀の子供像は教育に反映され，教育内容は宗教，教訓，倫理に重点が置かれ，家庭と教会がその任を負い，教会の牧師は「公の教師」としてコミュニティーの教育に責任があった (Neem 113-116)。ベリンガム総督は，母親と牧師を同席させ，3 歳のパールに「誰がおまえさんをこしらえたのか」という質問により宗教教育の有無を調べる (1 巻 111)。パールは『ニューイングランド初等教本』の試験を受ける資格があるほど神について母親から学んでいた。しかし，パールは「野バラ」(1 巻 112) の株から摘まれたと答え，創造主という答を期待していた総督を憤慨させる。総督は「これはひどい。・・・この子は自分の魂やその現在の堕落，未来の宿命についても無知であるに違いない」と断定する (1 巻 112)。総督にはパールの「空想的な話 (fantasy)」(1 巻 112) は堕落であり，空想に富むパールは罪に染まって生まれた子供である。ホーソーンは，ここで総督に代表されるピューリタンの子供像とそれに基づく教育に対して，パールに「子供の空想」を用いて挑戦させ，疑問を投げかけている。

　17 世紀のピューリタンに対するホーソーンの疑問は，ヘスターの空想によっても提示されている。ピューリタンは姦通 (adultery) という罪の頭文字 A を罰としてヘスターに身に付けさせようとするが，ヘスターは「空想 (fancy)」(1 巻 53) を駆使して緋文字 A を刺繍する。緋文字を付けたヘスターは，さらし台に立たされ，観衆にさらされた結果，羞恥心を抱くことになるが，彼女にとって緋文字 A は罰ではなく，彼女の情熱の証である。ヘスターのピューリタンへの挑戦は，パールの緋色の服にも示されている。当時のピューリタンの地味な服装に対して，ヘスターは「とりとめもない想像 (fantasies)」(1 巻 102) を駆使し，パールの緋色の服を縫い上げる。ホーソーンは，17 世紀のピューリタンの認めない

空想や想像力を登場人物に用いさせ、ピューリタン社会における姦通に対する罰や子供像に疑問を投じているのではあるまいか。空想はホーソーンにとって表現手段である。

ところで、パールの野バラの株から摘まれたという「空想的な話」は、総督邸の赤いバラと獄舎の脇に咲いていた野バラから連想されたものである。しかし、パールは総督邸のピューリタンによって育てられたバラではなく、自然に生えた野バラと言明している。『緋文字』の冒頭において、獄舎の脇の野バラは人間の弱さと悲しみの物語の暗い結末を和らげる「やさしい精神の花 (some sweet moral blossom)」を象徴するのに役立てば幸いであると語られている（1巻48）。自然に生えた「やさしい精神の花」とイメージが重なるパールは、結果的にディムズディルを導くことになる。すなわち、パールの「空想的な話」を聞いて、ベリンガム総督らはパールをヘスターから引き離そうとするが、ディムズディルは父親の名乗りを上げていないものの、パールの教育をヘスターに委ねた方が母親と子供にとって好ましいと判断して総督らを説得する。ディムズディルは父親として責任ある行動を取れるよう徳性を甦らせる。この彼の行動は、のちにヘスターから「あのときはあの子と私のためにとても勇ましく弁護して下さいました」（1巻207）と感謝されることになる。

パールは自然に生えた「やさしい精神の花」としてヘスターをも導く。パールが誕生してから7年後、ヘスターは森でディムズディルと再会し、ニューイングランド脱出の決意をして緋文字をはずすが、パールはディムズディルとともにいる母親の心情の変化に気づき、「いつもの自分の場所」（1巻208）が見出せず、彼女に近づこうとしない。パールがヘスターに求めるものは、パールが生まれたときから緋文字を胸に付けた母親の存在である。緋文字はピューリタン社会で罪の印であるが、パールを産んだ情熱の証としてヘスターの空想から生まれたものであり、パールにとっては母親の印である。結果的に、パールはヘスターが空想を生む情熱を捨てないで彼女の母親としての責任を全うするよう導く。結局、パールにも「小さなアニーの散歩」で示された大人の徳性を甦らせ、大人を救済する子供像が付与されている。また、パールにはアニー同様、無垢な子供のイメージもある。赤ん坊のときのパールは、「あの小さき者の無垢な命」（1巻89）と描写されている。

4．『ワンダー・ブック』─「何でも金(きん)になる話」

『緋文字』でも示されているように、17世紀のピューリタンは空想を認めな

かった。18世紀の啓蒙時代に入っても，人々はさまざまな思想を持っていたが，彼らは空想を駆使した「おとぎばなし」を認めないという点では一致していた（タウンゼンド 55）。19世紀に入り，子供像は変化したとはいえ，空想に満ちたフィクションに対する反対意見は依然として存在した。『ガーディアン』(*The Guardian; or Youth's Religious Instructor*) の「小説の読書に関して」("On Novel Reading," 1820) という記事には，フィクションに対する厳しい態度がみられる。ホーソーンが編集に貢献した教科書，『ピーター・パーレー』シリーズ (*Peter Parley's Universal History of the Basis of Geography, for the Use of Families*, 1837) の出版に当たり，著者兼編者のサミュエル・グッドリッチ (Samuel Goodrich, 1793-1860) は想像力を排除した。さらに，フェアリー・テールズに対する否定的な記事も1850年に，『ウッドワースの若者の部屋』(*Woodworth's Youth's Cabinet*) に掲載された ("Nineteenth-Century American Children & What They Read," 1-3)。また，チャイルドは『母親のための本』で「想像力」は才能であるものの，過度な駆使はよくなく，「フィクション」も全面否定はしていないが,歴史，航海，旅行，伝記ものを勧め，想像力やフィクションの子供への悪影響を心配している (Child 36-39)。

　このような時代に執筆された『ワンダー・ブック』は，主としてチャールズ・アントン (Charles Anthon, 1797-1867) の『古典事典』(*Classical Dictionary*, 1842) からギリシア・ローマ神話の題材を入手している (Gale 537)。しかし，『ワンダー・ブック』はギリシア・ローマ神話の筋や登場人物，特に神々の存在にとらわれず，「子供の空想」を満足させるべく作家の空想が自由に駆使されている。『ワンダー・ブック』の設定は，大学生のユースタス・ブライト青年が，タングルウッドにあるプリングル夫妻の屋敷の玄関に集まってくる子供たちに話を語るという独自なものである。『ワンダー・ブック』の構成は，6つの話とその前後の子供たちの情景描写から成り立ち，子供たちには「妖精のグループ」(7巻6) のような架空の名前が付けられている。本稿ではマイダス王の「何でも金になる話」("The Golden Touch") と，パンドラの箱を題材にした「子供の楽園」("The Paradise of Children") について検討を加える。

　「何でも金になる話」では，ギリシア・ローマ神話には登場しないマイダス王の王女，メアリーゴールドが登場する。娘と金を愛するマイダス王は，花を愛する娘の摘んだ黄色の花束に対して，「見かけどおり金だったら，摘む価値があるのに」(7巻40-41) と金への執着心を露にする。父親の愛する金と，娘の愛する花との差異は，二人の価値観の差を対比している。このような拝金主義のマイダ

ス王は，触れるものすべてを金に変える力を「見知らぬ人（stranger）」(7巻42)に望む。ギリシア・ローマ神話で，金に変える力をマイダス王に与えるのはディオニュソス（あるいは，シレノス）であり，それはマイダス王がシレノスを救ったことに対する返礼である。マイダス王は返礼に値する行為を行っていないにも関わらず，「見知らぬ人」が王の金を増やすという「好意」(7巻43)を持ってやって来たと思い込む。「見知らぬ人」に「決して後悔しませんか」(7巻44)と警告されても，マイダス王は「一体，何故そのようになるのでしょうか」(7巻45)といぶかしがり，想像力の欠如を示すのみである。王が金に変える力の獲得を後悔し始めるのは，愛するバラを金に変えられて嘆く娘を見るときである。『緋文字』においてバラが「やさしい精神の花」を示したように，バラはメアリーゴールドの精神を示唆し，マイダス王との違いを一段と際立たせる。[5] マイダス王が金に変える力の獲得を真に後悔するのは，愛する娘が金に変わるときである。マイダス王は，娘には体重と同じ重量の金の価値があると思っていたが，娘が金に変化してみて初めて，娘には計り知れない価値があることに気づく。

　マイダス王が元通りの生活を取り戻すのは，マイダス王の「心」まで金に変化せず，情が残っていたからである。マイダス王の金への執着に対抗するものは娘への愛である。語り部のユースタスが盛り込んだと断言する「教訓」(7巻58)は，過度な拝金主義が想像力を欠如させ，一番大切なものまで喪失させかねないということである。Pfisterは，マイダス王が金よりも愛しているはずの娘を金に変えてしまったという皮肉を読み取り，「何でも金になる話」は19世紀の資本主義者の「愛」と「価値観」が家族の生活を豊かにするというよりも破壊していると指摘している（Pfister 36）。

　「何でも金になる話」で示されたホーソーンの子供像は，世俗的なものに対するメアリーゴールドの無欲である。また，彼女は意識していないものの父親を導く力，救済する力を備えている。すなわち，メアリーゴールドは，拝金主義の父親に人生で一番大切なものを気づかせる精神性をもった人物である。もし，父親が気づかねば，メアリーゴールドは死に至る。ホーソーンはギリシア・ローマ神話に登場しないメアリーゴールドに，命を賭して父親を救済する役割を担わせている。

5．『ワンダー・ブック』—「子供の楽園」

　「子供の楽園」はギリシア・ローマ神話のパンドラの話と異なり，パンドラとエピメシーウスは子供であり，子供の面倒を見る大人の存在が不要な時代を描い

ている。その時代には衣食住に困らず、危険なこともなく、仕事や勉強もせず、喧嘩をすることもなく、子供たちは一日中遊んでいた。いわゆる「困難(Trouble)」(7巻66)は存在しなかった。しかし、開くことを禁じられた箱の存在で子供たちの楽園は変化する。パンドラは箱に好奇心を抱かざるをえず、「気をもみ始め」(7巻66)、陰気になり、箱のこと以外面白いことがなくなり、箱のことを考えないようにしているエピメシーウスに対しても不満を抱き始める。エピメシーウスも楽しくなくなり、子供の楽園に「影」がさし始める(7巻66)。

ついにパンドラが箱を開くのをエピメシーウスも黙認し、開かれた箱の中から「困難」が出てくる。しかし、ユースタスはパンドラを責めるどころか、「馬鹿なパンドラが箱の中をのぞいて見たことを喜ばずにはいられない」と語る(7巻81)。今後、「困難」は決してなくならないが、「困難」とともに出てきた「希望(Hope)」(7巻80)が世の中を高尚にし、新しくするからである(7巻81)。ホーソーンは争いや悲しみのない楽園より、「困難」があるから「希望」の存在を、影があるから光の存在を信じる世の中の方をよしとしているのではあるまいか。箱が開かれなかったら、子供たちは人生の光と影を知ることもなく、永遠に子供のままであったであろう。経験を通して成長する子供像が描かれている点がギリシア・ローマ神話と異なる。

ところで、箱とパンドラをエピメシーウスのところへ運んだのは、クイックシルバーである。クイックシルバーには、ローマ神話に登場する神、マーキュリー(ギリシア神話ではヘルメース)と同様に水銀の意味がある(村田50―52)。ホーソーンはクイックシルバーを登場させ、彼にマーキュリーのイメージを与えつつも、物語を新鮮にしている。ローマ神話では、マーキュリーは脇役ながら、若々しい力に溢れ、つばの広い旅行帽のペタソスをかぶり、小枝ケーリィケイオンを持ち、足には有翼のサンダルをはいた美青年である(高津254)。クイックシルバーも頭に「妙な帽子」をかぶり、「手にはまがりくねった杖」を持ち、飛ぶことも可能である(7巻14)。クイックシルバーは、『ワンダー・ブック』の最初の話、「ゴーゴンの首」から登場し、ポリディクティーズに卑劣な要求をされた主人公のパーシウスを助ける。「何でも金になる話」では、クイックシルバーという名前の人物は登場しないが、「見知らぬ人」がクイックシルバーであろう。その人物は光り輝き、「超自然的な力を備えた、神様みたいな人」(7巻43)と描写されている。クイックシルバーの「好意」は、マイダス王に拝金主義の愚かさを諭し、取り返しのつかない不幸から彼や娘を救うことである。また、「子供の楽園」において、クイックシルバーは子供に成長の機会を与える人物である。結局、ホーソーンの

創作したクイックシルバーは，教訓をもたらし，主人公を助け，成長へと導く役割を果たしている。

おわりに

　ホーソーンの子供像は，『緋文字』で示された 17 世紀の生まれながらに堕落したピューリタンの子供像とは異なり，純粋な子供，空想する子供，成長する子供，大人を救済する子供である。特に，空想を楽しむ無邪気な子供が大人を救済する。ホーソーンは，『タングルウッド・テールズ』の序文で，子供たちはあの幸せな時代における大人の唯一の代表であるから，もとの神話を再創造するために「知性」と「空想」を子供時代のレベルまで引き上げなければならないと述べている (7 巻 179)。ワーズワースは「子供は大人の父」とみなし，子供のころの自然にあって感動する心を賛美した。ホーソーンも同様に子供の中に大人の原型を見出し，賛美している。特に，子供時代の空想を賛美することにより，ホーソーンの作家としての空想が働いた。空想はホーソーンにとって創作の源泉であり，それを豊かにするのはホーソーンの見出している子供の空想である。

　必ずしもフィクションが認められなかった 19 世紀において，ホーソーンが作家としての空想を駆使し，教訓もにじませ，子供のための読み物を創作したことは子供のための本に貢献している。

注

[1] Nathaniel Hawthorne, *A Wonderbook and Tanglewood Tales*, vol.7 of *The Centenary Edition of the Works of Nathaniel Hawthorne*, ed. William Charvat et al. (Columbus: Ohio State UP, 1972) 3. 以下，このシリーズからの引用は本文中に巻数とページ数のみ記す。

[2] Brown は，ホーソーンが国家主義における空想の役割を作品において示し，また，義理の姉であるエリザベス・ピーボディ (Elizabeth Peabody, 1804-1894) が，子供の空想力を慈しむよう教師に推進していたために，空想の教育的力を認めていたことも指摘している。Brown, "Hawthorne's American History" 参照。

[3] 『緋文字』の時代は，ジョン・ウィンスロップ (John Winthrop, 1588-1649) への言及から判断すると 1640 年代であろう。初版の出版年が 1690 年と推定されている『ニューイングランド初等教本』は，『緋文字』の時代にはまだ出版されていなかったことになる。

[4] アメリカの独立の指導者は，自由の維持のためには市民の教育が必要であると，

「市民」と「教育」を結び付けて考え，アメリカの未来である子供の向上は国家の関心事であるとみなし，公立学校の建設を求め，子供の地位向上に影響を与えた（Brown 128）。
[5] バラは，ギリシア神話において愛と恋愛詩を生み出す霊感を与えるディオニソスに捧げられるものである（フリース 534）。

参考文献

アリエス，フィリップ／杉山光信他訳『〈子供〉の誕生―アンシャン・レジーム期の子供と家族生活』東京：みすず書房，1995.

カヴァニー，ピーター／高田賢一他訳『子どものイメージ―文学における「無垢」の変遷』東京：紀伊国屋書店，1979.

タウンゼンド，J. R／高杉一郎訳『子どもの本の歴史―英語圏の児童文学』上巻 東京：岩波書店，1993.

高津春繁『ギリシア・ローマ神話辞典』東京：岩波書店，1960.

フリース，アト・ド／山下主一郎他訳『イメージ・シンボル事典』東京：大修館書店，1993.

村田希巳子「ホーソーンと児童文学―古典再話の分析とその時代性―」川窪啓資編著『ホーソーンの軌跡―生誕200年記念論集』東京：開文社出版，2005. 45―58頁.

ルソー，ジャン・ジャック／今野一雄訳『エミール』上巻 東京：岩波書店，1994.

Blake, William. *Songs of Innocence. Blake: Complete Writings with Variant Readings.* Ed. Geoffrey Keynes. London: Oxford UP, 1969.

Brown, Gillian. "Hawthorne's American History." *The Cambridge Companion to Nathaniel Hawthorne.* Ed. Richard H. Millington. Cambridge : Cambridge UP, 2004.

Chesner, A. Geralyn. *The Continuum Encyclopedia of Children's Literature.* Ed. Bernice E. Cullinan & Diane G. Person. New York: The Continuum International P. Group, 2001.

Child, Lydia Maria. *The Mother's Book.*
http//digital.library.upenn.edu/women/child/book/book.html 2005/9/19.

Crain, Patricia. *The Story of A: The Alphabetization of America from The New England Primer to The Scarlet Letter.* Stanford : Stanford UP, 2000.

Gale, Robert L. *A Nathaniel Hawthorne Encyclopedia*. New York: Greenwood P, 1991.

Hawthorne, Nathaniel. *The Scarlet Letter*. Ed. William Charvat, et al. Vol.1 of *The Centenary Edition of the Works of Nathaniel Hawthorne*. Columbus: Ohio State UP, 1971.

—. *A Wonder Book and Tanglewood Tales*. Ed. William Charvat, et al. Vol. 7 of *The Centenary Edition*. Columbus: Ohio State UP, 1972.

—. *Twice-told Tales*. Ed. William Charvat, et al. Vol. 9 of *The Centenary Edition*. Columbus: Ohio State UP, 1974.

—. *The Snow-image and Uncollected Tales*. Ed. William Charvat, et al. Vol. 11 of *The Centenary Edition*. Columbus: Ohio State UP, 1974.

—. *The English Notebooks, 1853-1856*. Ed. Thomas Woodson. Vol. 21 of *The Centenary Edition*. Columbus: Ohio State UP, 1997.

Neem, Johann. "Education." *Encyclopedia of American History: Revolution and New Nation (1761-1812)* Vol. 2. Ed. Gary B. Nash. New York: Facts on File, 2003.

"Nineteenth-Century American Children & What They Read: Some of Their Books." http//www.merrycoz.org/books.htm 2005/09/30.

Pfister, Joel. "Hawthorne as Cultural Theorist." *The Cambridge Companion to Nathaniel Hawthorne*. Ed. Richard H. Millington. Cambridge: Cambridge UP, 2004.

Sanchez-Eppler, Karen. "Hawthorne and the Writing of Childhood." *The Cambridge Companion to Nathaniel Hawthorne*. Ed. Richard H. Millington. Cambridge: Cambridge UP, 2004.

Wordsworth, William. "My Heart Leaps When I Behold." *Wordsworth: Poetical Works*. Ed. Thomas Hutchinson. London: Oxford UP, 1967.

大森林に浮揚する白き雌鹿の影
―メルヴィルの「ホーソーンとその苔」について―

横田　和憲

「虚偽に満ちたこの世にあっては，真実はまるで森の中の＜脅えた白い雌鹿（a scared white doe）＞のように，どこか人目につかぬところへ遁走せざるを得ず，ほんの時たまその姿を，まさに手品師の手練にも似た巧妙さで，そっと垣間みせるだけだ。・・・真実は密やかに，しかも時折にしか，その姿を現さないのである。」(542)[1] ―これはハーマン・メルヴィル（Herman Melville, 1819-91）が，「ホーソーンとその苔」("Hawthorne and His Mosses," 1850)という，書評の形で書かれたエッセイに記した一文である。

　メルヴィルは，アメリカン・ルネサンスと称される，19世紀前半のアメリカ文学を代表する作家の一人である。この書評は1850年8月17日および24日付の『リテラリー・ワールド』誌（The New York Literary World）第7巻の185号と186号に匿名［ヴァーモント州で7月を過ごす，あるヴァージニア州の民，これを記す（By a Virginian Spending July in Vermont）］の形で出版された。この書評には，15歳も年長の敬愛する先輩作家ナサニエル・ホーソーン（Nathaniel Hawthorne, 1804-64）が1846年に出版した2巻本の短編集『古い牧師館の苔』(Mosses from an Old Manse, 1846)[2] への讃辞が込められている。この讃辞には，それまでイギリス文学の模倣になりがちであったアメリカ文学の，またアメリカそのものの独立を主張したメルヴィルの思いの丈が裏打ちされている。このエッセイはメルヴィル文学の真髄をも知らしめる，『古い牧師館の苔』が出版されてから4年を経ての，記念すべき書評なのだ。これらの作品への讃辞の底流には，後で言及するが，メルヴィルがホーソーン文学の一つの本質だと見抜き，読者の心を揺さぶると記した，人間の心の奥底に潜む「神秘的な闇（this mystical blackness）」(540)への洞察が貫いている。そして，この闇の真実［真相の実体］への探究が何よりも先ずメルヴィルを魅了したのである。

　メルヴィルは「山々や，古い森，そしてインディアンの住む湖などに取り囲まれ，最も近い隣家からも離れること1キロ半，軒端まで木の葉にすっぽり埋もれ

た, とある古く美しい農家の, 壁紙を貼り巡らせた部屋——これこそ, ホーソーンについて物を書くに, 間違いなく相応しい場所だ」(535-6)と筆を始める。メルヴィルが絶賛した『古い牧師館の苔』に収録されることになるホーソーンの作品の多くは, マサチューセッツ州コンコード (Concord) の牧師館[3]で創作されている。本稿では, この書評の執筆への経緯や, ホーソーンをアメリカのシェイクスピア (William Shakespeare, 1564-1616) に準らえながらアメリカ文学の独立を謳うメルヴィルの作家像を浮き彫りにしてみたい。さらに, この書評から推察できる, 真実の追求に邁進するメルヴィル独自の創作理論や読者論などについても簡潔に触れてみたい。

　メルヴィルは次のような経緯をたどって「ホーソーンとその苔」を執筆することになる。メルヴィルとホーソーンの2人は1850年の7月に, それぞれが家族とともに, マサチューセッツ州西方のバークシャー (Berkshire) 地方に転居した。メルヴィルは, ニューヨーク市から同地方のピッツフィールド (Pittsfield) の農場に居を構え, 1863年にニューヨーク市に戻った。一方ホーソーンは, 4月にまずボストンへ転居し, さらに7月にピッツフィールドの北方6マイルに位置するレノックス (Lenox) に居を構えた。

　メルヴィルが伯母から贈呈された『古い牧師館の苔』を愛読していたこともあり, 1850年8月から翌年の11月までの直接的な交友関係の中で, 2人はしばしば相互に訪問し合い, 形而上学に関わる議論を交わした。メルヴィルはホーソーンに, 書評の中でも言及している「衝撃的な認識 (one shock of recognition)」(547)を直観し, 作家としての問題意識や悩みを語り合える畏友の存在を確信した。すでに書き始めていた, メルヴィルの最高傑作と評される『白鯨』(Moby-Dick; Or, The Whale, 1851) は, この時期 [1850年の秋] に大きく書き直されることになる。2人の偉大な作家の10数カ月に及ぶ熱く真摯な親交は双方の文学的な経歴の絶頂期と重なり合っている。

　2人の親交については大きく3つの先行研究がある。1種の運命的な妖しい糸によって結ばれた2人の個人的な関係について実証的な検討を重ねるもの。2人の小説作品における相互依存の関係について考察を加えるもの。両者における創作方法の特徴に比較検討を施し, 両者の主要作品における主題の共通点を探るもの。メルヴィルの文学観へのホーソーンの影響については諸説があるが, メルヴィルには, 先輩作家ホーソーンに対する深い尊敬, 敬愛, 心酔とともに, ホーソーンに追い付き追い越すための無意識的な不安と葛藤があったのかも知れない。そ

れはともかく，1850年8月5日にレノックス近郊で開催された文化人の会合の席上で，英米人や英米文学の優越問題や比較論が展開された。この大いに白熱した議論を強く意識していたメルヴィルに，折しも，招待客の一人である『リテラリー・ワールド』誌の編集者エヴァート A. ダイキンク（Evert A. Duyckinck, 1816-1878）が『古い牧師館の苔』への書評を依頼したのである。メルヴィルは書評の執筆を快諾することになる。(杉浦 78)

「ホーソーンとその苔」におけるホーソーン，シェイクスピア，そしてメルヴィルとの関わりはこうである。19世紀も半ばのアメリカでは，その国土の大きさや飛躍的に拡大した国力に匹敵するアメリカ文学，そしてシェイクスピアをも凌ぐアメリカ作家の誕生を希求する声が頂点に達していた。この文化的な動向を「若きアメリカ運動（the "Young America" movement）」と呼ぶが，この主旨を反映しながらメルヴィルは「ホーソーンとその苔」でこう述べている。「読者諸君よ，嘘ではない，実際にシェイクスピアと較べて，さして劣るところのない人々が，今日，オハイオ州の河岸に生まれつつあるのだ。そして諸君が，現代のイギリス人が書いた本など一体だれが読むのか，というような日が到来するであろう」(543)。また，こうも述べている。「ただ手をこまねいて，知性の最高部門［文学］には進歩はない，などと言うことは，自慢することでも負けはしないが，それ以外の大ていの事柄において世界に引けを取らぬわれわれアメリカ人の，決してやるべきことではない」（［使用したノートン版からは脱落しているため，この引用はノースウェスタン・ニューベリー版］246)。さらに，おそらくは，一種，自嘲の念を込めながら，こう続ける。「アメリカには，批評家と名のつくものは5人といない。・・・いま自分の国を庇護しているのは，むしろアメリカ作家のほうであって，国が作家を庇護しているのではない。そして，もし時として，彼ら作家のうちの誰かがもっと自分のことを認めてほしいと国民に訴えるとすれば，それは必ずしも利己的な動機によるものではなく，ほかならぬ愛国的な動機によるものである。」(545)。

さてここで，先に触れた＜衝撃的な認識＞について，アメリカ文学の独立に絡めながらメルヴィル自身の言葉で記しておきたい。

> ・・・われわれと同じ血肉を分ける卓越せる作家として―そもそも私は，このナサニエル・ホーソーンを差し置いて，他の誰を諸君に推賞することが出来るというのであろう。・・・彼への信を表明することによって，諸君は他

の作家への信をも表明することになる。・・・なぜならば，世界中の天才は全て手をつなぎ合い，輪になって立っているからだ。したがって1人の作家を承認すれば，その「衝撃的な承認」は，その輪の全体を伝わって走るのである。(546-7)

これ以後＜衝撃的な承認＞はよく引用される言葉となった。

　この書評においてメルヴィルは『古い牧師館の苔』に収録されている全ての作品に言及しているわけではない。だが，多くの作品を対象として，世界を凌駕するアメリカ文学を標榜（ひょうぼう）しながら，自らの文学観をも踏まえてホーソーン文学の偉大さを謳い上げている。メルヴィルが言及している作品は，言及の順に，次のとおりである。「蕾と小鳥の声」［以下，原題と出版年については，注2を参照のこと］，「りんご売りの老人」，「ムッシュー・ド・ミロワール」，「地球の大燔祭（はんさい）」，「情報局」，「クリスマスの宴」，「利己主義―胸に棲む蛇」，「選りすぐりのパーティー」，「若いグッドマン・ブラウン」である。ここでは，メルヴィルが「ホーソーンとその苔」を書き始めてから2日目の執筆となる，この書評の後半部分において，メルヴィルが特に取り上げる2つの作品の1つである「選りすぐりのパーティー」から，一節を引用しておきたい。

　『古い牧師館の苔』第1巻に収録されているこの作品の中で，ホーソーン自身が，アメリカ文学の独立を標榜する状況をこう述べている。

いったい彼［理論好きな名士から軽蔑の念を持って無視される，ギラギラした眼をした，みすぼらしい服装の若い新参者］は誰なのだ？―天才的な巨匠である以外の誰だと言うのか？いわば，私たちの知性の石切り場である天然の花崗岩（かこうがん）から，アメリカ文学を切り出し創造する，という偉大な使命を果たすように運命づけられた者なのだ。アメリカが，時の霞（かすみ）の中を，熱烈に探し求めた者なのだ。叙事詩の形を取ろうと，宿命に従って精神そのものが全く新たな装いを取ろうと，私たちが彼から受け取ることになるのはアメリカ最初の独創的な作品なのだ。アメリカが，全世界で栄光を持つために，成さねばならないことは全て成すような作品なのだ。(Hawthorne 51)

　『白鯨』を執筆中であったメルヴィルは，この文章を始めホーソーンの諸作品を熟読し，先の＜衝撃的な認識＞を感受することになる。メルヴィルを魅了した決定的な特徴は，自らが「闇の力（this great power of blackness）」(540)[4]と命名

した特徴，つまり「どのような形であれ，深遠なる精神の持主であれば必ず抱くような，先天的な堕落と原罪についての，カルヴィニズム的な感覚へ訴えることによって引き出される力」(540) であった。＜闇の力＞と関わりの深い「暗闇の暗黒 (the blackness of darkness)」(541) という言葉は，そもそも，新約聖書「ユダの書」の第13節に見られる言葉である。

メルヴィルは「利己主義—胸に棲む蛇」への言及においてこう主張している。たとえホーソーンの魂のこちら側には「小春日和の陽光 (all the Indian-summer sunlight)」(540) が降り注いでいても，その向こう側は，ちょうど地球の暗い裏側と同様に，「10倍も暗い闇 (a blackness, ten times black)」(540) に包まれており，その闇こそがホーソーンの作品を読む者の心を魅惑し恍惚とさせるのだ。闇がどうしてこれほどまでに人の心を魅するのかというと，先に批評家 Levin も指摘していたとおり，それが先天的堕落と原罪に関するカルヴィニズム的な意識に訴えるからなのだ。人間は，例えどれほど才能や善性に恵まれていても必ず内奥には罪深い深淵が口を開いており，それこそが＜現実の枢軸＞なのだ。しかしこの現実は，何しろあまりにも恐ろしい真実であるために，普通の善良な人間がそういうことを口にし，あるいは仄めかしただけでも，気が狂ったと思われかねないのだ。

批評家 Levin が「選りすぐりのパーティー」から先の箇所を引用しながら，さらに続ける＜闇の力＞についての言説は，実に的を射ている。

> もしも，こうした「10倍も暗い」本質が，彼の手元にある作品の陰影と，それとは対照的な光の隅々にまで行き渡っていなかったとしたら，メルヴィルがそれを抽出したりすることは無かっただろう。また，それほど，きっぱりとは要約しなかったかも知れない。だが，その本質は，私たちが常に意識することになるように，ホーソーンに取っては事実上の脅迫観念であったのだ。メルヴィルが指摘してからというもの，それがホーソーンの特徴となったけれども，それは同じようにメルヴィル自身の特徴でもあった。そしてメルヴィルが主張するように，それは，程度の差はあっても，他の全ての思慮に富んだ知識人の特色でもあったのである。(Levin 26)

メルヴィルは，三十路(みそじ)を迎えた時には，すでに5冊の長編を出版していた。この5冊は『タイピー：ポリネシア綺談』(*Typee: A Peep at Polynesian Life*, 1846)，『オムー：南海冒険物語』(*Omoo: A Narrative of Adventures in the South Seas*,

1847)，『マーディ：彼方への航海』（Mardi: And a Voyage Thither, 1849），『レッドバーン：初めての航海記』（Redburn: His First Voyage, 1849），『白いジャケツ：または軍艦(いくさぶね)』（White Jacket; Or, The World in a Man-of-War, 1850）である。これだけでもアメリカ文学史における，それなりの地位は十分に確保しているが，実はこの5冊は，その後のメルヴィルの創作活動に照らしてみれば単なる序曲に過ぎない。「ホーソーンとその苔」を経て，以後，＜闇の力＞の観点から大幅に書き直された『白鯨』，『ピエール：あるいはアンビギュイティーズ』（Pierre; Or The Ambiguities, 1852），多くの中・短編，『信用詐欺師：その仮装劇』（The Confidence-Man: His Masquerade, 1851），多くの詩，遺稿『ビリー・バッド』（Billy Budd Sailor (An Inside Narrative), 1924）などが創作されている。「ホーソーンとその苔」はメルヴィルの創作力の一つの頂点を示している。この書評は，同時進行の形で『白鯨』の執筆に全精力を傾注していた事実と深く関わりながら，メルヴィルの精髄を端的に表明しているのである。メルヴィルはホーソーンがシェイクスピアを始め「真理を語る偉大な芸術（the great Art of Telling the Truth）」（542）の巨匠たちと肩を並べていることを熟知している。ホーソーンが「シェイクスピアを，真にシェイクスピアたらしめているものは，彼の魂の，あのずっと奥深くに潜んでいるもの，彼のうちに時々閃き出る，あの直観的な真理，そして，＜現実の正(まさ)に枢軸(the very axis of reality)＞を探る，あのキビキビした手つきなど」(541)を駆使していたことを見抜いているのだ。

　シェイクスピアは，実に巧みに，「力強い真実の健全きわまりない狂気（the sane madness of vital truth）」（542）の言葉を語っている。例えば苦悶の果てに陥った絶望の中で狂乱のリア王（King Lear）は，仮面をかなぐり捨てて，「そのようなことを口にすること，いや，ただ暗示することさえ気狂い染みているような，それほど恐ろしい真実と思われる事柄」（542）を口にする。そして，闇への洞察ではホーソーンがシェイクスピアをも凌駕(りょうが)しているというメルヴィルの主張は，もちろんホーソーン文学の本質を見事に言い当てているとともに，何よりも先ず，メルヴィル自身の内奥の暗闇への強い関心を物語っているのである。

　アメリカ文学の独立を志向して止まないメルヴィルは，ホーソーンがシェイクスピアに肩を並べている根拠を，畏怖の念をもって，「彼［ホーソーン］は，世の常の批評家が用いる錘(おもり)では届かぬほど，はるかに深いところ［心の奥底］にいる」(541)という文言で表明している。ホーソーンの諸作品には人間存在の本質である心の暗闇がえぐり出されているのだと明言するのだ。だが実はメルヴィルは，この闇への探究に憑かれた自らの作家としての理想像を，いわば強引に，批評家

Bloom の主張する「創造的誤読（the creative misinterpretation）」（Bloom 30）を実践することによって、ホーソーンに透視しているのである。

　最後にメルヴィルの創作理論や読者論について簡潔に触れておきたい。「ホーソーンとその苔」には、人生に関する普遍的な言説が、メルヴィルの基本的な創作理論として記されている。例えば「模倣によって成功するより、独創によって失敗するほうがよい。どこかで失敗を経験したことのない人物、そういう人物は決して偉大にはなれない。失敗こそ、偉大性の真の試金石なのである」(545) という言説がある。海外作家の模倣、口当たりの悪い主題は全て周到に回避することによって、大いなる名声と賞賛を得ているアメリカ作家［おそらくワシントン・アーヴィング (Washington Irving, 1783-1859)］を意識した言説でもある。これは、メルヴィルの独創性を希求する創作理論であるとともに、普遍的な人生観としても意味深長である。
　本稿の冒頭に引いた、＜大森林に浮揚する脅えた白い雌鹿＞に象徴されるように、心の暗闇であれ、さまざまな謎であれ、その真実を見極めることは至難の業である。メルヴィルがなぜこの象徴を用いたのかについては、アメリカの原点である大自然、白人、男性などからの視点が凝縮した、いわゆるアメリカの神話を踏まえて、別途、稿を改める必要がある。それはそれとして、十人十色である人間の認識能力やこの認識能力そのものの限界の問題も含めて、真実とは何なのかを確定することは難しい。だが、真実は、確かに存在する。メルヴィルは自らの創作に関しても、また読者に対しても、真実を把握する意識を持つべきだと戒めているのである。
　先に述べた自ら命名する＜闇の力＞についての定義においても、メルヴィルは「深遠な精神の持主であれば必ず抱くような」と条件を付して、読者への心構えを示唆している。また「わたし［メルヴィル］のような眼光紙背に徹する体（てい）の読者 (no less an eagle-eyed reader)」(549) という、ある意味では傲慢とも思われる言説もある。要はこの言説の直前に記されている、ホーソーンの真意を理解するためには「本の上っ面だけを読む読者 (the superficial skimmer of pages)」(549) であってはならないという、真実探究への強い意志を表明した言説なのである。

　本稿では、「ホーソーンとその苔」の執筆過程を追いつつ、ホーソーンをアメリカのシェイクスピアに準らえながら、アメリカ文学の独立を謳うと同時に自らの文学観を確立していくメルヴィルを浮き彫りにし、狂気をも顧みず真実の

探究に邁進するメルヴィルの読者論と創作理論などについて考察してみた。[5]世界を凌駕するアメリカ文学を標榜していたメルヴィルは,「ホーソーンとその苔」において,＜暗闇の暗黒＞に基づく自らの文学観に添ってホーソーン文学の偉大さを謳い上げた。そして,アメリカ文学の独立を宣言し,自らの文学観をも宣言したのである。真実は心の奥底の暗闇に意義深く身を潜めているのだ。真実の探究を繰り広げる『信用詐欺師』に関する批評家 Kaetz の言説を引用しながら本稿を締め括ることにしたい。「真実を見極めることは,小説の世界においても現実の世界においても,極めて難しいことである（Truth is rarely easy to find in either [Melville's fictive world and the historically determinate world]）」（Kaetz 12）。心の暗闇に潜む真実を追求するメルヴィルの探究は果てしなく続く。そして実は私たちも同様に,生身の人間存在として,謎に満ちた真実を探究する果てしない旅の途上にあるのだ。

注

[1]「ホーソーンとその苔」に関する原文からの引用は,原則として日本語訳のみとしたが,テキストには ノートン版（Herman Melville, "Hawthorne and His Mosses," in *Moby-Dick*, eds. Harrison Hayford and Hershel Parker (New York: W. W. Norton, 1967): 535-551.）を用いた。原文からの引用は全てこのテキストからのもので,引用箇所は原文のページ数だけで示す。

　また翻訳に関しては,ジェイ・レイダ（Jay Leyda）編集のテキストを底本にした金関寿夫氏の翻訳を参考にした。（Herman Melville, *"Hawthorne and His Mosses,"* in Jay Leyda, ed., *The Portable Melville* (New York: Viking Press, 1952): 400-421. ［金関寿夫訳,「ハーマン・メルヴィル：ホーソーンとその苔」,『世界批評大系 1 近代批評の成立』（筑摩書房,1974）：420-436］.）

　なお,メルヴィル研究における基本テキストはノースウェスタン・ニューベリー版（Herman Melville, "Hawthorne and His Mosses," in *The Piazza Tales and Other Prose Pieces 1839-1860* [The Writings of Herman Melville, *The Northwestern-Newberry Edition*, Vol. 9], eds. Harrison Hayford et al. (Evanston and Chicago: Northwestern UP & The Newberry Library, 1987): 239-253.）と称されるものであるが,このテキストの pp. 652-690 には,「ホーソーンとその苔」についての詳細な注が施されていて,各種テキスト間の問題点（例えば,"same" と "sane" また "scared" と "sacred" などの相違や,相互の脱落箇所）などが説得力ある論考で実証されている。"same" と "sane" に関しては,Willard Thorp, ed., *Herman*

Melville: Representative Selections (New York: American Book Company, 1938) の
  テキストも念頭に置いておく必要がある．ちなみに＜脅えた白い雌鹿＞は＜聖
  なる白い雌鹿＞に成り得る．

2 収録作品は，第1巻に，巻頭作品としての「古い牧師館」(*"The Old Manse,"* 1846) に加えて以下の12編，(1)「痣」("The Birth-mark," 1843)，(2)「選りすぐりのパーティー」("A Select Party," 1844)，(3)「若いグッドマン・ブラウン」("Young Goodman Brown," 1835)，(4)「ラパチーニの娘」("Rappaccini's Daughter," 1844)，(5)「ミセス・ブルフロッグ」("Mrs. Bullfrog," 1837)，(6)「火を崇める」("Fire-Worship," 1843)，(7)「蕾と小鳥の声」("Buds and Bird-Voices," 1843)，(8)「ムッシュー・ド・ミロワール」("Monsieur du Miroir," 1837)，(9)「空想の殿堂」("The Hall of Fantasy," 1843)，(10)「天国行き鉄道」("The Celestial Rail-road," 1843)，(11)「人生の行進」("The Procession of Life," 1843)，(12)「フェザートップ君」("Feathertop," 1852). そして第2巻に以下の13編，(1)「新しいアダムとイヴ」("The New Adam and Eve," 1843)，(2)「利己主義―胸に棲む蛇」("Egotism; or, The Bosom-Serpent," 1843)，(3)「クリスマスの宴」("The Christmas Banquet," 1844)，(4)「ドゥラウンの木像」("Drowne's Wooden Image," 1844)，(5)「情報局」("The Intelligence Office," 1844)，(6)「ロジャー・マルヴィンの埋葬」("Roger Malvin's Burial," 1832)，(7)「P―氏の手紙」("P.'s Correspondence," 1845)，(8)「地球の大燔祭」("Earth's Holocaust," 1844)，(9)「断念された作品からの抜粋」("Passages from a Relinquished Work," 1834)，(10)「記憶からのスケッチ」("Sketches from Memory," 1835)，(11)「りんご売りの老人」("The Old Apple-Dealer," 1843)，(12)「美の芸術家」("The Artist of the Beautiful," 1844)，(13)「ある骨董通の収集品」("A Virtuoso's Collection," 1842) である．

3 ホーソーンは1841年に結婚し，借り受けた牧師館で新婚生活を送った．この牧師館は，アメリカ・ルネサンス期を席巻した超越思想（Transcendentalism）を唱道したラルフ・ウォルドー・エマソン（Ralph Waldo Emerson, 1803-82）の祖父ウィリアムが建立した牧師館である．超越思想に傾倒した超越主義者は沢山いるが，アメリカ・ルネサンス期を代表する作家たち，ヘンリー・デイヴィッド・ソロー（Henry David Thoreau, 1817-62）やウォルト・ホイットマン（Walt Whitman, 1819-92）もそうである．ホーソーン自身，1841年には，ボストン近郊のウェスト・ロクスベリー（West Roxbury）に位置するブルック・ファーム（Brook Farm）で超越主義者たちとの共同生活を実践していた．メルヴィルやホー

ソーンの超越思想との関わりは深いが，＜闇＞の観点から，人間存在の無限の可能性を謳う超越思想には懐疑的でもあった。

4 闇の力はカルヴィニズム（ピューリタニズム）に深く係わり，その本質は次の5項目（1. 人間はアダムの原罪によって生まれながらにして堕落していて，自由の意志を行使しえない［Total Depravity］；2. 神はみずからが救いたいと欲む者だけを救う［Unconditional Election］；3. キリストは万人のために死んだのではなく，救いに定められた者だけのために死んだ［Limited Atonement］；4. 恩寵(おんちょう)は望むことも，拒むこともできない［Irresistible Grace］；5. 神によって選ばれる者には，神の意志を行う能力が与えられる［Perseverance of the Saints］）に集約されるが，この5項目は頭文字から成る＜チューリップ（TULIP）＞に集約すると覚えやすい。（八木 38-9）

5 「ホーソーンとその苔」には，紙幅の関係で論じ切れなかった，考察すべき他の幾つかの問題点がある。例えば「ホーソーンとその苔」の執筆時期に関する問題がある。『白鯨』の執筆とも関わる重要な問題点だが，これについては，Scharnhorst［参考文献を参照］の論考に詳しく論じられている。

　またホーソーンの創作理論に関する問題がある。真実を意図的に曖昧模糊(あいまいもこ)なものとするために，ホーソーンは月光に照射された「現実と夢幻が融合する中間地帯（a neutral territory）」を創作上の一つの重要な手法とするが，このホーソーンに大きな影響を与えたと思われる先駆者としてウィリアム・オースティン（William Austin, 1778-1841）がいる。オースティンが描く「ピーター・ラグ（Peter Rugg）」についての一連の物語は考察に値する。ホーソーンはメルヴィルの先駆者であるとも言えるが，ホーソーンの先駆者はオースティンであるとも言える。ちなみに，『古い牧師館の苔』第2巻に収録されている作品「ある骨董通の収集品」にはピーター・ラグが博物館の門衛(もんえい)として登場している。

　匿名による執筆についての問題もあるが，これについては，杉浦氏の論考（［参考文献を参照］79）が詳しい。最後に記しておきたいが，残念ながら諸般の事情で 2005 年 10 月末をもって閉鎖された，ISHMAIL［The Melville Society's Online Discussion Group］という有益なサイトがあった。2005 年 2 月から 3 月に懸けて，なぜメルヴィルが＜白＞い＜雌＞の＜鹿＞を一つの象徴にしたのかなどに関する，＜白い雌鹿＞に関する議論が繰り広げられていた。なお筆者は全てのメールを保管している。

参考文献

大橋健三郎／斎藤光／大橋吉之輔編著『総説アメリカ文学史』東京：研究社, 1975.

杉浦銀策「メルヴィルとホーソーン—「ホーソーンとその『苔』」から『白鯨』まで」大橋健三郎編著,『鯨とテキスト—メルヴィルの世界』[メルヴィル全集別冊] 東京：国書刊行会, 1983. 68-107.

早瀬博範／吉崎邦子編著『21 世紀から見るアメリカ文学史—アメリカニズムの変容』東京：英宝社, 2003.

ホーソーン, ナサニエル／國重純二訳『ナサニエル・ホーソーン短編全集』[全3巻] 東京：南雲堂, 1994, 1999.

八木敏雄『アメリカン・ゴシックの水脈』東京：研究社, 1992.

レヴィン, ハリー／島村馨・月地弘志・横田和憲訳『闇の力』京都：ミネルヴァ書房, 1978.

Austin, J. Walker. *Literary Papers of William Austin.* Boston: Little, Brown, and Company, 1890.

Austin, Walter. *William Austin: The Creator of Peter Rugg.* Boston: Marshall Jones Company, 1925.

Bloom, Harold. *The Anxiety of Influence: A Theory of Poetry.* New York: Oxford UP, 1973.

Franklin, V. Benjamin. "Nathaniel Hawthorne." *Concise Dictionary of American Literary Biography: Colonization to the American Renaissance, 1640-1865* (Detroit: Gale Research, 1988): 148-165.

Hawthorne, Nathaniel. *Mosses from an Old Manse.* New York: The Modern Library, 2003.

Kaczvinsky, Donald P. "Herman Melville." *Concise Dictionary of American Literary Biography: Colonization to the American Renaissance, 1640-1865* (Detroit: Gale Research, 1988): 252-279.

Kaetz, James P. "Layers of Fiction: Melville's 'The Metaphysics of Indian-Hating'," *Melville Society EXTRACTS* 79 (November 1989): 9-12.

Levin, Harry. *The Power of Blackness: Hawthorne, Poe, Melville.* New York: Alfred A. Knopf, 1970.

Scharnhorst, Gary. "Melville's Authorship of 'Hawthorne and His Mosses': The First Public Attribution." *Melville Society EXTRACTS* 73 (May 1988): 1-3.

ホイットマンの見たブルックリン
―『イブニング・スター』の記事を中心にして―

溝口　健二

　1845年の夏，ウォルト・ホイットマン（Walt Whitman, 1819-92）はニューヨークからブルックリンに移り住んだ。ホイットマンが特に強い関心を示したのは，「実用本位の時代」（*The Journalism* 1: 213. 以下 *J* と略す）のもとで変質するアメリカの姿であった。人々は外面的で華やかな流行を追い求め，勤勉と倹約の伝統は失われ，建国以来のアメリカ精神は形骸化する一方であった。こうした社会を改善するため，彼は，とりわけ若者に的を絞って，アメリカ人固有の気質や価値観を訴え続けた。本論では，ブルックリンに移り住んだ直後のホイットマンが，半年ほど関係した日刊新聞『イブニング・スター』（*Brooklyn Evening Star*）を拠点にして，どのような活動を展開したのか，その一端を明らかにすることにしたい。

1．『イブニング・スター』との出会い

　1845年8月，ホイットマンは，4年間過ごしたニューヨークを離れ，ブルックリンに戻った（Reynolds 113）。彼は引き続きジャーナリズム活動に邁進し，同年9月から翌年3月まで『イブニング・スター』と呼ばれる日刊紙に雇われ，50編以上の記事やエッセーを書いた。

　『イブニング・スター』はホイットマンにとって思い出深い新聞であった。その前身は，1832年，実社会に出て間もない13歳のホイットマンを印刷見習工として雇った週刊新聞『ロングアイランド・スター』（*The Long-Island Star*）であった。発行人兼編集者オールデン・スプーナー（Alden Spooner）のもとで積み重ねた少年時代の経験は，以下のように当時を振り返っていることから判断すれば，十分な教育の機会に恵まれなかったホイットマンにとって学校教育以上に貴重なものであった。「そこでじかに教養を身につけた。借り物からではない教養を。そうだとも，100年間，大学で訓練を受けたとしても，あれほどの成果は誰にも得られないであろう」（Loving 36）。

ブルックリンに戻ったホイットマンを雇ったのは，オールデンの息子エドウィン・スプーナー（Edwin Spooner）であった。彼は，ホイットマンの政治姿勢に難色を示したものの，その反面，ジャーナリストとしてのホイットマンの才能を高く評価した（LeMaster and Kummings 407）。スプーナー親子は市民運動の熱心な指導者でもあった。2人は，「次の世代に思いやりを持て。そうすれば，彼らは感謝するであろう」（Rubin 126）との信念を抱いて，病院，歩道，公園の建設を議会に要求した。また安全な飲料水の確保，用水路の清掃や拡張工事など，幅広く市民運動を展開した（Rubin 126）。

　ホイットマンが書いたものを概観すると，その多くは，『イブニング・スター』の方針を反映して，市民生活全般の改善をねらいとするものであった。彼は，禁酒，倹約，植樹，防災などを市民に呼びかける一方，医療技術，演劇，コンサート，新刊書など，幅広く最新の情報を提供した。市民生活の改善と並んで，彼が頻繁に取り上げたのは青少年問題であった。若者への助言を内容とする6編のエッセーでは，都会慣れしたブルックリンの若者に勤勉と倹約を説いた。また学校教育を扱った10編以上の記事では，既存の施設や制度よりも教育の内容に目を向けて，音楽教育の推進，女性教師の採用，むち打ちの禁止を強く訴えた。

　本題に入る前に，まずは1840年代半ばに書かれたエッセーを取り上げ，この時期のジャーナリスト・ホイットマンの中心課題を明らかにしておく必要があろう。

2．建国精神の空洞化

　1840年代半ばのブルックリンは，1845年の時点で4万人にすぎなかった人口が5年後に10万人になり，1855年にはほぼ25万人へと膨張したことからも分かるように，飛躍的な成長期に差しかかっていた（Reynolds 113-14）。人口の増加は未曾有の建設ラッシュをもたらした。ロングアイランドで農業を営んでいた父親のウォルター・ホイットマン（Walter Whitman）が，ホイットマンとほぼ同じ時期に家族を連れてブルックリンに移り住み，大工仕事を再開したのもこのためであった。

　建設ラッシュに沸くブルックリンでは，古い建物は取り壊される運命にあった。1845年11月，ホイットマンは，ホイッグ党機関誌『アメリカン・レビュー』（*The American Review: A Whig Journal of Politics, Literature, Art and Science*）に「取り壊しと建て直し」（"Tear Down and Build Over Again"）と題するエッセーを発表した。彼は以下のように書いた。「さようなら，古い家々よ！…確かに，お前たちには，今日の建物のように，粋であか抜けた雰囲気や真鍮とワニス塗りの外観は見られ

ないけれども，私はそのためにかえってお前たちが好きだ」(*J* 1: 212)。ホイットマンにとって建物の本質は「外観」ではなかった。「精神的，道徳的な性質」(*J* 1: 213) こそがすべてであった。彼は，「もっとも裕福な資本家が所有するこの上なく立派な大邸宅」よりもむしろ，「不滅の天才が遠い昔を過ごした人目につかない通りの場所」に共感を寄せて，アメリカ人が回帰すべき心の拠り所を切々と訴えた (*J* 1: 213)。

「取り壊しと建て直し」のもとで解体が進んだのは市民の住宅だけではなかった。歴史的価値の高い建造物までもがその餌食になろうとしていた。独立革命の戦士が眠る古い教会の取り壊しを市民が要求したとき，ホイットマンは断じてこれを許さなかった。彼は，周囲からの影響もあって少年時代から一貫して建国精神の熱心な礼賛者であった。

幼少のホイットマンは，祖母ハナ・ブラッシュ・ホイットマン (Hannah Brush Whitman) から独立革命のエピソードを聞かされて育った (*Notebooks* 19)。1831年に印刷見習工として雇われた民主党機関紙『パトリオット』(*The Long Island Patriot*) の印刷所では，ジョージ・ワシントン (George Washington) やトマス・ジェファスン (Thomas Jefferson) など，建国当初の偉大な人物の名前を「少年らしい情熱的な魂と熱心な耳」(Christman 47) で聞くのが無類の楽しみであった。

1840年代に入ると，ホイットマンの愛国心は1編の短編となって具体化した。彼は，1842年，雑誌『デモクラティック・レビュー』(*The United States Magazine, and Democratic Review*) に独立革命の残存者を題材にした「聖なる軍隊の最後の1人」("The Last of the Sacred Army") を発表し，登場人物の1人である学者に自らの信念を以下のように代弁させた。「若者よ，われわれは，説教や何度も繰り返される教義によって，偉大な性格や善良な性格を形成すると思ってはならない。歴史の指針として生きる，純粋で誠実な性格を持つ模範的な人物こそ，幾千もの理論家の見苦しい文章からなる大著よりもためになるのだ」(*The Early Poems and the Fiction* 99)。

以上の点を念頭に置けば，ホイットマンが古い教会の「取り壊しと建て直し」に異議を唱えたのはごく当然のことであった。彼は，教会を訪れた際の個人的な体験を織り交ぜながら，以下のようにその保存を訴えた。

> 私たちは，教会のかたわらの座席の1つに座りながら，近くにいた数名の老人を，独立革命の残存者を，古い時代の生き証人を見まわした。背筋を伸ばし，毅然として，年齢に屈することもなく，ある老人は，その目にバンカー

ヒルの戦火に気落ちした様子を映し出していなかったし，ロングアイランドの不幸な戦いの後にひるんでしまった気配もなかった。その上，視力の落ちた灰色の目は，その栄光がほとんどこの世のものとは思えない，人々の模範となるあの人物をじっと見つめていた。1時間後に，私は彼がこんなふうに言うのが聞こえた。「イギリス軍がこの町から撤退した後，謝辞を述べるため私はここで彼とご一緒しました。」ワシントンとここでご一緒したとは！彼が降り立ったこの場所が，神聖なものとしてあがめられますように！愛国者の胸の内から捧げられたもっとも清らかな祈りが天国に舞い上がるこの礼拝堂が，聖なるものとして大いにあがめられますように！（*J* 1: 213. 傍点は原文イタリック）

この時期のホイットマンが歴史的建造物の保存を訴えたのはこれだけではなかった。彼は，1846年8月27日，民主党機関紙『イーグル』（*The Brooklyn Daily Eagle, Kings County Democrat*）に「思い出」（"A Reminiscence"）と題するエッセーを書いて，再びこの話題を取り上げた。彼は読者に以下のように訴えかけた。

われわれは，アメリカにとって，そして人類の自由にとって，悲しくはあるがもっとも名誉あるあの日のための目に見える記念物として，少なくとも1カ所ぐらい保存してもよいのではなかろうか。（*J* 2: 35. 傍点は原文イタリック）

ホイットマンの言う「悲しくはあるがもっとも名誉あるあの日」とは，1776年8月27日，イギリス軍司令官ウィリアム・ハウ（William Howe）の率いる軍勢により苦戦を強いられた「ロングアイランドの戦い」の日であった。曾祖父の息子の1人が戦死し（*Leaves of Grass* 295），敬愛するワシントンが敗退を余儀なくされたこの戦いは，後に「眠れる人々」（"The Sleepers," 1855）や「百歳の古老の話」（"The Centenarian's Story," 1865）と呼ばれる詩の中でその様子が再現されるように，ホイットマンの理解ではアメリカ人が永遠に記憶すべき重大な出来事であった。彼は，「今日はロングアイランドの戦い記念日――われわれにとって，先祖が国の独立のために行った長い戦いの間に起きたもっとも痛ましい合戦の日だ」（*J* 2: 34）と訴えながら，窮地に立つワシントンを以下のように描写した。「70年前の今日，ワシントンは，わがロングアイランドの岸辺に立ち，両手を固く握りしめ，一方，頬にはこの上なく激しい悲痛の涙が流れ，――後にも先にも，他

のどんな場合にも，1度も漏らしたことがないと言われる激しく動揺した溜息をついた」(J 2: 34)。

　ワシントンに寄せる惜しみない共感は，愛国心の単なる表明ではなかった。それは，「ロングアイランドの戦い」に代表される建国精神の原点が，「取り壊しと建て直し」のもとで人々の心から忘れ去られ，形骸化していくことに対する危機感と表裏一体のものであった。1840年代半ばのホイットマンはここに自らの課題を厳しく見つめていた。彼は，建国精神の空洞化をくい止め，アメリカの伝統を人々の心に焼きつけることに精力を注いだ。『イブニング・スター』のホイットマンが熱心に取り組んだのも，この課題に他ならなかった。

3．若者への助言

　ホイットマンは，1840年代前半のニューヨーク時代と同様に，市民の生活を鋭く観察した。生活は大きな変化を遂げていた。人々の関心は，精神から物質，内面から外面，倹約から消費，素朴から華美へと移り変わり，新しい価値観が誕生していた。彼は，1845年10月11日，「贅沢すぎる生活」("Living Too High")と題するエッセーを書いて，いたずらに流行や贅沢を張り合う人々を戒めた。ホイットマンのねらいは，彼らの愚行を正し，アメリカ人固有の美徳を説くことであった。

　「贅沢すぎる生活」によれば，市民の多くは，必要以上に華やかさを追い求める生活の虜(とりこ)になっていた。若い男女は派手な服装を競い合い，庶民でさえ，居間にソファ，ピアノ，飾り棚を並べるありさまであった。ホイットマンは，「倹約を踏みにじってはならない，基本的に金持ちでないのなら，金持ちにだけ許されるような生活をしてはならない」(J 1: 224)，と分別ある生活を訴えた。ホイットマンが模範としたのは先祖の生活であった。彼は，「着ている人の社会的地位にふさわしくない格別の服装で着飾るのは，どんな場合であっても，低俗な趣味の印である」(J 1: 224)と書いて，その後を次のように結んだ。「われわれの先祖はそうではなかった。われわれは，彼らのたくましい美徳だけでなく，彼らの外見の素朴さも真似るとよいだろう」(J 1: 224)。

　ホイットマンが市民生活以上に大きな関心を示したのは，ブルックリンにおいて「良くも悪くも，やがて常に最高の支配力を行使する階級となる」(J 1: 222)見習工や若い機械工であった。彼らもまた，都市化の洗礼を受け，これまでの労働者階級には見られない新しいタイプの階層へと変化していた。この階層の中でホイットマンが特に注目したのは，ニューヨークやブルックリンの街角に群れ集

まり,「低俗な会話やみだらな悪ふざけにふけったり, すべての通行人の面前で安物の葉巻をふかしたりする」(*J* 1: 223) 若者の一団であった。彼は, 1845年10月10日,「見習工や若者への助言」("Some Hints to Apprentices and Youth") という記事を書いて, 以下のように呼びかけた。

　この記事を目にしている少年, あるいは若者よ！君たちは多くの暇な時間を怠惰に過ごしていないだろうか。葉巻を吸ったり, 噛みたばこをかんだり, 不敬で下品な言葉をしばしば使ったりする俗悪な習慣をすでに身につけてしまったのではなかろうか。将来, 邪悪と恥辱を生み出すことになる, 交友関係や欲望にいたずらに身を落とそうとしているのではないだろうか。すべての一般人にではなく, とりわけ君たちに向けられたこれらの質問をよく考えてみよ ─ そして自分自身の心に忠実に答えよ。(*J* 1: 223. 傍点は原文イタリック)

　ホイットマンは以上の引用で取り上げた若者たちに向けて助言を書き続けた。1845年10月から翌年1月にかけて, 若者への助言を内容とする6編のエッセーを発表し, 怠惰, 金銭欲, 服装, 喫煙, 言葉遣い, 礼節など, 主に日常的な事柄を題材にして, 彼らの目に余る行動を厳しく戒めた。怠惰を例にとると, 彼は以下のように書いた。「怠け癖（この言葉が使うことのできるもっとも当を得た表現なので, このように呼ぶことにする）は, 道徳的, 精神的, 肉体的に若者の活力にとって有害である」(*J* 1: 223),「繁栄したければ, 勤勉が大切だ。─『怠けるな！』を11番目の戒めにせよ。実際に仕事をする機会がないとしても, 毎日決まった時間だけ働き続けよ。本当に, いかなる場合でも, 怠惰は決して勧められるものではない」(*J* 1: 227)。言うまでもなく,「怠惰」に代わって「勤勉」を説くこれらの助言は, 伝統的な価値観に根ざしたアメリカの再生を願うホイットマンの強い気持ちから発せられたものであった。

　ホイットマンの手厳しい批判は, 金銭欲に取り憑かれたり, 高価で派手な服装を張り合ったりする若者にも向けられた。彼は, 物欲に執着する若者に対して,「世間では金が強い力を持っている。しかし肉体が魂に劣るように, それは精神的, 道徳的な性質のものよりもはるかに劣っている」(*J* 1: 227) と諭した。服装に関する考え方も基本的にこれと同じであった。彼は,「華やかな服装の誘惑に耳を貸したり, 目を向けたりしてはならない。優美な装いは貧しい若者には関係のないことだ」と書いて,「こぎれいさ, 清潔, それに用心深い趣味が, 衣装ダンス

を支配すべきである」と結んだ（J1: 227. 傍点は原文イタリック）。

　ブルックリンの都市化がもたらしたものは，物質が圧倒的な優位を占める社会の出現であった。人々は猛威を振るう物質の餌食となり，質素や勤勉を旨とするアメリカの伝統的な価値観は後退するばかりであった。ホイットマンの見る限り，こうした風潮に歯止めがかかることはなかった。「結局，われわれが優美とか『上品』とか呼ぶほとんどすべてのものは心から生まれる」（J1: 242），「内なる心から外側に向けて働きかけよ」（J1: 243）と訴えるホイットマンとは対照的に，ほとんどの新聞は，市民の教育に紙面を割くというよりは，口汚い言葉で他紙の欠点を攻撃することに終始していた。「双方の党からなるニューヨークの政治新聞は，その半分以上が，…すべての人々の共通の敵に向かって反対するのではなく，悪意や中傷の気持ちから相手の欠陥，愚行，短所について集めることのできるものを全部寄せ集め，暴露すること」（J1: 251）に専念していた。「中層階級や下層階級に属する若者の向上を目的とする」本やエッセーでさえ，若者の「内面的，精神的な育成に重点を置いていない」のが実情であった（J1: 242）。

4．学校教育への提言
　こうした実情を反映してであろうか，ホイットマンは学校教育に対してこれまで以上に大きな関心と期待を寄せた。彼は，「ブルックリンは対岸の大都会にさえ引けをとることはない。大きな窓としゃれた外観をそなえた，たくさんの立派な3階建ての校舎を見る部外者は，公教育の発展についてもっとも好ましい印象を受ける」（J1: 217）と書いて，ブルックリンの公立学校の施設を誇らしげに自慢することもあったが，全体として眺めれば，当時の学校が抱えていた問題に目を向けて，さまざまな角度から改革を提案した。
　例えば，1845年9月15日の「ブルックリンの学校と教師」（"Brooklyn Schools and Teachers"）では，以下のように教師の資質を問題にした。

> しかし，問題を正しく見つめると，校舎はこの大いなる仕事において二次的な問題にすぎない。確かに，校舎に関する限り立派ではあるが，…教師と，心を発達させる実際の過程こそが肝要だ。教師を任命する計画は嘆かわしいほどずさんである。そのため，その職務にまったくふさわしくない人物が頻繁に選ばれている。（J1: 217）

以上のホイットマンによれば，学校の外観は「二次的な問題」であった。大切なのは教師の資質と教育の内容であった。「十分な本の知識はあっても，それを伝える技量のない人物」，「形式と規則だけの人物」，「暗唱の儀式やそのような類のこと」だけに終始する人物，これらの人物は教育者として論外であった（*J* 1: 217）。ホイットマンの理解では，教育の本質は生徒の内面に働きかけることであった。「生徒の心を清らかで，新鮮で，強固なものにし，ほどよく刺激を与えてやること」（*J* 1: 217. 傍点は原文イタリック），これが彼の考える教師の真の仕事であった。

　1840年代半ばのロングアイランドやブルックリンでは，常勤の教師はきわめて少なかった。その大半は，「大学が休暇中の若者，貧しい学生，冬に数カ月の休閑期があり，わずかな金儲けを願うかなり知的な農夫など」（*J* 1: 221），短期契約の臨時教師であった。教育の質的向上を訴えるホイットマンにとって，この点は不満であったが，このこと以上に大きな問題は，むち打ちの体罰を科す教師の存在であった。彼は，むち打ちの禁止を内容とする5編のエッセーを発表して，この種の教師を徹底的に糾弾した。

　1845年10月22日の「学校でのむち打ち」（"The Whip in Schools"）では，「おそらく猟犬係か野獣の調教師にふさわしいのであって，永遠不滅な人間の魂をつくる神聖な職務には適していない」（*J* 1: 226）と書いて，むちを振るう教師を激しく非難した。「人間本性をむち打ちによって教え込むものと見なすのが好きで ── すべての失敗に対してそれ相応の処罰を見舞い ── ついには傷を負わせることに喜びを感じる」（*J* 1: 229）ような教師に「生徒の心」を預けることは断じてできなかった。この時期のホイットマンが女性教師の採用を提案したのも，1つには「野獣の調教師」から子供を守るためであった。彼は，「性格の優しさ，子供の感情に対する生まれつきの共感，子供の従順さと善意を引き出す最善の方法を本能的に知っている」ことなどを引き合いに出して，これらの性格ゆえに「女性は常に最良の教師として推薦できる」と結んだ（*J* 1: 217-18）。

　むち打ちの廃止と並んで，ホイットマンが熱心に取り組んだもう1つの課題は音楽教育であった。1846年1月7日の「若者の教育 ── ブルックリンの学校 ── 子供に対する音楽の影響」（"Educating the Young ── Brooklyn Schools ── Effect of Music on Children"）というエッセーで，彼は，「すべての学校に接ぎ木をして，つけ加えたい2つの特徴」（*J* 1: 241）として，体罰の全廃と音符による音楽教育の導入を掲げた。ホイットマンの考えでは，これら2つのものは，「きちんと調和し，実際，優れた学校の基準において対をなすもの」（*J* 1: 241）であった。具

体的な成果が得られないという理由で音楽教育の導入に反対する人々に対しては，以下のように反論した。

> 子供たちに及ぼすもっとも発達しそうな影響力は，すぐさまはっきりとしたかたちをとって現れると思ってはならない。それとは逆に，想像もつかないような，そしてしばしば目には見えない多くのことが，すばらしい力で行動に影響を与え，若者の性格をつくるのだ。($J$1: 241)

ホイットマンが音楽教育に期待したのは，都市化のもとで荒廃した子供の心を救済することであった。彼は，音楽の霊妙な力を信じて，「アメリカの未来の男女を形成することになる若者の間に音楽をあまねく普及させるのは，心と礼儀に磨きをかける上で計り知れないほど役に立つであろう」($J$1: 255)と書いた。音楽の「神聖な影響力」($J$1: 252)に寄せる信頼は絶大であった。その信頼の大きさゆえに，彼は，「これまでペンで書かれた，あるいは人間の口によって語られた，すべての説教，エッセー，講義，無味乾燥な訓戒にもまして，若者の大きな完璧なまでの道徳的，知的改善を生み出す」($J$1: 259)という言葉で，音楽の神秘的な浄化力を語るほどであった。

5．音楽による社会の浄化

ホイットマンが訴えたのは，学校教育の一環としての音楽だけではなかった。彼は，音楽を主題とする9編のエッセーを書いて，広く社会全体に向かって音楽の意義を訴えた。社会との関係においてホイットマンが音楽に期待したのも，学校教育の場合と同じく，浄化作用であった。彼は，音楽の「神聖な影響力」を通して「インチキと金ぴかの時代」($J$1: 235)を浄化し，市民の道徳的，知的改善を図ることにエネルギーを費やした。

1845年11月14日の「心の音楽と技の音楽」("Heart-Music and Art-Music")では，チェニー一家と呼ばれる歌唱グループを取り上げた。彼は，チェニー一家の自然で素朴な歌声を称えると同時に，「流行しているというだけの理由で，理解できないものを見に行き，思い焦がれ，拍手喝采する」($J$1: 236)人々の軽率な振る舞いを戒めた。11月28日の「聖パウロ寺院のオラトリオ」("The Oratorio of St. Paul")では，聖パウロ寺院でオラトリオと呼ばれる宗教音楽を聞いた自らの体験を引き合いに出して，音楽に秘められた浄化作用を次のように説明した。「よい音楽とは，確かに，他のどんな影響力にもそなわっていない方法で魂の微妙な琴

線に触れる」(J1: 236)。ホイットマンの理解するところでは,「われわれが心の奥底に抱いている休止状態の神秘的共感」や「美と完成を求める渇望」に確実に応えてくれる芸術は,音楽を除いて他にはなかった (J1: 236)。

音楽の浄化作用を唱える一方,ホイットマンはアメリカ生まれの歌唱グループを歓迎する3編のエッセーを書いた。1つは,1845年11月5日の「アメリカの音楽,新しくて本物!」("American Music, New and True!")であった。他の2つは,「心の音楽と技の音楽」と1846年1月13日の「『本物のアメリカの』歌」("'True American' Singing")であった。アメリカ精神の高揚をねらいとする以上のエッセーは,「インチキと金ぴかの時代」のもとでアメリカ固有の価値観が失われていく事態を何としてでもくい止めようとする使命感の表れであった。

「アメリカの音楽,新しくて本物!」で取り上げたのは,「心の音楽と技の音楽」の場合と同様,チェニー一家であった。彼は,「月曜日の夜,初めて,うれしい驚きでわれわれを圧倒するアメリカの音楽らしきものを聞いた」,「彼らは,確かにわれわれの好みに合致し,そこで見かけた大げさに称賛されているすべての外国の音楽家を,テンプルトンも含めて,凌駕している」と書いた (J1: 233)。チェニー一家の若者は,「あるがままのすばらしい自然の子供」であり,彼らの技術は「自然を思わせるあの完璧の域にまで磨き抜かれ」ていた (J1: 236)。とりわけホイットマンを魅了したのは,若い女性メンバーの「気取らない素朴な態度」(J1: 236) であった。この女性に集約された自然な素朴さこそ,旧世界の音楽とは区別されるべきアメリカ音楽の原点であった。

「『本物のアメリカの』歌」では,ニューヨークで活躍中のハーモネオンと呼ばれる別の歌唱グループを取り上げた。黒人を含む4人の男女からなるハーモネオンは,それぞれが異なったパートを担当し,「4人が1つになると,独特の楽しい効果をつくり出す」(J1: 244) グループであった。ソプラノは,「われわれがこれまでに人間の喉から聞いたどんなソプラノよりも高く,透明で,甘美な」歌声で歌い,「一般的に『劣っている』と思われている」黒人の歌い手でさえ「光輝く才能」を発揮していた (J1: 244)。ホイットマンは以下のように彼らを絶賛した。「われわれがアメリカの音楽についてやや気むずかしい考えを持ち―うわべだけのこびへつらう物まねを軽蔑しているのは,読者もご存じの通りである。ハーモネオンはわれわれのもっとも高い基準に十分到達している。音楽都市の名において,われわれは,彼らが近隣地域から立ち去る前に,ブルックリンでコンサートをするよう依頼する」(J1: 244)。

とは言うものの,当時の劇場の実態はホイットマンの理想とはあまりにもかけ

離れていた。彼は，1845年10月27日，「1つの提案—ブルックリンの娯楽」（"A Suggestion. — Brooklyn Amusements"）を書いて，ニューヨークの劇場に対する不満を以下のように記した。「それ（劇場）は，刷新され，新たな活力が与えられ，『再生され』なければならない。もっと新しいものに，もっと自然なものに，もっと今日的な好みと合致するものにならなければならない，—そしてとりわけ，もっと劇場を建設せよ，と主張する前に，アメリカ的なものにならなければならない」（J 1: 228）。

　ホイットマンの見る限り，劇場の多くは，新世界アメリカにふさわしい娯楽を提供するというよりも，旧態依然としてヨーロッパの模倣に甘んじていた。他の劇場よりも高尚な出し物を提供していることを自負するパーク劇場でさえ，「古いもののかなり愚かな模倣者」，「反共和国的な挿話や感情が染み込んだイギリス演劇の運び屋」にすぎなかった（J 1: 228）。こうした不満が解消される気配はいっこうになかった。『イブニング・スター』後のホイットマンは，1846年3月から48年1月まで『イーグル』の編集を担当し，民主党政治の代弁者として主に政治の舞台で活躍することになるが，アメリカ固有の芸術を求める内的要求は，この間もホイットマンの心から消え去ることはなかった。

引用文献

Christman, Henry M. ed. *Walt Whitman's New York*. New York: Macmillan, 1963.

LeMaster, J. R., and Donald D. Kummings, eds. *Walt Whitman: An Encyclopedia*. New York: Garland, 1998.

Loving, Jerome. *Walt Whitman: The Song of Himself*. Berkeley: U of California P, 1999.

Reynolds, David S. *Walt Whitman's America: A Cultural Biography*. New York: Knopf, 1995.

Rubin, Joseph Jay. *The Historic Whitman*. University Park: Pennsylvania State UP, 1973.

Whitman, Walt. *Leaves of Grass: Comprehensive Reader's Edition*. Ed. Harold W. Blodgett and Sculley Bradley. New York: New York UP, 1963.

— *Notebooks and Unpublished Prose Manuscripts*. Ed. Edward F. Grier. Vol. 1. New York: New York UP, 1984. 6 vols.

— *The Early Poems and the Fiction*. Ed. Thomas L. Brasher. New York: New York

UP, 1963.

――*The Journalism, 1834-1846.* Ed. Herbert Bergman, et al. Vol. 1. New York: Peter Lang, 1998.

――*The Journalism, 1846-1848.* Ed. Herbert Bergman, et al. Vol. 2. New York: Peter Lang, 2003.

ロバート・フロストの「行かなかった道」を読む

犬飼　誠

　ロバート・フロスト（Robert Lee Frost, 1874-1963）の短詩に接するとき，彼が本当の意味の教師，つまり人に語りかけて，考えさせ，読者が自らの答えを発見するように導く人だという印象を抱かされてきた。もちろん，人生の厳しい事実を淡々と語る詩句に慄然とさせられることもあるが，しかしそれは決して絶望へと導くものではなく，生きぬくための出発点の認識・自覚を問いかけるものなのである。そんなテーマをもつ（と私の理解する）1作に「行かなかった道」("The Road not Taken")がある。一読して，高村光太郎の「道程」と芭蕉の「この道や行く人なしに秋の暮れ」を連想し，この上ない親近感を覚えたことを記憶している。しかし，平易な語りの中にどこか曖昧性を残すフロスト詩の世界にはまり込み，疑問を残したまま大意は理解できていると自己満足するだけの甚だ心もとない状況であった。

　今回，第39代米国桂冠詩人（1997-2000）ロバート・ピンスキー（Robert Pinsky, 1940-）の1文[1]により，この作品がもっともアメリカ国民に愛唱されているものであることを知り，いろいろ調べてみた。多くの発見があり，さまざまな解釈があることが分かった。そこでまずこの作品に関する事実確認を行い，作品のはらんでいる問題点を抽出して論じ，よりよい理解の一助をなすべく私なりの読みを紹介してみたい。

　この詩は最初『アトランティック・マンスリー』誌1915年8月号に発表され，翌年出版された第3詩集『山の合間』（*Mountain Interval*）の巻頭を飾った。10代後半に詩人を志しておよそ20年，英国の地で2冊の詩集，『少年の心』（*A Boy's Will*, 1913）と『ボストンの北』（*North of Boston*, 1914）を出版して世に認められ，1915年凱旋帰国して間もないころのことである。その後90年余が経っているが，今でもアメリカにおいては学校教材の定番で，『アメリカ教養辞典』（220）におけるフロスト紹介の項においてもその代表作としてイの一番に挙げられている。政治家やジャーナリストもその表題によくこの句を用いており，いまやフロストの関知しないセットフレイズとして1人歩きしている感がある。

わが国でも高校の教科書に取り上げられるなどさまざまな形で紹介されている。また，2001年4月18日の毎日新聞「余禄」欄でこの詩を引きながら，論者は民間から皇室に入った美智子皇后，雅子皇太子妃の歩む道がずっと平坦で，歩きやすいことを祈ろう，と結んでいる。全国紙毎日新聞の購読者は数百万の単位であろう。いまやフロストおよびこの詩は日本人にとっても教養の1部になっていると考えてもいいと思う。さらに，英語学習のためのページや個人のホームページでも多く言及されている。フロストを愛読する者として喜ばしく感じる反面，甚だしい誤読や曲解も見受けられて憂慮すべき状況にあるとも言える。まずは書かれているとおりに読むべきである。

The Road Not Taken

	Two roads diverged in a yellow wood,	a
	And sorry I could not travel both	b
	And be one traveler, long I stood	a
	And looked down one as far as I could	a
5	To where it bent in the undergrowth;	b
	Then took the other, as just as fair,	c
	And having perhaps the better claim,	d
	Because it was grassy and wanted wear;	c
	Though as for that the passing there	c
10	Had worn them really about the same,	d
	And both that morning equally lay	e
	In leaves no step had trodden black.	f
	Oh, I kept the first for another day!	e
	Yet knowing how way leads on to way,	e
15	I doubted if I should ever come back.	f
	I shall be telling this with a sigh	g
	Somewhere ages and ages hence:	h
	Two roads diverged in a wood, and I –	g

	I took the one less traveled by,	g
20	And that has made all the difference.	h

行かなかった道

黄色い森の中で道が2つに分かれていた
残念だが両方の道を進むわけにはいかなかった
1人の旅人でしかなかったから，長い間そこに立ち止まり
一方の道の先をできるかぎり見透かそうとした
その先が折れ　下生えの中に消えているところまで

それからもう一方の道を歩み始めた，同じように美しかったし
多分こちらの方がより強く私を招いていたんだ
なぜならこちらは草深くて　人が踏みつけるのを求めていたから
もっともその点では　そこにもすでに通った跡があり
実際には同じように踏みならされていたし，

そして　両方ともあの日の朝は同じように
まだ黒く踏みしだかれていない落ち葉に埋もれていたのだが。
あっちの道はまた別の日のため残しておいたのだ！
でも　道が道へと次々つながっていくことは分かっていたから
はたして再び戻って来れるのか心もとなかったけれども。

私はホッと一息つきながらこんな風に言うことになるだろう
どこかで　これからずっとずっと先のことになろうが
ある森の中で道が2つに分かれていた　それでね　私は―
私は人の通った形跡の少ない方の道を選んだんだ
そしてそのことがあらゆる違いを生み出したんだ，と。

　行末に表記（たとえば第1連　abaab）したように整然と脚韻を踏んだ5行連が4つ，全体20行で起承転結の展開がうまくまとめられている。弱弱強格（anapest）をところどころにまじえた弱強4歩格（iambic tetrameter）を基調とした各行は流

れるような日常会話のリズムを反映している。フロストはいわゆる伝統的な詩人で，モダニスト詩人たちのような実験を目指さず，この詩のようにきっちりと韻を踏む詩を書き続け，日常的な口語表現とそのリズムによる現代詩の確立を目指し，成功した。韻律のことはあまり意識しないで自然体で読めばいいであろう。一応4連に分けて構成されているが，3連の途中まで完全休止がない。And, then, because, though など日常的なつなぎの言葉で展開されていく語りは歯切れがよく，「行かなかった道」に関するエピソードは詩人自身の朗読により，わずか1分あまりのプレゼンテーションにまとめられている。これと判るような休止をとっていないので，連の構成も意識できないほどである（朗読に関しては末尾の資料欄を参照）。

　語られる内容はいたって単純である。森の中を歩いていた語り手が道が2つに分かれている地点にさしかかった。どちらかひとつを選ばなければならないので，長いことそこに立ち止まり，じゅうぶんな時間をかけ観察と熟慮を重ねた。その結果，両方とも美しい道だったので，人の通った形跡の少ないように見えた方の道を選んで歩き出した。（実は2つの道は同じように踏み固められていたことがすぐわかったのだが），この選択が彼の後の人生を大きく変えてしまったと後年語ることになるだろう，というものである。

　詩の訳出に関していろいろな考え方があるが，原作者の言わんとすることを尊重するならば，不自然な言い方にならない程度に直訳するのがいいと思う。先人の訳に満足できないし，また私の試訳が十分に意味を伝えていると言い切る自信もない。少し気になる点について訳注の形で補足的な説明を加え，問題点を抽出し，客観的な手引きとなるよう工夫してみたい。

　〔タイトル〕　タイトルには作品全体のテーマに通じる大事な含意がある。「行かなかった道」とか「選ばなかった道」という訳が妥当で，「歩む者のない道」は内容を曲解した誤訳に近いものと言えるのではないか。[2]　2つの道について語られる内容（選択の決断に至るまでの経緯とその後に判明した事実）を基にして終結部のキーセンテンス "I took the one less traveled by"(19) が語り手の口から吐息のように出る。この1文とタイトルとの関連についてはっきりと表明する必要があるだろう。

　〔第1連〕　黄葉した森を行くひとりの旅人が三叉路に出くわすというのが冒頭の設定。"yellow"(1) と "traveler"(3) がなにか抒情的なドラマへの誘いとなっている。道標もない原始的な森の中で迷う主人公の話は，いつかどこか童話の世界で

でも追体験したことを我々読者に思い出させる。自らの紅葉・黄葉見物の思い出を重ねる人も多いであろう。アメリカ東海岸ニューイングランド地方の秋の景色の素晴らしさは一見に値する。綾なす自然の美しさに親しみ語り手の状況に身を置くことが理解への近道になるはずである。一本道がふたつに分かれていくというのが普通であるが，いきなり「2つの道」と書き出すことで，先の見えない中で二者択一を迫られる状況を重ね合わせて考えさせるように仕組まれてもいる。またわざわざ比喩と言う必要もないほど日常的に使われる「道」の意味から，「人生の選択」の問題を読み込むのも自然であろう。

〔第2連〕 "as just as fair"(6) の最初の "as" は「～として」の意味。次行の "having" 以下もこれに続くので，as the road being as fair as the first one (the road not taken) とでも補ってみる。"claim"(7) は「(当然の権利としての) 要求」という意味であるから，道が擬人化されていると考えて読む。原始の森の中に道などはなく，いわゆる「けものみち」が踏み固められてやがて道になっていった過程を考えてみればいい。こちらの方はまだ道らしい道になっていないので，旅人である語り手には，こちらに来て踏み固めてくれと要求しているように見えたということ。詩句としては無骨にも響くが，自然界と交感する語り手の感性を考える上で意味がある。続く "wanted wear"(8) は人跡による磨耗が足りないので，それを求めているということで，[w] 音の頭韻 (alliteration) が大地を踏みしめて歩くという感じをうまく伝えている。

〔第3連〕 "Oh, I kept the first for another day!"(13) は，ふたつの道に違いがなかったという事実が判明したときに，思わず出た感嘆の呟きである。選択の難しさを感じた冒頭の語り手の心理状況，また彼の人となりを改めて表しているものである。"knowing how way leads on to way"(14) からは語り手が経験を積んだ旅人で，世の常をわきまえた人物であることが分かる。

〔第4連〕 "I shall be telling"(16) は予言の "shall" と考えていいであろう。『オックスフォード実例現代英語用法辞典』(241) には「未来のあることがすでに決まっていることを言うには，よく未来進行形が使われる」と解説されている。第3連まで過去形と大過去形で述べられてきた話が一転して未来形の文で始まり，再び過去に言及する文をはさんで，最後は現在完了形の1文で締め括られているという展開に注目する必要がある。辞書による "sigh"(16) の説明には "When you sigh, you let out a deep breath that is loud enough to be heard, as a way of expressing certain feelings, such as disappointment, tiredness, relief or pleasure" (COBUILD) とある。どのような感情のこもった「吐息」と解釈するかが本詩の読みを決めることにな

る。(私は「ホッと一息」と試訳してみた。)これと韻を踏む 18-19 行目の "I" の繰り返しについて真っ向から対立する意見がある。パリーニは語り手の自己欺瞞的な演技と取る (Parini, 10-12)。これに対し駒村氏の意見は, 言い淀んで繰り返す, 繊細な手法に注目し,「悔恨にのみ溺れない, 人間を勇気づける香辛料の効果を看過すべきではなかろう」というものである (駒村『ロバート・フロストの牧歌』, 234)。[3] ここは一貫した語り手の姿勢, あるいは人間性を現すもので, 第1連の道の選択に遭遇して熟慮したときの姿を最後にもう一度改めて述べているもの, と私は考える。語り手はよく考えて決意を述べているのである。最終行の "that has made all the difference" もこれに呼応している。"make all the difference" は「状況を一変させる」というイディオムであるが, どのように変わったか―満足出来る結果を生じたか, あるいは, 後悔の吐息をもらす状況に至ったか―は明らかにされていない。結末をわざと曖昧にして余韻を残す技巧が窺えるものである。全体的な解釈につながる結びの1文として慎重に考えなければならない。

　これまで訳注・鑑賞の手引きとして述べてきたことをまとめておこう。1) 語り手の人物像をどのように捉えるか, 2) 最初の3連の過去を語る体験とそれを基にして語られる第4連の意味をいかに読み解くか, そしてそれらを, 3) タイトルの含意とどのように関連づけるかが本詩理解の骨子になる。多くの評者が異口同音に紹介しているフロストが語ったと言われる2つの点を参考にして考えてみよう。[4]

　まず第1点は創作の動機に関するもの。英国滞在中, フロストは親交のあったエドワード・トマス (Edward Thomas, 1875-1917) と森を散策しながら文学談義を楽しんだ。その折に, トマスが, 別の道を選んでいたらもっと素敵な景色や植物をフロストに見せられたのではないか, と再々ため息をついて語ったということである。フロスト自身は苦しい現実の中にあっても常に前を向いて歩く人だったが, このトマスの姿勢に「一風変ったロマンティックなもの (something quaintly romantic)」を感じて, 帰国後本詩を作った。このエピソードは「行かなかった道」の語り手を考える上で大きなヒントになる。また, 作品中の1番の争点となる 16 行目の "sigh" の解釈のひとつの答えを示している。第二の点も sigh の解釈に関連するものであるが, なぜ sigh なのかという読者からの質問などから, どうも作品に書き込んだはずの自分の真意が十分に理解されていないとフロストは判断した。それで1度ならず,「これはトリックのある詩ですから十分気をつけてくださいよ (a trick poem ― very tricky)」と語ったという。2つともフロスト自身が語っているという点に注目しなければならない。フロストは朗読会

で何10年にもわたってこの詩を読み聞かせてきた。愛唱詩であろうし，聴衆に意義ある問いかけができると考えていたのだ。読者に真剣に読んでもらうため，用意周到なトリックにはめてフロスト自身が楽しんでいるのではないか。

　森の散策中にどの道を行くか多少迷うことは誰にでもあることだろう。しかし，それは詩にしてアピールするようなことではない。こんな些細なことを人生を決める選択という大問題に，いつの間にかすり替えてしまうことがトリックの始まりである。比喩や象徴と意識することなく，「道」は人生を表すものとして，誰しも日常ひんぱんに使っている。一般の読者はトリックを感じないまま感覚的に自分のテーマを見出し，生きていく上で幾たびも遭遇する選択の問題に関する示唆を発見する。フロスト研究者はトリックの解明を目指し，単純な問題を複雑にして，そこに叡智の詩人の深い洞察，あるいは巧みなユーモアや皮肉を発見する。日常卑近な事柄の中に人生の真実を考えさせ，読者おのおのに自分の答えを発見させるフロストの世界の真骨頂がここに結実している。

　語り手がどんな人物かをまず考えてみたい。森を歩く道の選択の問題は，黄葉の散り敷く晩秋にひとり訪れる旅人という設定により，単なる散策者の道の選択ではなく，審美的求道者の自分の生き方を問うことに昇華されている。時が移りやがて来る厳冬を前に，つかの間，自然が作り出す美しい世界と一期一会の出会いを求める人と考えられる。分れ道にきてどちらを選ぶか真剣に悩み，自分がひとりの旅人でしかないと呟き，長いこと立ち止まって，できる限り視野の及ぶ範囲を見つめるという姿勢にそれが窺われる。美しいものを求めて黄葉の森に分け入り，より美しい世界を約束してくれる道を選ぼうとする語り手の姿勢には，エドワード・トマスが確かにモデルになっている要素が感じられる。知己を得た当時まだ散文を中心に活躍していたトマスに詩を書くように勧めたのはフロストである。先に紹介したトマスの姿に「一風変わったロマンティックなもの」を感じたというのは，批判して語ったものではなく，常により良いものを求める姿，自分に厳しい姿を認めたからであろう。2つの道が同じように美しい世界を提供してくれそうだとしたら，何を根拠にして1つを選べばいいのか。長いこと岐路にたたずみ，できるだけ見通そうとする。早急に安易な道を選ぶ人ではない。語り手は一方を見極めた上で，歩いた人跡の少ない方を選ぶ。彼はいつもこのように自然に親しんできたのであろう。自然と一体化し，交感できるという自信もあるのではないか。道が自分を招いて，踏み固めてくれと招いているように感じたことが，決断の決め手になっている。美を楽しむと同時に開拓者のチャレンジャー

精神も持つ人である。
　しかし，語り手は選んだ道を歩き始めてすぐに2つの道に違いがあると下した自分の判断ミスに気付き，それを正直に告白する。草が多い，磨耗が少なく道として出来上がっていないと思ったのは見誤りで，その朝まだ人通りがなく，道が落ち葉に隠されていたに過ぎなかったのである。そこで彼は，最初に見た道はまた別の日にとっておいたのだと言う。ミス告白直後の感嘆符を付けて強調した1文は，一見，負け惜しみのように聞こえる。だが決してそうではなく，いつかまた最初見極めた道に挑戦するのだと自分に言い聞かせているのだ。彼にとって美しいものを見捨てることは容易ではない。いつの日かまた訪れるべき「行かなかった道」として心に残しておくべきものなのである。彼はそう宣言しながらも正直に，道はどんどんつながっていくのだから，再びあの分岐点に戻ることはないのではないかという懸念も表明している。これまでにそれなりに幾多の道を歩んできた経験がこう言わせるのだ。このように，最初の3連が語るのは真摯な求道者の正直な自己判断ミスの告白である。ここまでは，すべて過去形で語られる1つの体験談として，完結している。
　最終の第4連では，上記のミスの体験から学んだ語り手の人生訓―人としての生き方についての決意表明―が語られている。フロストがまだ世に認められる前，一念発起して渡英していた間，短い時間を詩友として語り合ったトマスの姿勢から学んだことが創作の動機であった。図らずもこの詩は悲運にして第1次世界大戦に散ったトマスに対する鎮魂歌になっている，という思いに私は駆られている。先の訳注のところで触れた，パリーニの「自己欺瞞の演技説」や駒村氏や山田氏の発言中にある「悔恨（後悔）説」をそのまま受け止めることは私にはできない。語り手は一貫した真摯な姿勢を保っていると思う。
　ここでは表現上のトリックについてまず気付かなければならない。16-17行目は「私はホッと一息つきながらこんな風に言うことになるだろう」と未来形で書かれ，語られる内容は当然の過去形と最終行の現在完了形の1文で締め括られている。これは，「どこかで　これからずっとずっと先のことになろうが」と未来のある時点で語ると想定されたものである。その現在完了時制の起点は，最初の3連で判断ミスを犯した過去のあるときである。すなわち，不断の今日を生き続ける人間の一番大切な現在を素通りした形で書かれている。過去を語り，未来を語るのに，なぜ現在について触れないのか。わざわざ言うまでもないことであるから，言わない。語らずして語っているというトリックである。レトリック (rhetoric) というトリックである。19行目の「私は人の通った形跡の少ない方の

道を選んだんだ」にもトリックがある。語り手自身が正直に告白したように，これは彼の判断ミスであり，したがって "the one less traveled by" は存在しなかった。しかし，語り手が嘘をついているのかと言えばそうではない。言い淀むのは，あの2つの "fair" な道のどちらを選ぶかという問題に遭遇したときと同じ心境を示すもの。同じく美しい世界を約束するものなら，その昔の開拓者のように踏み固めて道を作るに貢献するほうがよいと考えた。それは自惚れだったのか。いやそうではないはずだ。確かに森の中の道はもはやパイオニアたちが挑んだ時代のものではない。（手つかずと思った自然が，すでに文明に侵略されていたという発見は，よくあることだ。）だからといって道はすべて同じ，選択する道にはそれほどの意味はない，というのは早計の結果論だ。優劣のはっきりしたものの間の選択にはあまり意味がない。良いものの間でより良いものを選ぼうとするから迷う。それはものごとに対する積極的な姿勢の表れである。要は選択にさいしての姿勢，選択した後のあり方なのである。

　道が新しい道に次から次へとつながっていくからこそ，常に遭遇する問題として真剣に捉えなければならない。語り手は生き方の問題として決意を表明しているのである。彼が2つの道の間で決断した時点で "the one less traveled by" は確実に存在していた。2つは同じであったという結果論に左右されることなく，選んだときの決意を忘れることなく彼はその道を歩き続ける。1度決めたその道をただひたすら歩いているのが，今日の自分である。選択した道に違いがなければ，逆に，その道をすっかり違うものにしてしまうというほどの気構えが必要である。もう開拓者が必要でなくなったと思われるような状況にあるからこそ，開拓者魂は必要なのではあるまいか。これは，後からきた者の背負うべき宿命，今日を生きる人間にとって自明のことである。それゆえ語り手は（フロストも）現在については語らない，語る必要がないと考えているのである。ひたすら精進する今日がいつまで続くか分からないが，言及するのはある時点まで歩き，「ホッと一息つきながら」語ることができると判断する未来のあるときである。したがって，この吐息にこめられた含意は「後悔」でも「満足」でもない。[5] 私は「安堵 (relief)」の意味で解釈する。

　語り手に一貫した真摯な求道者像を見てきた。落ち葉に惑わされて，2つの道に違いがあると思ってしまった判断ミスを正直に告白する人でもある。ミスから学んで人生を歩む基本的なあり方を導き出している。未来を先取りして後悔するような人間とは思えない。また，大きなことをやり遂げると自分を過信するような自信家でもない。歩き始めた先にまた分岐点が出て，新たな決断を迫られるこ

とが予測される。功なり名遂げる成功者への道が開けるかも知れないし，どこか袋小路に迷い込んで挫折するかも知れない。それらはすべて結果論。今は後悔や満足などしている暇はない。今，確実にできることは，自分の歩み始めた道に違いがなければ，違いを作り出すべく精進すること。それを今の自分の定めとして歩むだけ。成否を明らかにしない最終行の "that has made all the difference" はひたすらこの決意を語る。なぜなら，ホッと一息ついた先にまだすべきことがあるから。

　最後のトリックが題名そのものに隠されている。ホッと安堵の一息をつくまで歩き続けた後，それに満足せずまた新たな挑戦をする。そのために同じように美しい「行かなかった道」が取ってあるのである。トマスをモデルにして出発した語り手はいつの間にか伝統的なアメリカ人の開拓者精神 (pioneer spirit) を継承する姿に変貌していたのである。この詩を愛するアメリカ人は，意識してか，無意識の内かは分からないが，自分の心のどこかにある精神に共鳴するものを感じているのだろう。便宜的にパイオニア・スピリットなどという表現を用いたが，これも比喩・象徴などという扱いを越えた日常表現になっている。フロストは広く人生の選択と生き方の問題を問いかけていると考えればいいであろう。

注

　テキストには *Complete Poems of Robert Frost.* NY: Holt, Rinehart and Winston (1967) を用いた。

[1] ピンスキーの始めたアメリカ国民の愛唱する詩を残すキャンペーン (Favorite Poem Project) により，小学生から90歳代の老人まで，家庭の主婦から大学教授にいたる広範囲な人々から，ビデオやカセットに記録されたものが寄せられたという。それらは国会図書館のアーカイヴに保存され，その一部は順次インターネット上に公開されている。(http://www.favoritepoem.org/theproject/index.html)

[2] 『金持ち父さん貧乏父さん』(32-33) が震源地になり，いくつかのホームページでこの書にある訳が引用されている。「アメリカの金持ちが教えてくれるお金の哲学」という歌い文句が表紙に印刷されている。「(経済的) 成功への道」を志向するのは人情で，この種の本がベストセラーになるのが世の常である。誤解あるいは曲解された上で，名言という評判をもらっていると知ったら，フロストはどう思うであろうか。大切な最終第4連16行目が「いま深いためいきとともに私はこれを告げる」と訳されている。原文の "shall be telling" の時制を無視した全くの誤訳で，これでは後述するフロストの仕掛けたこの詩のト

リックへの理解は到底望めない。
3 全般的に見て、日本人読者や研究者は、語り手の姿勢に「後悔」・「悔恨」の気持ちを読み取っている。フロストに関する研究書や論文を多く書いている駒村利雄氏は、本詩を「選択のないところに人生はなく、たとえ悔恨を伴うにしても選択をせざるをえない。そんな二者択一のはかない微妙な心の動きを描きながらわれわれに人生の深さを考えさせる一篇の詩」として捉え、「控え目な、しかも幻想的な美しささえ感じさせるこの詩境に私は、詩人の悔恨と同時に、その背後に潜む、賭けた人生への—新しい道として行った詩人の道への—自負を意識するのである」と解説している（駒村『フロストの牧歌』, 231, 234）。

また、私の知る限りにわが国におけるフロストに関する最新の研究書である『提喩詩人ロバート・フロスト』の中で、山田武雄氏は本作品の紹介を次のように締め括る。「・・・"synecdoche" として、話し手の背後で作者は、選択をしてしまった後悔、もう一方を選ばなかった後悔と、いずれにしても、もう一度選択することが出来ないことをしてしまったという感慨にひたっているのである。決して哲人ではない。普通の人間の有りのままの心の世界を全ての人間の一例として、瞬間的に覗かせているのである。」（山田, 286）

4 Pritchard(128) および http://www.cs.rice.edu/~ssiyer/minstrels/poems/51.html
5 松橋祐子氏はアメリカで Study Skills を学ぶコースと Literature in Second Language Teaching の講座で学んださいの経験を語り、同じクラスでこの詩を受講したアメリカ人学生の反応（満足）と日本人学生のそれ（悔恨）を紹介し、「精神の文化的・民族的特性」の違いについて語っている。ちなみに、氏自身の結論は「人生の岐路に立った人・・・の選択には、人為を超えた働きがあり、神はどちらの選択にも等しい権利を与えているというキリスト教に根ざす Frost の運命感が流れているのではないか」、「どちらの選択を取ったとしてもそれは 'as just as fair', 'really about the same' であり、運命（神）にまかせ、できる限り精いっぱい、その道を行きなさいと読者に語りかけている詩」というものである。（松橋 45, 47-8）

私は、最後は運命(神)にもっていくこの読み方を支持しないが、キリスト教圏の人々がマタイ伝の一節 "Enter through the narrow gate. For wide is the gate and broad is the road that leads to destruction, and many enter through it. But small is the gate and narrow the road that leads to life, and only a few find it." (Matthew 7:13-14) を思うのは自然なこととは思う。

引用文献

駒村利夫 『ロバート・フロストの牧歌』 東京：国文社，1984.
スワン，マイケル／金子他訳 『オックスフォード実例現代英語用法辞典』 東京：桐原書店，1990.
中村保男・川成洋（監訳）『アメリカ教養辞典』（E. D. Hirsch, Jr., et al. (eds.), *The Dictionary of Cultural Literacy: What Every American Needs to Know*. Boston: Houghton Mifflin, 1987 の翻訳） 東京：丸善，1997.
キヨサキ，ロバート＆シャロン・レクター／白根美保子訳『金持ち父さん貧乏父さん』 東京：筑摩書房，2000.
松橋祐子「Frost と New England の自然，そして "The Road not Taken"」(アレーティア文学研究会) 8, 1992. 39-49 頁.
山田武雄『提喩詩人ロバート・フロスト』関西学院大学出版会，2004.
Parini, Jay. *An Invitation to Poetry*. Englewood Cliffs, NJ: Prentice-Hall, 1987.
Pritchard, William H. *Frost: A Literary Life Reconsidered*. New York: OUP, 1984.

最後にいくつか参考になるサイトを紹介しておく。
以下のサイトでフロストの自作朗読が聞ける。
1) The Academy of American Poets
2) IMS: Robert Frost, HarperAudio
   http://town.hall.org/radio/HarperAudio/012294_harp_ITH.html
3) http://www.poets.org/viewmedia.php/prmMID/15717
4) http://www.learner.org/resources/series57.html?pop=yes&vodid=99391&pid=612#
   (フロスト紹介のビデオで 21:40 頃に「行かなかった道」の朗読がある。)
「行かなかった道」論および投稿者のコメントを特集したサイト
1) http://www.english.uiuc.edu/maps/poets/a_f/frost/road.htm
2) http://www.arches.uga.edu/~yoneamuk/AnalysisOfThedifferentInterpretationsOf.html
3) http://www.americanpoems.com/poets/robertfrost/12074/comments
   (2006 年 4 月 14 日現在, 世界中から 403 件の投稿コメントが紹介されている。)
英語の詩・ジャパンタイムズ［週刊 ST オンライン］Poet's Corner
http://www.japantimes.co.jp/shukan-st/special/poem/po20031031main.htm
   (これも「後悔」説を採っている。)

過去の重み

―ロバート・ペン・ウォーレンの長篇小説を読むために―

香ノ木隆臣

1

　ニュークリティシズムの旗手として『詩の理解』(*Understanding Poetry*, 1938) や『小説の理解』(*Understanding Fiction*, 1943) といった教科書の編著にあたったロバート・ペン・ウォーレン (Robert Penn Warren, 1905-89) は，創作にもその才を十二分に発揮し，ピューリッツァー賞を詩と小説の両部門でのべ3度獲得し，晩年には初代合衆国桂冠詩人に就いた。多岐にわたるウォーレンの文芸活動の全体を，あえて単純な言葉で要約して表現するとすれば，「アメリカ文明に対する危機意識の表明」が根底にあるといえる。

　12人のアメリカ南部農本主義者 (The Agrarians) たちによる宣言集『わが立場』(*I'll Take My Stand*, 1930) に，ウォーレンは「黒いちごの繁み」("The Briar Patch") という論を寄稿した。その内容は人種差別にあたるとして物議を醸したが，「産業主義体制が成就させる見込みのない均衡と安全のとれた状態に，社会全体を回復させることである。」(Warren, "Briar" 264) という表現に，後年までウォーレン文学を貫く危機意識は早くも明らかである。ここでのウォーレンは，アフリカ系アメリカ人の地位向上のためには農業生産技術の伝授という教育が必要であると説き，北部的価値観である工業・産業主義に飲み込まれようとする1920年代後半以降のアメリカに，建国の根本理念である農本主義精神を忘れてはならないことを真摯に訴えかけている。彼のこうした主張は，工業化が進む歴史の流れを逆行させようとする守旧の姿勢を表すものではない。逆に，急速に変化が進むアメリカ社会の現実のなかにあって，守るべき伝統的価値観や理念をいかにして保つかという理想を込めて，20歳台半ばのウォーレンが具体的に主張している姿勢を，私たちは評価すべきであろう。

　ウォーレンが文人として生涯を通して主張した，未来へ向かってより良く変化し続けるためには，常に過去のもつ意味に立ち戻らなければならないというメッセージは，長篇小説群のなかに，より明確にうかがうことができる。過去の出来事が現在に及ぼす影響の複雑さを描くには，それに見合う長さの分量の作品を

書き尽くさなければならない，と言わんとするかのように，彼の長篇小説は大部にわたるものがほとんどで，その主題は，「過去を認識し受容することによって，人間は初めて成長を遂げられるという信念」を繰り返し説くものであると概括することができる。この小論では，ウォーレンが著した評論にみられる発言にうかがわれる危機意識を紹介した後，長篇小説3篇をもとに，ウォーレン文学の特徴について具体的に解説を加えてゆくこととしたい。

2

　アメリカ独立から200年後を意識して『民主主義と詩』（*Democracy and Poetry*, 1975），「過去の効用」（"The Use of the Past," 1977）という重要な評論をウォーレンは著し，アメリカのアイデンティティを追究した。「過去の効用」で建国の父祖トマス・ジェファスン（Thomas Jefferson, 1743-1826）の歴史観を紹介した後，過去に対するアメリカ人の意識について，ウォーレンは辛辣な表現で批判を加えている。

> 　アメリカの過去がもつ教訓とは，過去が教訓をもたないことである。実際に歴史に意味がないことが，アメリカ史の重荷だともいえる。深い意味で，アメリカの使命は，あらゆるものを新しくすることである。この大陸は新たなるエデンで，人間は堕落する前の状態にあると，あたかも奇跡のごとく思い込んでしまう。西へ向かっての運動は，新しいイノセンスに向けての，永遠の洗礼の儀式——とまでは言えなくても，すくなくとも保安官が逮捕状を執行できない場——であった。罪の意識と良心の呵責は「時間」を表すものであるが，素晴らしき新たなる西方の土地への輝かしい道と空間の広がりは，私たちを誘い，時間という広がりから人間を解放してしまったのである。（Warren, "Past" 31-32）

　アメリカ西部には無限とも思えるほどの空間があったがゆえに，逃げ場のような役割をもつこととなり，アメリカ人から時間の感覚を奪った点を厳しく批判するウォーレンの指摘は，彼の文学のみならず，アメリカ文学を理解するうえで欠かすことのできない視点でもある。
　それに対してウォーレンが提示する解決策は，「過去の効用」の2年前に出版された『民主主義と詩』に述べられている。

過去を軽蔑することが必然的に意味するのは，私たちの自我がますます虚構の自我，意味を表すことのない単位になった自我になることである。なぜなら，ほんとうの自我というものはすべて，共同体と有機的に結びついた結果生まれるにとどまらず，時間のなかで成長してゆくものでもある。それゆえ，もし過去がなければ，自我は存在することがない。
　さらに言えば，過去の感覚がない社会，歴史を経験するときばかりでなく歴史を作り出すにあたり，人間の役割を重視しないような社会は，運命という感覚をもつことができないのである。運命の感覚を欠いた社会，自我の感覚を欠いた社会とは，いったい，いかなるものなのだろうか。(Warren, *Democracy* 56)

過去を常に認識することが自我の形成につながるという，一読するとナイーヴな意見であるが，過去そのものに対しての彼の発言を読めば，それほど単純なものではないことが分かる。「過去の効用」によれば，

　過去は研究され，学ばれなければならない―要するに，創造されなければならないものである。なぜなら，過去は，現在と同じく流動的な存在であるから。歴史，つまり明確に区切られた過去―あらゆる歴史，私たちの個人的な過去の物語であっても―は，永遠に検討し直され，考え直され，書き直されるものである。そうした作業がなされるのは，単に綿密な調査や幸運によって新たな事実が姿を現したときだけにとどまらず，新たなパターンが出現したとき，新たな理解が生まれたとき，私たちが新たな行動や新たな疑問を経験したときにおいても，同様である。(Warren, "Past" 51)

過去とはその時々の状況に応じて常に再検討が必要なものであるという認識が，過去をめぐる大部の物語を繰り返し彼に書かせることになったのである。

3

『すべて王の臣』(*All the King's Men*, 1946; 以下，*King's Men* と記す) は，長篇第1作『夜の騎士』(*Night Rider*, 1939) や第2作『天国の門で』(*At Heaven's Gate*, 1943) を遥かにしのぐ内容と技巧の深化をみせ，ウォーレンの代表作と位置づけられる傑作長篇小説である (この作品で彼は小説部門でピューリッツァー賞を受賞した)。語り手ジャック・バーデン (Jack Burden) が，歴史学専

攻の大学院生，新聞記者，政治家ウィリー・スターク（Willie Stark）の秘書となるうちに，さまざまな内的葛藤や暴力的事件を経験して精神的成長を遂げる，ビルドゥングスロマン（Bildungsroman）と位置づけられる長篇である。この作品の大きな特徴は，一人称の語りを採用したことで，多岐にわたる登場人物のそれぞれの経験を語り手ジャック一人の意識に集約して読者に提示する効果を生み，人間の認識に外的現実がいかなる作用を及ぼすかを把握するのが容易になるという点である。ひとりの人間が経験できる現実には，程度の差こそあっても限りがあるため，複数の他者の行為を観察することで彼らの内面を推し量り，その思考が語り手自らの認識の変貌の触媒となっている。

ジャックが歴史学専攻の大学院生のとき，キャス・マスターン（Cass Mastern）という南北戦争に従軍した兵士の日記などの記録を博士論文執筆のために読んでいたのだが，彼はその内容にまるで意味を見出すことができなかった。

> ジャック・バーデンはそれら［キャスの遺した記録］の言葉を読むことはできたが，どうして彼がそれらの言葉を理解できると思えただろうか？
> キャスの言葉はジャックには単なる単語であった。彼にとってその当時の世界は，単にものの集まり，諸々のがらくた，まるで屋根裏に集められた，壊れて使い古され埃をかぶったもののようであった。あるいは，彼の目の前（あるいは見えないところ）で変化してゆくものであって，結局，ひとつの出来事は他の出来事と何の関係もないのであった。(Warren, *King's Men* 201)

無機的な真空状態に生きていたジャックの意識を改心させるには，衝撃的・暴力的な事件がいくつも必要であった。恋人アン・スタントン（Anne Stanton）が，自分のボスであるウィリーの愛人であったことを知り，ジャックは西部カリフォルニアに逃げる（西漸運動を即座に連想させる）。彼は，電気刺激を受けて機械的に痙攣するカエルの脚と同じ，「大いなる痙攣（The Great Twitch）」(Warren, *King's Men* 329) という原理ですべての事象を説明できるものとして片づけようとする。「人生はすべて血液の暗いうねりと神経の痙攣にすぎない。」(Warren, *King's Men* 329) と自分に言い聞かせる彼の身に降りかかるのは，妹アンとウィリーの関係を知った彼女の兄アダム（Adam）がウィリーを銃撃して復讐し，その場でアダムが護衛の手で射殺される事件であった。それ以上にジャックに衝撃を与える事実が明らかとなる。ウィリーの命で政敵アーウィン判事（Judge Irwin）の汚職を暴いたジャックは，アーウィンの自殺の報に接する。直後，母親

から，アーウィンがジャックの実の父親であること，彼への想いの深さを聞かされたジャックは，すべてが過去から現在まで複雑につながりあっていることにようやく思いを致し，啓示にも似た認識に到達する。かつて研究の対象としたキャスの物語を意味あるものとして再解釈するジャックの意識を物語る有名な一節がある。ここにみられる「蜘蛛」の比喩に注目したい。

　　キャス・マスターンはわずか数年のあいだを生きるうちに，世界はすべてひとつの存在であると知った。世界は巨大な蜘蛛の巣のようで，どんなに軽く，どこに触れても，そのふるえは一番遠くの縁までさざ波のように伝わり，眠たげな蜘蛛はその動きを感じた途端，眠気から覚めて飛び出し，巣に触れたものに繊細な糸玉を繰り出し，獲物の皮膚の下に黒い麻酔薬を注ぎこむ，そうキャスは知ったのである。ものごとという蜘蛛の巣に触れるつもりがあったかどうかは問題ではない。楽しくはしゃいで手足でほんの少し巣を軽くかすっただけであっても，起きるべきことはいつも起き，太陽を映す鏡，神の瞳のように大きな複眼と，毒液を滴らす牙をもった，黒い毛に包まれた蜘蛛がいるのであった。(Warren, *King's Men* 200)

善にも悪にも転化しうる両面的な可能性があらゆる行為に内在することは，既成の秩序を破壊し新たなるそれを創造するトリックスターとしての蜘蛛の象徴性（山口 129-206）を考えれば，明らかになるだろう。キャスの日記は，彼と恋愛関係にあった女性の夫がそれを苦に自殺し，それを契機にさまざまな人間の人生を変えてしまった自身の苦悩を描いたものである。キャスは南北戦争でなかば自殺ともいえる戦死を遂げているが，こうしたキャスの物語は，ジャック自身の過去と相似関係にあることが，この小説を最後まで読んだ読者は理解できるだろう。自分には無関係だと思っていた過去の人物の生きざまが，ジャックの人生にもかかわっていたという事実を，彼は，「もし過去とその重荷を受け容れなければ未来はなく，もし過去がなければ未来は存在できない」，「過去からのみ未来は作られるのだから，もし過去を受け容れることができれば，未来を望むことができる」(Warren, *King's Men* 461) と表現している。

　曲折を経たが，ジャックはかつての恋人アンと再びよい関係を築いて結婚し，この地を離れることを決意する。人びとをとりまく現実は常に変化していくことを知ったうえで，過去のもっとも大切なイメージを集約したアンとふたりで，「世界という激動のなかへ進みゆき，歴史から出て，歴史と「時間」という畏怖

に満ちた責任のなかに入ってゆく。」(Warren, *King's Men* 464) この結末の表現は，ノスタルジックな感傷を排して過去のもつ意味をとらえなおしたジャックの新たな認識を物語るものと解釈できる。現在の事実が自分のなかで過去と結びつきあって共鳴したとき，その事実はいかなる複雑な意味を新たに持つに至るかを吟味することの重要性を，ウォーレンは私たちに語りかけていると考えられるのではないだろうか。

4

『すべて王の臣』に続く長篇小説『ゆたかに世界と時あらば』(*World Enough and Time*, 1950; 以下, *World* と記す) は，19世紀前半の南部を舞台にした史実「ケンタッキーの悲劇」をもとに書かれた。女性問題をめぐり知人男性を殺害した若者が獄中で書いた告白手記を，キャサリン・アン・ポーター (Katherine Anne Porter, 1890-1980) から手渡されたウォーレンは，この小説の執筆にあたりかなりの史料調査を行っている。この小説についてウォーレン自身は，「個人の人格はその時代を映す鏡になる，あるいは時代が個人の人格の鏡になる。社会の緊張は個人の世界と平行関係にある。個人は外的環境を体現する以上，個人の物語は社会の物語となるのである」(Watkins 70) と語っている。単なるメロドラマのような題材を，19世紀初めのアメリカ南部の現実を映し出す象徴にまで昇華させようとする作者の意図に，読者は充分に配慮する必要があるといえよう。

前作『すべて王の臣』と同じく，『世界と時』の語りの視点は一人称である。視点人物となる者の名前は明らかにされないが，この長篇小説の主人公が書き残した手記をもとに，語り手がときに解説を差し挟みつつ出来事の時間順に語りが進行する。「彼は私たちにむけて書いていたのだ」(Warren, *World* 3) と作品の始めに述べる，歴史学研究者に似たこの語り手（ジャック・バーデンも歴史学専攻の学生であった）は，過去と現在の連続性を重視する作者ウォーレンに比較的近い存在である。

ケンタッキーのフロンティアに1801年に生まれたジェレマイア・ボーモント (Jeremiah Beaumont) は，読書に喜びを見出し，なかでも殉教者の解説書に異様なほど読みふける。火あぶりにされる殉教者と自分を同一視する彼は，現実とかけ離れた理想主義的心性をもつことが明らかにされる。彼はレイチェル・ジョーダン (Rachel Jordan) という女性と恋仲になるが，その求婚の場面を見てみよう。

「世界が堕落しているのなら，僕らが違う世界をつくればいい。わかるで

しょう，別の世界をつくるためには，この世界を棄ててしまわなければ。引っこ抜いて棄ててしまおう。粉々にして壊してしまおう。それでいいよね。」彼はもっと近づいてレイチェルの瞳を見つめていた。「なぜなら，正義がなければならないから。あなたはもう充分に苦しんだから，正義がなければならないんだ。正義があれば苦しむことはないし，僕は何でもするよ‥‥」(Warren, *World* 113)

　ジェレマイアのこうした戯画的発言は，レイチェルを思ってのことではなく，理想を追求する彼の自我意識の結晶に他ならない。ウォーレン批評の第一人者Justusは，ジェレマイアを「聖杯探求の騎士」と呼び，「『正義』よりも『自己』のほうがジェレマイアにとっての聖杯なのである。」(Justus, "Mariner" 117)と指摘している。

　ジェレマイアは，レイチェルがかつて死産を経験していた過去を親友から知らされる。その相手は，ジェレマイアが昔から尊敬する地元の名士カシアス・フォート (Cassius Fort) 大佐であった。政治や投機にかかわるなどの曲折を経てフォートとの確執が深まり，ジェレマイアはついにフォート殺害を決意する。ジェレマイアの思考を解説する語り手の言葉は，この小説の主題をよく表すものとなっている。

　　彼は観念をあまりに長く抱いて生きてきたので，それだけが現実のように思われたのだった。この世界は何でもないと思えた。そして世界が何ものでもないように思えるのなら，彼はこの世界に対して有利な立場で生きているのであり，純粋で完全で抽象的で自己達成的な観念をもっていれば安全だと感じていた。自分は観念によって救済される，いつかは観念が自分の世界を救済すると考えていた。
　　しかし，いまや彼は知った，この世界が観念を救済しなければならないのだと。観念が現実性と事実を獲得しなければならない，救済するのではなく，救済されなければならないのである。(Warren, *World* 207)

救済とは「救い出す」ことであって，自分の観念が世界を救うのではなく，世界が自分の観念を救い出す，つまりそれだけジェレマイアは，自分の観念の絶対性と不変性を信じて疑わないことが強調されている。けれども，彼のヴィジョンが実現することはない。フォートを刺殺した彼はほどなく逮捕され，罪を裁くは

ずの裁判が政争の道具とされた末に死刑を宣告される。レイチェルと共に収監されていた刑務所からふたりは脱獄し，オハイオ川，テネシー川をボートに乗って下り，ラ・グラン・ボス（La Grand' Bosse）という通り名の老いた無法者が支配する，奇怪な沼沢地に身を潜める。レイチェルはやがて精神に異常を来し，ナイフで自らの胸を突いて自殺を遂げる。「私が贖いを求めても，罪がなくなることは絶対にない。罪はいつも存在する。罪は許されざるものである。それは自己の罪，人生の罪だ。罪とは私のことなのだ。」(Warren, *World* 458)「私は苦しみだけを求める。私の死刑を執行する男と握手をして，彼を最後にわが兄弟と呼びたい。」(Warren, *World* 460) とジェレマイアは日記に書き残す。これはジェレマイアの回心を表すものではない。彼は子供のころに読んだ殉教者の本の登場人物に，自らの人生を重ね合わせているにすぎない。追っ手によって殺害されたジェレマイアの頭部は首から切断され，見世物にされる。残った胴体はイノシシに食い荒らされて骨だけになる。理想に徹して生きたがゆえに周囲を破滅させたジェレマイアが決定的に断罪されていることが，理想と現実の乖離を象徴する最期の姿から明らかである。

　自らの理想や観念では何も解決できなかったジェレマイアの生涯を描いた『世界と時』には，ノスタルジアの対象となりやすい19世紀の旧南部の過去においても，理想がそのまま現実の世界の変革に結びつくといった単純な状況は存在しなかったことを，残酷なまでに読者につきつけるウォーレンの主張がある。史論『南北戦争の遺産』(*The Legacy of the Civil War*, 1961) における，「すべての社会問題が，抽象的に美徳に身をささげることで解決されるわけではない」(Warren, *Legacy* 31) というウォーレンの記述を，この長篇の主題の解釈に適用してもよいだろう。この小説の語り手は，「すべては虚しかったのだろうか。」(Warren, *World* 465) と，読者に向けて問いかける一文で語り終えている。自らの理想の実現のために，現実を拒否して未来だけしか考えられなかったジェレマイアの姿は，己や他者の経験した過去から意味を抽出して，現在と未来の生き方にとりいれてゆくことの重要性を，私たちに背理的に訴えかける設定となっているといえるのである。

5

　長篇小説としては最後の作となった『来るべき場所』(*A Place to Come to*, 1977; 以下，*Place* と記す) の主人公ジェド・トゥークスベリ (Jed Tewksbury) は，ダンテ研究者の大学教授である。ジェドが自身の半生をクロノロジカルに回顧

する視点から語るこの小説は、自伝的記憶が綴られたライフ・ヒストリー（life history）としての色彩が濃い。物語の始まりから、ジェドの父親が泥酔して下半身を露出したまま馬車から転落して車輪に首をひかれて事故死したという、いささか滑稽な死の描写に読者は印象づけられるだろう。父親からの強制的分断は、ジェドが過去から切り離されたことを表す隠喩である。父と子の対立という古典的テーマは、ウォーレン文学に繰り返し現れる要素であり、「あるがままの父親像と息子から見た理想の父親像とのあいだに、息子の側が感じるジレンマは、美的な技巧であるとともに、それ自体でテーマとなる」（Justus, Achievement 21）という指摘はきわめて重要である。父親に象徴される過去や歴史といった存在といかに折り合いをつけるかという苦闘が、ウォーレンの小説には頻出する。過去を否定して精神的真空状態に陥る主人公の軌跡が、『来るべき場所』にも歴然としている。

父親の死に様を理由に周りから嘲笑されていたジェドは、ラテン文学などの読書に楽しみを見出す。アラバマを離れてシカゴ大学大学院に進学したジェドは、古典文学の権威ハインリヒ・スタールマン（Heinrich Stahlmann）教授から大きな影響をうける。

　　神の市民は、キリストを信じる者のため、人間の築いた都市に光を投げかける。だから、「知の帝国」は、私たちの迷える野獣のような者たちの世界を輝かせて生き返らせるだろう。その名を私は思いついたから。「知の帝国」と。そこへはつつましいものだけが入るのを許される。もし—
　　その文が私の頭のなかで鳴り響いた。話している人を見てはいなかった。どんな言葉が発せられているのかさえ、意識できなかった。ただリズムだけをぼんやりと意識した。「知の帝国」という私の頭を満たした言葉は、大きな鐘がゆっくりと威厳ある音で響くかのようで、その瞬間、歓喜が私という存在を覆ったのであった。（Warren, Place 69-70）

教授がジェドにとって、父親に代わる存在になったのは言うまでもない。しかし、教授は自身の過去をめぐる苦悩の末に自殺を遂げ、またしてもジェドは以前と同じ状況のなかに戻る。彼の漂流は続き、第二次世界大戦に従軍した後、最初の妻と死別した彼は博士論文を書いてからテネシー州ナシュヴィルにある大学に赴任する。この地にはヴァンダービルト大学があることを考えれば、ウォーレン自身の経歴との類似もはっきりしたものになる。無為の日々を過ごしていたジェ

ドは大学を辞し，パリで研究生活を送り，母校シカゴ大学にて教鞭をとることになった。学問的成功とは正反対に，彼はうつろな胸のうちを告白する。

> 「知の帝国」についてあまり考えなくなってから，もう長い時間が経った――精妙な思考やはっとするような比喩には，いくらか興奮することが今もあるとはいえ。私は，職業に対する野心や名誉への憧れという最後の澱も失ってしまったのだ。そんなもののために私は努力をし，いくぶんは形而上的な弁明を見出していた――自分をあざわらうようなときでも。しかし，自分の研究や著作は，女性と同じく，時間を埋めるために貴重なものだった。そして時間があればそれだけ名声もついてきた。(Warren, *Place* 346)

社会的に成功をおさめたジェドは，なぜこうしたむなしさに襲われなければならなかったのか。母の死の知らせを聞き故郷アラバマにようやく戻ったジェドは，父親を受け容れぬままここまで生きてきたことがその原因であったと悟る。

> 私は運転しながら考えた。バック［父］が間違っていたたった１つのことは，時期を誤って生まれてしまったことだ。もし1840年に生まれていたなら，アラバマ騎兵隊軍の軍曹として，まさに適任だったろう。
> ・・・サーベルが光ったときにバックは銃弾を浴び，喉からの叫び声がかすれてゆく。
> バック，かわいそうに。私は思った。
> そして声に出して言った。「バック，かわいそうに。」(Warren, *Place* 400)

父の死は動いている馬車から落ちて轢かれたのが原因であるのに対し，ジェドが父を肯定し和解を思うシーンは自動車の運転中という，「移動」を共通点とする場面の意義に注目したい。つまり，変化には終わりがないことを暗示するウォーレンの意図が，父親との内的和解を果たす独白に見られる。また，父親を南北戦争の兵士になぞらえる意味については，『南北戦争の遺産』が参考になる。「1861年から65年にかけての年月を振り返ってみると，その当時の個々人が，欠点や無知や邪悪さをもっていたにしても，人生の尊厳という可能性を，いかにして現在の私たちに主張しているのか，理解することができる。」(Warren, *Legacy* 108) という主張を，ジェドとその父との精神的和解の解説と読んでもいいだろう。自分は連綿と連なる歴史のなかにある存在にほかならないことを感得したジェドの

意識は,『すべて王の臣』における「蜘蛛の巣」と同じく,「広がり」を示唆する結末のシーンに浮かび上がっている。

　　夜ではあったが,その手紙を出しに行くのに,朝が来るのを待ちたくなかった。外へ出てポストを見つけ,その後,長いこと歩いた。さまよい歩くうち,私は,空想のなかにおちていった。いつの日か——あわれなパークじいさん[バック]の灰を大地に埋めに行く使命を果たすとき,墓碑銘はなくても,母が眠る墓を見つけるにはさほど不便ではないところへ——エフレイム[息子]を連れてゆき,この指で指し示そうと夢見ていた場をすべて,エフレイムに指差して教えることができるだろう。(Warren, World 401)

「手紙」は,離婚した妻にあてて復縁を願って書かれたものである。それは言わば現在を過去につなごうとするジェドの努力である。自分の息子エフレイムを,その祖父母の眠る場に連れて行こうというのは,過去を,未来を担う世代につなげていこうとする強い意志である。馬車と自動車は,それぞれの時代の違いを象徴しつつ,共に「運動」や「変化」を示す重要な役を担っていた。ジェドの行き着いた「ひとつの場」は,終着点や目的地ではなく,これから先も続く遍歴を確認するための,通過点に他ならなかったのである。

6

　過去を認めて生きることによって個人の生は初めて意義のあるものとなるというメッセージを,憑かれたかのようにアメリカ社会に伝えようとする点に,ウォーレンの長篇小説の大きな特徴がある。それはアメリカの建国以来の一種の特異な歴史とメンタリティをふまえなければ,理解が難しいのも確かである。とはいえ,文学がアメリカ社会にひとつの指針を与える可能性を信じ,批評と創作という両輪で自らの信念を具現化したウォーレンの文芸活動は,アメリカ的想像力が結実した格好の実例として,これからも研究の対象となるだろう。「フォークナーにとっての『荒地』である『響きと怒り』の結末は,復活祭と復活の約束で終わっている。」(Warren, "Faulkner" 215) という言葉で,ウォーレンはフォークナー論をしめくくっている。私たちは,この示唆的な評言を,他ならぬウォーレン自身の作品群の解釈に応用してもよいのである。

参考文献

Blotner, Joseph. *Robert Penn Warren: A Biography.* New York: Random House, 1997.

Clark, William Bedford. *The American Vision of Robert Penn Warren.* Lexington: UP of Kentucky, 1991.

Hendricks, Randy. *Lonelier Than God: Robert Penn Warren and the Southern Exile.* Athens: U of Georgia P, 2000.

Justus, James H. *The Achievement of Robert Penn Warren.* Baton Rouge: Louisiana State UP, 1981.

―. "The Mariner and Robert Penn Warren." *Critical Essays on Robert Penn Warren.* Ed. William Bedford Clark. Boston: G. K. Hall, 1981. 111-21.

Madden, Daivid, ed. *The Legacy of Robert Penn Warren.* Baton Rouge: Louisiana State UP, 2000.

Ruppersburg, Hugh. *Robert Penn Warren and the American Imagination.* Athens: U of Georgia P, 1990.

Warren, Robert Penn. *All the King's Men.* New York: Random House, 1946.

―. "The Briar Patch." *I'll Take My Stand: The South and the Agrarian Tradition.* 1930. Twelve Southerners. Baton Rouge: Louisiana State UP, 1977. 246-64.

―. *Democracy and Poetry.* Cambridge: Harvard UP, 1975.

―. *The Legacy of the Civil War: Meditations on the Centennial.* New York: Random House, 1961.

―. *A Place to Come to.* New York: Random House, 1977.

―. "The Use of the Past." *New and Selected Essays.* New York: Random House, 1989. 29-53.

―. "William Faulkner." *New and Selected Essays.* New York: Random House, 1989. 197-215.

―. *World Enough and Time: A Romantic Novel.* New York: Random House, 1950.

Watkins, Floyd T. et al., eds. *Talking with Robert Penn Warren.* Athens: U of Georgia P, 1990.

山口昌男『アフリカの神話的世界』東京：岩波書店［岩波新書］，1971．

『アラバマ物語』の文体的特徴
― 凝縮表現としての "A is B" 構文を中心に ―

金子　輝美

1．はじめに
　たとえば Summer is our best season. は，普通に使われている英語表現であり，文法的容認性が問題になることはない。しかし Summer is swimming in the sea.（夏はなんといっても海で泳ぐことだ）/ Summer is Dill.（夏にはディルがやってくる）/ Summer is beer.（夏はビールだ）のような英語表現になると，判断が容易ではない。もし使われるとしたら，この種の表現はどのような状況のもとで使われるのだろうか。ここでは，メトニミー的意味構造をもつ "A is B" 構文が，アメリカ小説『アラバマ物語』の中でどのように使われているのかを検証し，この作品の文体的特徴の一端を明らかにしたい。
　最初にメトニミーとメタファーについての基本的知識を整理し，そのあと "A is B" 構文の特徴を説明する。次に『アラバマ物語』に見られる "A is B" 構文の実例を分析する。最後に，「夏はビールだ」に相当すると思われる英語表現 Summer is beer. を，私たちが実際に使うことができるかどうかを検討する。

2．メトニミーとメタファー
　メトニミー（metonymy, 換喩）とはどのような言語現象なのであろうか。実例に基づいて簡単に説明しておきたい。（以下，引用文の下線はすべて筆者による）

　　(1) a. I am reading Shakespeare./ She loves Picasso.　(Z. Kövecses, 2002: 144)
　　　　b. He's got a Picasso in his den.　(Lakoff & Johnson, 1980: 38)
　　　　c. Ooooh, the kettle must be boiling. (H. Fielding, *Bridget Jones's* Diary, July 29)

　(1a), (1b) では，下線部が実際に指示しているのは人物ではなくて，その人物の「作品」である。また，(1c) の下線部は，「やかん」ではなくてその中の「水」を指している。このように指示対象が言語化されない現象，すなわち，ある語を用いてその語の意味とは別の意味を表わすのが，メトニミーという言語現象である。

このようなメトニミーが成立するためには，コンテキストの中でそれら2つの概念領域の間に何らかの意味的「近接性」(contiguity) がなければならない。たとえば「シェイクスピアを読む」が「その作品を読む」と解されるのは，「著者」と「著作物」が意味的に密接な関係にあると感じられるからである。また「読む」と「シェイクスピア」の間にも意味的な依存関係が生じていることも，このようなメトニミーの成立に寄与している。なお，作家と作品の意味関係が実体的であるか概念的であるかは微妙である。(1a) では作品が概念的な存在として，(1b) では実体として，話者によってそれぞれ捉えられていると言えるだろう。

　メトニミーと対比される比喩にメタファー(metaphor, 隠喩)がある。メトニミーとメタファーはどのように異なるのだろうか。またどのような点で似ているのだろうか。"A is B" 構文を中心に検討してみたい。

　　(2) a. Her eyes are diamonds.　（メタファー）
　　　　b. Education is love.　（メトニミー）

　(2a) では「ダイヤモンド」の特徴が「彼女の眼」という別の領域に写像されている。2つの領域 A と B の「類似性」(similarity) に基づく比喩である。(2b) では「教育」という同じ意味領域内で「愛情」が捉えられている。「教育は愛情のようなもの」ではなく，「教育はまさに愛情」なのである。「教育の中に愛情がある」という「全体と部分」という意味的な包含関係が，この文に内在すると考えてもよい。なおこの (2b) では，Education がメトニミー的に使われていると説明されることが多い。Education を The most important thing in education または What is very important of education のように書き換えて，その意味を説明することができるが，筆者はそのような方法をとらずに，Education と love の意味関係がメトニミー的であることを重視したい。

　谷口 (2003:165) によれば，ニックネームの「カメ」（カメのように動作が鈍いため）はメタファーであり，「しましまくん」（いつも縞模様の服を着ているから）は，衣服の特徴など何らかの近接関係に着目しているので，メトニミーとして使われているという。別の例で考えてみよう。「愛は（　　　）だ」では，状況や捉え方によって，「炎，狂気，魔法，犠牲，錯覚，忍耐，献身，冬のソナタ，やさしい野辺の花」というようにさまざまな語句の使用が想定される。各語句が「愛」の外側（外延）にあると捉えられるのか，あるいは「愛」に内包されると捉えられるかによって，それぞれどちらかの比喩表現に分かれることになる。しかし，

そのような区分がいつでも明確にできるとは限らない。なぜこのように2つの比喩の区分は紛らわしいのだろうか。

　その原因については，Radden（2000:93-108）の説が示唆に富む。その主張の骨子は，メタファーとメトニミーの区分にはある種の連続性や接点があり，多くのメタファーはメトニミーに基盤を置いたもの（metonymy-based metaphor）であるということである。また谷口（2003:157）が解説しているように，「類似性」という概念自体が一種の「近接性」であるとみなすことも可能である。なぜなら「AとBが似ている」ということは，「AとBが（性格や特徴などにおいて）近い」ということを含意し得るからである。メタファーの2つの概念領域は，究極的には，同じ1つの概念領域にその源を発しているということである。換言すれば，"A is B" 構文こそメトニミー表現の祖形であるということになるように思われる。

3．拡大メトニミーとしての "A is B" 構文

　Fauconnier（1994）は，次のような文を挙げて，"A is B" 構文の be 動詞，すなわちコピュラ（copula, 連結詞）の果たす役割に触れている。

　　(3) a. We are the first house on the right.
　　　　　(Connector: "people → houses they live in")
　　　　b. Getty is oil, Carnegie is steel, Vanderbilt is railroads.
　　　　　(Connector: "magnates → product controlled")　(G.Fauconnier, 1994:143-144)

　(3a) では，「私たち」と「右側の最初の家」が，「人間→人間の住む家」，すなわち「人間には住む家がある」という社会通念がコネクターとして働くことによって結びつけられている。(3b) では，「産業界の著名な人物」と「産業」が，「実業界の大物→その配下の産業」というコネクターによって結びつけられている。

　このような構文における連結詞 be は特別な性質をもち，語用論的コネクターが認識されれば，A（トリガー）とB（ターゲット）を結びつける役割を果たすことがあるという。ここで注目すべきは，連結詞 be は拡大メトニミー（extended metonymy）を生じさせる文法的手段として機能しているという指摘である。

　フォコニエによれば，I am the state. / Life is love. / Our future is science. なども，同じタイプに属する例であるという。たとえば，Life is love. では，フォコニエは，局部的に Life だけにメトニミー構造を求めるのではなくて，AとBの意味的関係がメトニミー的であることに目を向けている。この拡大メトニミーの統語

的特徴は，be 動詞が連結詞として使われ，ターゲット B が明示されるという点で，これまで伝統的になされてきたメトニミーの説明とは異なるのである。

　フォコニエは，メトニミーやメタファーの機能や意味構造を体系的に記述することを目的としていない。拡大メトニミーについても，厳密な定義を与えているわけではない。フォコニエが主張したかったのは，Life is love./ I am the ham sandwich. のような文において，連結詞 be は A と B の間に，メトニミー的意味構造を生じさせる機能をもつということである。このことは，"A is B" 構文によるすべての表現が拡大メトニミーの範囲に含まれるということを意味するのではない。A と B の意味的関係によって，「拡大メトニミー」が生じる場合があるということをフォコニエは指摘しているにすぎない。念のため付言しておくと，「拡大メトニミー」に対比させて「拡大メタファー」を設定しているわけではない。メタファーの定義も一切与えていない。ということは，これまで伝統的にメタファーであると考えられてきた言語現象は，そのままメタファーとして認めるということである。拡大メトニミーの好例を加えておきたい。

　　(4) a. Most societies in the world today are still oral cultures, and ... (W.Crossman, *CompSpeak 2050*, Chapter 1)
　　　 b. He was absolutely Bond Street! (D.H.Lawrence, *Lady Chatterley's Lover*, Chapter 3)
　　　 c. The last time I'd eaten was those two hamburgers I had with Brossard and Akley. (J. D. Salinger, *The Catcher in the Rye*, Chapter 15)

　(4a) では，所有を表わす have ではなくて，連結詞 be が使われていることに注目したい。この be は，A と B の間にメトニミー的含意を生じさせる働きをしている。「人間社会」と「独自の風習や生活様式」がきわめて密接な関係にあると捉えられている。これはフォコニエが挙げている (3) に近い用例である。(4b) の意味を理解するには，この作品の先行文脈を理解する必要がある。「この若い流行劇作家は，国内での急激な人気凋落にもかかわらず，ボンド・ストリートで買い求めた高価なスーツや時計を身につけて，運転手付きの高級車でチャタレー邸へやって来た」のである。「彼」と「ボンド・ストリート」が「高級志向という価値観」によって結ばれ，「彼」の俗物性が強調されている。(4c) では，「時間」と「ハンバーガー」が，「人間はある時間に食事をする」という通念によって直結されている。

次に，拡大メトニミーとしての英語の「ウナギ文」に触れておきたい。日本語の「ウナギ文」の研究は奥津（1993，増補）がよく知られている。海外の文献にも，(5a,b)のように，この種の英語表現の例文が見られる。

(5) a. I'm the ham sandwich; the quiche is my friend.　(G. Fauconnier 1994:144)
　　b. John is the ham sandwich.　(Ruiz de Mendoza 2000: 114)
　　c. Waitress: "Now, who is the veal parmesan and who is the spaghetti?"
　　　 Patron: "I'm the veal; he's the spaghetti."　(奥津，1993:249)
　　d. THE WOMAN [enters holding a box of stockings]: I just hope there's nobody in the hall. That's all I hope. [to BIFF] Are you football or baseball?
　　　 BIFF: Football.　(A.Miller, *Death of a Salesman*, Act 2)

(5a-c)のような表現では，注文品に定冠詞をつけるのが普通である。定冠詞を用いるということは，その名詞が指示対象をもつということである。I am an eel.と表現すると，「ぼくはウナギという生物だ」という字義通りの意味になる。「食堂でこれから皆で食事する」という特定の状況のもとで，I am the eel.と発話されると，「食堂ではまず何か料理を注文するものだ」という社会通念が語用論的コネクターになり，「私」と「ウナギ」とが有意味に連結されるのである。「ウナギ文」は，Life is love./ Our future is science./ I am football. のような多くの拡大メトニミー文と同じ発想のプロセスに基づいている。日本語の「ぼくはウナギだ」という食堂での発話は，「ぼく」が語用論的コネクターに媒介されて「ウナギ」へと短絡したものであると考えたい。上掲の用例(5a-c)では客と注文品が，(5d)ではスポーツ選手とスポーツの種目が，それぞれ話者の心の中で，ほとんど同じものとして概念化され言語化されているように思われる。英語の「ウナギ文」は，本質的には，料理を注文するときに使われる特殊な表現ではないのである。

　拡大メトニミーという意味構造は "A is B" 構文に特有のものである。次に，小説に現われる "A is B" 構文を拡大メトニミー表現として分析してみたい。

4.『アラバマ物語』における夏の情景描写と "A is B" 構文

　『アラバマ物語』(Harper Lee, *To Kill a Mockingbird*. 1963) は，アメリカ合衆国アラバマ州の架空の古い町メイコウムに住むフィンチ家の少女スカウトを主人公にして語られる1人称小説である。信頼の絆で結ばれた家族愛とアラバマの田舎町の風景を横糸に，婦女暴行の無実の罪を着せられた黒人青年の悲劇を縦糸にし

て，美しく織りなされた作品である。

　原作のタイトルは何を意味するのだろうか。ある日，弁護士をしている父は空気銃を2人の子供に贈り，「ブルージェイ（青カケス）なら撃ってもいいが，モッキングバード（モノマネドリ）を撃つのは罪（sin）だよ」（第10章）と諭す。青カケスは，畑を食い荒らしたり，納屋に巣をかけたりするが，モノマネドリは美しい声で歌って人々を楽しませ，何も悪いことはしないからである。この父の言葉は，この小説の最終局面（第25章）で，無実の罪を着せられた黒人青年が不幸な死を遂げたとき，地元紙が彼の死を心ないハンターや子供たちによる「モノマネドリ（songbirds）の射殺」に譬えたことと符合する。このように，この小説のタイトルには深い意味がこめられており，文字通りに和訳すれば，『モノマネドリを殺すこと』となるが，ここでは菊池重三郎訳（1979）のタイトルに従った。

　語り手の主人公「私」は，利発な少女で，時には大人と静かに自然観照する習慣が身についていた。「夏の夕暮れ，近所の仲良しのモーディおばさんとヴェランダに座り，イワツバメの群れが学校や近所の家の屋根をかすめて飛翔し，空が黄色から桃色に変わっていくのをよく眺めていたものだった」（第5章）という記述は，子供の頃の作者ハーパー・リーを彷彿させる。このように近所の大人と過ごした夏の日の情景は強く心に刻まれ，後年になっていっそう懐かしく思い出されるのである。

　この小説の舞台メイコウムについて，「古い，退屈な町で，雨が降ると赤土がぬかるみ，道端には夏草がおい茂り，馬車を引く馬は炎暑にあえいでいた」（第1章）と書かれているが，主人公たちにとって，夏は決して嫌いな季節ではなかった。スカウトとジェムにとっては，夏ほど待ち遠しい季節はなかったのである。夏休みになると，ミシシッピー州からスカウトと同じ年頃の少年ディルが隣家へ遊びに来たからである。3人はすぐに大の仲良しになり，夏休みが終わるまで，さまざまな遊びを考え出して楽しく過ごすのである。この兄妹がディルの来訪を待ち望む気持ちは，夏の風景とともに，次のように描かれている。

(6) Summer was on the way; Jem and I awaited it with impatience. Summer was our best season: it was sleeping on the back screened porch in cots, or trying to sleep in the tree-house; summer was everything good to eat; it was a thousand colours in a parched landscape; but most of all, summer was Dill.
(Chapter 4)

英文構成を見てみよう。1行目から2行目にかけての Summer was our best season. は、メトニミー的意味をもたない、いわゆる普通の文である。しかし、それに続く下線部はすべてメトニミー的表現になっている。セミコロンによって接続され、すべて summer あるいはその代名詞 it を主題にした "A is B" 構文である。2行目の it was sleeping... は、「夏が眠っていた」という意味ではもちろんない。「夏は窓に網戸を入れて、裏のポーチの簡易組立てベッドで寝た」のである。次の文は summer was everything good to eat. という簡潔な表現になっている。in summer everything was good to eat. と書き換えると、文体上の一貫性が損なわれ、またあまりにも散文的になる。続いて語り手は、「乾き切った野原を彩る百千の色とりどりの夏の草花—それにもまして、夏にはディルがやってくるのだった」と詩的情感をこめて、幼い頃の故郷の夏の風景を蘇らせている。最後は、summer was Dill. という引き締まった表現でこのパラグラフが終わっている。この表現は、「夏はディルのようだった」という意味を表わすメタファーとして使われているのではない。この文は summer meant that Dill was coming. と書き換えて説明することができるかもしれない。しかしそれでは原作の文体効果が失われることになるだろう。語り手の熱い思いがこの簡潔な文の中に凝縮されているのである。(なお、ここで用いた「凝縮」という言葉は、たとえば the red door のような連体修飾の形式において、修飾語句が主要部の名詞句に向かって収斂していく統語的な「凝縮表現」を意味しない)

この作品をさらに80頁読み進むと、興味深いことに、(6)に酷似した "A is B" 構文に出会うことができる。

(7) The fact that I had a permanent fiancé was little compensation for his absence; I had never thought about it, but <u>summer was Dill by the fishpool smoking string</u>, Dill's eyes alive with complicated plans to make Boo Radley emerge; <u>summer was the swiftness with which Dill would reach up and kiss me when Jem was not looking</u>, the longings we sometimes felt each other feel. With him, life was routine; without him, life was unbearable. I stayed miserable for two days.   (Chapter 12)

この時、主人公の少女は10歳の小学生、兄ジェムは12歳で中学校へ進もうとしている。一方、11歳になろうとするディルは、この夏は遊びに来なかった。「新しいお父さんができたので、遊びに行けない。でも愛している」という手紙

が新しい父親の写真とともに送られてきたのである。主人公は惨めな気持ちで2日間を過ごすが、この時にいっそう鮮やかに昨夏の出来事が回想されるのであった。2行目の summer was Dill by the fishpool…という構文は、(7) と同じであるが、「いけのそばで、ひもで紙切れをくくって、タバコをすうまねをしている」という修飾語句が追加されている。2行目の Dill's eyes は、his eyes と表現するのが一般的であるが、固有名詞を繰り返すことによって、少年ディルが「私」の心の中で大きな位置を占めていることを示しているように思われる。3−4行目の summer was the swiftness…は、「夏が過ぎ去る速さ」に言及しているのではない。「ジェムが見ていない隙にすばやくディルが私にキスしてくれたのも夏だったし、憧れの相思相愛の気持ちを予感したのも夏だった」のである。

　このようなかけがえのない子供心の思い出は、作者の主観的世界の中で増幅され、美化されて、メトニミー的性格を帯びることになる。(6) と (7) の "A is B" 構文をフォコニエに倣って拡大メトニミーと考え、各文のトリガー、ターゲット、コネクターを略記すると次のようになるだろう。

（トリガー）	（ターゲット）	（コネクター）
summer	sleeping …or trying to sleep in … everything good to eat. a thousand colours in … Dill. Dill by the fishpool smoking … the swiftness with which Dill …	子供の夏の生活 ↓ 印象深い出来事

「夏」という季節の中で、さまざまなことが起こり、それらの出来事が "A is B" 構文を用いて列挙されている。それらの個々の出来事は、「夏」というカテゴリーのメンバーであると考えることができる。この構文は、ここでは、「夏の状態」を表わす叙述文（記述文）ではない。「夏にはどのようなことがあったのか」という問いに関して、「ディル、百千の花々、おいしい食べ物、ジェムがすばやくキスしてくれたこと」というように、それぞれの値が B 項に与えられている。

　「夏」という時間枠を表わす語と、時間に無関係の「ディル」という人名は、"A is B" 構文で用いると、論理に反することになる。現実には「夏＝ディル」であるはずがないからである。このような文は非文として研究対象から外されたこともかつてはあったようだ。たとえば「1 + 1 = 2」は真理であるが、「1 + 1 = 3」

は非論理的である。しかし，He thinks that one and one is three. という発話では，彼の頭の中で「1＋1＝3」という意味が成り立っている。このことは，意味は客観的に心の外の世界に存在するものではなくて，結局は概念に他ならないことを示している。概念（意味）は，状況に応じて変化するのは当然のことでもある。

　走馬灯のように想起される夏の出来事を，作者が情感をこめて "A＝B" と表現しても不思議ではない。Summer was Dill. は "Summer＝Dill" であるかのように心の中で概念化されているのである。読者はなぜこのような文を誤解せずに，正しく理解できるのだろうか。それは，このような表現が選択される背景が，小説の中で整えられているからである。コネクターとして「子供の夏の生活→印象深い出来事」を便宜的に想定したが，このような単純な言葉で表わせないもっと深く熱い思いが，これらの表現の成立を支えているのかもしれない。小説には，全体を貫くテーマ，プロット，文体的趣向，特有の語彙，感情表現など多彩な要素が盛りこまれている。このような要素が一体となって作品を成立させているのだから，たとえば summer was Dill. だけを取り出して統語分析することによって，より大きなコンテクストの理解へと還元することはできないだろう。

　主人公の夏の思い出は，すでに述べたように，ディルという少年と強く結びついている。"A is B" 構文は使われていないが，ディルを待ち望む気持ちがどのように表現されているか見てみよう。

(8) There was a hint of summer in the air — in the shadows it was cool, but the sun was warm, which meant good times coming: no school and Dill.
　　(Chapter 11)

　この日，語り手は，黒人の弁護を引き受けた父親の悪口を近所の老婆から直接聞かされて，悲しみの底に沈んでいた。しかし，大気の中に，かすかな夏の気配を感じ取ると，語り手の気持ちは一変したのである。2行目の最後には，no school and Dill. という名詞句を並列して，凡庸な散文調になるのを避けている。このようにもっとも大切なことを，もっとも簡潔な方法で表現するのが，作者の文体的特徴のひとつになっているように思われる。

　この小説の最終章（第31章）では，作者は子供の頃を客観的に振り返っている。It was summer-time, and ... あるいは Summer-time, and ... という表現が繰り返されていることに注目したい。

(9) Daylight ... in my mind, the night faded. It was daytime and the neighbourhood was busy. Miss Stephanie Crawford crossed the street to tell the latest to Miss Rachel. Miss Maudie bent over her azaleas. <u>It was summer-time, and</u> two children scampered down the sidewalk towards a man approaching in the distance. The man waved, and the children raced each other to him.

<u>It was still summer-time, and</u> the children came closer. A boy trudged down the sidewalk dragging a fishing pole behind him. A man stood waiting with his hands on his hips. <u>Summer-time, and</u> his children played in the front yard with their friend, enacting a strange little drama of their own invention. (Chapter 31)

この掲出文に続いて，新しいパラグラフが始まる。やはりそこでも，It was fall, and ... および Fall, and ... という表現が見られる。さらにパラグラフが変わると，冬の描写へと移り，Winter, and ... が２度繰り返される。そしてさらに新しいパラグラフ(10)で故郷の季節の描写が終了する。

(10) <u>Summer, and</u> he watched his children's heart break. <u>Autumn again, and</u> Boo's children needed him. (Chapter 31)

ここで気がつくことは，故郷の夏，秋，冬という３つの季節の出来事を，一貫して同じ表現形式で簡潔に繰り返していることである。この章では，主人公の「私」ではなく，作者自身の現在の思い出になっている。「子供たち」とは，ジェム，ディル，スカウトのことであり，「彼の子供たち」の「彼」は父親アティカスである。語り手が，歳月を経て，遠い昔の出来事を第３者の眼で静かに眺めようとしているようだ。作者が少年ディルと過ごしたあの夏の日々は，夢の中の出来事のように思えるのだった。だからこそ，「夏」は，まさに「ディル」であり，「故郷アラバマの美しい風景」そのものだったのである。

故郷の季節，とりわけ夏の出来事のこのような簡潔な描写は，すでに(6), (7)で見たような "A is B" 構文による夏の情景描写と共鳴し合っているように思われる。この小説は，抒情と叙事を融合させた散文詩のように感じられる。

5．「夏はビールだ」と "Summer is beer."

日本語と英語という言語体系の異なる言語から，たとえば「夏はビールだ」

とそれに対応すると思われる Summer is beer. を取り出して単純に比較することは，言語研究の観点からは有意義ではないかもしれない。「A は B だ」と "A is B" は，一見似ているが，言語表現としては異質のものである。主語型言語である英語とは異なり，主題型言語と言われる日本語では，「夏は...」と話題を切り出せば，「水泳だ，甲子園だ，ハワイだ，楽しい，忙しい」というように，比較的自由に語句を後続させることができる。しかし，英語では日本語よりも制約が厳しいことは，私たちが直感的に認識していることでもある。

上述のようなことを充分に心に留めて，「夏はビールだ」の直訳 Summer is beer. について，英語母語話者数人にコメントを求めることにした。そのためには，まずコンテクストを伴う例文を示す必要があるので，(11)を筆者の作例として用意した。

(11) I like beer very much, but I don't like drinking beer in winter. I should say summer is beer. Summer is drinking beer in the garden. Summer is anything cold to drink.

「夏」を主題にして，同じ構文を反復するという方法は，(6)の実例に倣ったものである。インフォーマントたちの反応は「意味は理解できるし，違和感はない」ということであった。文体的一貫性が保障され，文から文への滑らかなつながりが認められることが，このような表現を成立させる要因のひとつになっているように思われる。ただ残念なことは，同じような英語表現を自然言語の実例として，ここに提示できなかったことである。

6．おわりに

拡大メトニミーを表わす "A is B" 構文は多様であり，私たちには一見奇異に感じられる例もあるが，『アラバマ物語』の中では，コンテクストと作者独自の一貫性のある表現手法に支えられて成立している。夏を主題にした一連の "A is B" 構文は，元来は単純素朴な発想のプロセスに基づいたものであるが，この小説では，それがかえって新鮮に感じられ，凝縮表現として文体効果を発揮しているように思われる。

Summer is Dill./ Summer is beer./ I am the eel. など多くの表現は，拡大メトニミーとして，包括的に説明できる。Summer is beer.（夏はビールだ）という一見日本語的英語表現も，まとまった内容と文体的一貫性があれば成立するように思われ

るが、もっと多くの資料に基づいて実証する必要があるだろう。

　文学作品を読むことは，その文体を読むことでもある。用例をめぐって語学的考察をすることは必要であるが，過度に文法的論証態度に走る必要はないと思う。そのような態度は，作品から遊離したところで抽象的議論をすることになり，作品を読み解くことへとつながらないように思われる。小論は，語学と文学を橋渡しするためのささやかな試みである。

主要参考文献・引用文献

池上　嘉彦『「する」と「なる」の言語学』東京：大修館書店，1981.
奥津敬一郎『「ボクハウナギダ」の文法』東京：くろしお出版，1993.
國廣　哲彌編『発想と表現』（日英語比較講座4）東京：大修館書店，1982.
菅井　三実「文法現象の換喩分析―客観主義を超えて」『日本認知言語学会論文集』
　　第4巻，日本認知言語学会，2004. 472-475頁.
谷口　一美『認知意味論の新展開―メタファーとメトニミー―』東京：研究社出
　　版，2003.
Fauconnier, Gilles (1994) *Mental Spaces*. Cambridge: Cambridge University Press.
Kövecses, Zoltán (2002) *Metaphor – A Practical Introduction*. Oxford: Oxford University Press.
Lakoff, Goerge & Mark Johnson (1980) *Metaphors We Live By*. Chicago and London: University of Chicago Press.
Lee, Harper (1963) *To Kill a Mockingbird*. London: Penguin Books.（菊池重三郎訳『アラバマ物語』東京：暮らしの手帖社，1979.)
Leech, Geoffrey N. & Michael H.Short (1981) *Style in Fiction: Linguistic Introduction to English Fictional Prose*. London: Longman.
Radden, Günter (2000) "How Metonymic Are Metaphors?" *Metaphor and Metonymy at the Crossroads*, edited by Antonio Barcelona, 93-108. Berlin: Mouton de Gruyter.
Ruiz de Mendoza, Francisco (2000) "The role of mappings and domains in understanding metonymy." *Metaphor and Metonymy at the Crossroads*, edited by Antonio Barcelona. Berlin: Mouton de Gruyter. 109-132.

トニ・モリスンの作品におけるアメリカの夢と悪夢
―『青い眼がほしい』と『ラヴ』を中心に―

竹田奈緒美

はじめに

　「アメリカの夢」，いわゆる「アメリカン・ドリーム」は，アメリカに行けば誰でも成功できるかもしれないという夢を表す言葉として知られている。アメリカは，さまざまな国から夢を抱いてやって来た移民によって形成される国であり，多様な人種，宗教，文化などが入り混じっている。アメリカ人のアイデンティティは夢によって形成されているといっても過言ではないだろう(Gitlin 47)。しかし，アメリカの夢は，アメリカ文学がテーマとして抱える矛盾を内包している。アメリカで成功し，主流をなしているのはワスプ（白人アングロサクソン系プロテスタント）と呼ばれる人々である。アフリカ系アメリカ人にとって，アメリカの夢は白人中産階級のものであり，手に届かないばかりか悪夢となる。トニ・モリスン (Toni Morrison, 1931-) は，自分が黒人[1]であり女性であるという立場から，黒人にとって，「アメリカの夢」とはどのようなものなのかを問い続けている作家だといえるだろう。

　モリスンのデビュー作『青い眼がほしい』(*The Bluest Eye*, 1970. 以下『青い眼』と略す) と最新作『ラヴ』(*Love*, 2003) においては，共に1940年頃に同じ年頃の黒人の少女たちが出会うが，少女同士の友情は続かない。『青い眼』では，黒人の少女という一番弱い立場にあるピコラは，白人を頂点とする美の基準によって作られた「アメリカの夢」の犠牲となり，小説の語り手であるクローディアは，狂気に陥ったピコラを救うことは出来ない。『ラヴ』においても，クリスティンとヒードという2人の少女が出会っている。しかし，2人はクリスティンの母メイに友達になることを邪魔されるばかりか，ヒードがクリスティンの祖父コージィと結婚したために，互いに激しく憎み合うようになる。本論では，『青い眼』と『ラヴ』において少女たちの友情がどのように「アメリカの夢」によって引き裂かれているかを比較し，黒人にとって「アメリカの夢」が悪夢であることを明らかにしたい。

1

　『青い眼』の舞台設定は，モリスンが少女時代を送った1940年頃のオハイオ州ロレインである。1940年代は，黒人は白人と比べて貧しく，人種差別を受けていた時代である。60年代の公民権運動[2]が始まる前は，何事においても白人が優先され，黒人は白人専用の場所には入ることが出来なかった。

　『青い眼』の冒頭にあげられている，「ディックとジェイン」という当時の小学校で使用されていた教育読本の文章には，白人中流家庭の幸せそうな光景が描写されている。

　　ここに家があります。それは緑色と白です。赤いドアがあります。とてもきれいです。ここに家族がいます。お母さん，お父さん，ディックとジェインが緑色と白の家に住んでいます。彼らはとても幸せです。(*BE* 3)[3]

緑と白のきれいな家が象徴する幸せな生活は，当時のアメリカの夢そのものであり，子供たちは皆，この文章によって，言葉だけではなく白人文化の理想像も習得していた。しかし，モリスンは『青い眼』の冒頭の文章の次に，単語の羅列をあげ，最後にはスペースもない文字の羅列に形を崩している。こうしてモリスンは，「ディックとジェイン」に描かれたアメリカの夢が破壊されていく過程を，読者に提示する。

　「ディックとジェイン」に象徴される「アメリカの夢」は，黒人の大人たちにとっては大きな抑圧となり，さらに社会の中で一番傷つきやすく弱い存在である黒人の少女ピコラにとっては，その精神を破壊させるものである。ピコラにとっては，「ディックとジェイン」に描かれている家，お父さん，お母さん，猫，犬，そして友達は，すべて幸せの象徴とは逆に，ピコラをいじめ傷つける，不幸な悪夢の象徴である。ピコラの家は貧しく，みすぼらしい。猫は，黒人中産階級家庭の女主人ジェラルディンから「性悪のちびの黒い売女」(*BE* 92)とののしられて，きれいな家から追い出されるきっかけとなる。母ポーリーンはピコラを虐待し，父チョリーは最後にはピコラをレイプする。犬は，ピコラが「青い眼」になったと信じるための道具として，ソープヘッド・チャーチに利用される。ピコラには，友達は現実には存在せず，狂気の中の幻想でしかない。「ディックとジェイン」という枠組みは，「アメリカの夢」が，ピコラの精神を破壊する程の力を持つことの証となっている。

　ピコラの住む家は，店舗跡を借家にした粗末なもので，アメリカの夢の象徴で

ある「緑色と白の家」とは程遠い。ピコラの家族は、いわばアメリカの夢の落伍者たちであり、「1人ずつ裕福になって見返してやりたいという夢からぬけ出て、店の表通りに面した部屋の、人目につかない惨めな状態に入り込んだ」(BE 39) のだ。ピコラの家族であるブリードラブ一家は、「愛をはぐくむ」という名前とは逆に、愛のない、不毛な喧嘩の絶えない家庭である。ピコラの父親チョリーが酒に酔って家に火をつけために、ピコラは「家なし」(BE 17) となり、数日間小説の語り手であるクローディアと、姉フリーダの住むマックティア家に預けられる。

アメリカ社会の中で最下層に位置する黒人は、借家住まいで、いつでも「家なし」になる可能性がある。彼らは、持ち家を持つことを夢見て、「その日が来るまで、彼らはあばら家の借家に住んで、財産を手にする日を楽しみにしながら、出来る限りのものを貯え、かき集め、積み上げていく」(BE 18) のである。酒浸りで働かない父チョリーと、中産階級の白人の家庭で家政婦をする母ポーリーンは、毎日のように暴力的な喧嘩を繰り返す。ピコラは、家の中で両親の喧嘩が始まると、「青い眼を下さい」と神様に祈る。ピコラが青い眼を欲しがったのは、青い眼になれば、人々に愛され、両親もピコラの目の前で喧嘩をするのをやめてくれると信じたからである。

子供たちが、「ディックとジェイン」が象徴するアメリカの夢を、白人の中産階級を理想とする文化として吸収しているのは当然のことであろう。ピコラは、白人の少女スター、シャーリー・テンプルの絵がついたコップでミルクを飲み、メリー・ジェインの絵がついたキャンディを買って食べるときに、その美しい少女になれるという幻想を抱く。肌の色は、学校における人気を決定し、肌の色が黒いピコラは同じ黒人からもいじめられ、差別される。ピコラは学校で、「自分たち自身の黒さに対する軽蔑」(BE 65) をぶつけられて、いじめられる。しかし、転校生のモーリーン・ピールという肌の色が薄い中産階級の女の子がやってくると、学校の先生や級友たちは皆モーリーンに魅了される。モーリーンのように容姿が白人に近い黒人は「夢のような女の子」(BE 62) としてもてはやされるのである。

「ディックとジェイン」の最後に登場する友人は、ピコラにとっては、学校の友人ではなく、狂気の中で会話する幻想の友達である。ピコラは、実の父親であるチョリーの子を身ごもったために学校にも行けなくなる。ほとんど言葉をしゃべらず、無口であったピコラは、狂気の中で、幻想の友達と会話をするときには饒舌になり、チョリーにレイプされたことを母ポーリーンに話しても信じてもらえなかったことや、2度目のレイプがあったことなどの秘密を明かしている。ピコラは、自分より青い眼の人がいないか見て欲しいと、幻想の友人に頼み、自分

の眼が一番青くなくてはならないと思い込む。小説のタイトルとなっている「一番青い眼」は，ピコラが「アメリカの夢」に押しつぶされ，狂気の中で求め続けた幻想なのである。

　ピコラには友達がいなかったが，唯一クローディアだけは，ピコラと友達になろうとし，学校でいじめられるピコラを助けようとしてきた。ピコラが，肌の色が薄いモーリーンに醜いと言われて，打ちひしがれて，「折りたたんだ翼のように，自分の中にこもってしまった」(*BE* 73)姿は，クローディアにいらだちに似た歯がゆさを感じさせる。沈黙を守るピコラはクローディアに対して心を開くこともなく，2人は友情を結ぶことが出来ない。クローディアはピコラとは異なり，自分たちを醜いと決めるものは何なのかを見極めようとし，自分の価値を信じる強さを持つ少女であった。クローディアは，「青い目は美しい」という美の基準に反発して，2つの行動を起こす。1つ目は，「世界中の人がかわいいというものが何かを見ようとして」(*BE* 21)青い目のベビードールをばらばらにしたことである。クローディアは，肌の色が薄いモーリーンにへつらう学校の先生や生徒たちの態度を批判し，「恐ろしいのは，モーリーンを美しくし，私たちをそうではないとするもの」(*BE* 74)だと考える。次にクローディアは，ピコラの赤ん坊を醜くて死ぬべきものだと決めつける周りの大人たちに対して反発し，マリーゴールドの種を植えて，ピコラの赤ん坊が助かるように願う。

> ピコラへのいつくしみよりも強く，私は誰かがその黒い赤ん坊に生きていてもらいたいと思ってくれることを切望した——世の人々が，白いベビードールや，シャーリー・テンプルや，モーリーン・ピールのたぐいを愛することをやめさせるためだけでも。(*BE* 190)

クローディアは，ピコラのように白い父なる神に祈るのではなく，姉のフリーダと呪文をとなえて，まじないをかける。クローディアは，青い眼は美しいという美の基準に抵抗し続け，ピコラの赤ん坊の命の尊さを重んじるのだ。

　だが，クローディアの願いはかなわず，ピコラの赤ん坊は死んでしまう。クローディアは，ピコラを助けそこない，永遠にピコラを避けることになる。クローディアは，ピコラを見捨てる黒人共同体の一員となって，ピコラを「見つめないで見ようと」し，「けっして近づかなかった」(*BE* 205)。そして，クローディアは，ピコラの青い眼を得たという「白日夢」は，自分たちの「悪夢」を鎮めるために私たちによって利用されたのだ，とピコラを黒人共同体の犠牲にしたことを

嘆くことしかできない (BE 205)。白人中流社会を理想とした「アメリカの夢」は，肌の色によって人間の価値を決定し，その価値観がピコラの住むロレインの黒人共同体の大人たちばかりか子供たちをも蝕み，自己嫌悪に陥らせてきた。彼らは，ピコラをいじめ，排除することによって自分たちの悪夢を忘れようとしたのである。

　クローディアは，後に，ベビードールをバラバラに壊してしまうほどの抵抗をしたはずの「青い眼は美しい」という美の基準を受け入れるようになる。クローディアは，人々が自分たちではなく，白人の女の子をかわいいと言うのはなぜなのかを知りたいがために，青い眼の人形に対するのと同じ暴力的な衝動を白人の少女に向けたとき，その無関心な冷淡さを恥ずかしいと感じ，憎しみや愛情へと変化させることで，白人至上主義的な社会へ順応していく。Gwin は，クローディアが，青い目の人形を壊すほどの抵抗をしていたのにも関わらず，後にシャーリー・テンプルを崇拝するようになった理由を，次のように論じている。

　　子供のときに，金髪で青い眼をした人形を壊したが，のちにシャーリー・テンプルに魅かれるようになったことを認めているクローディアのように，この小説はブリードラブ一家を，快適さも喜びも楽しみもない家に押し込める，白い空間の透明性を目に見えるようにする。我々は一面の白さの力が黒人共同体の中に影響を及ぼしていくのを見る。この点において，白さは侮辱的な父となるのである。(Gwin 78)

Gwin が「白い空間の透明性」と呼ぶものは，「ディックとジェイン」が象徴する「アメリカの夢」だと考えられよう。この夢は白い父なる神を頂点とする父権的な権力によって支えられ，白人社会だけではなく，黒人社会にまで浸透している。「アメリカの夢」に支えられた美の基準から一番遠い黒人の少女は，その力によってピコラのように精神を破壊される。そして，クローディアのように，貧しくとも自分自身の価値を信じることが出来た少女でさえ，白人の価値観を受け入れなくてはならなくなるのである。

2

　『ラヴ』は，アメリカ東部海岸沿いの町シルクに住む，ビル・コージィという黒人中産階級の成功者が経営したコージィズ・ホテル・アンド・リゾートが舞台である。小説の語り手は，ホテルの料理人だった L [4] である。ときは1990年

代半ばで，ホテルはすでに閉鎖され，ビル・コージィが亡くなってから25年が経っている。ヒードとクリスティンは2人とも60歳代半ばになり，シルクにあるコージィ家で共同生活を送る。ヒードとクリスティンは，少女のときに親友となるが，2人の仲は，ビル・コージィがヒードと結婚することによって引き裂かれ，互いに激しく憎みあうようになる。クリスティンは，コージィの死んだ息子が残した孫娘であるが，ある日コージィのホテルの前の砂浜で，アップ・ビーチと呼ばれる貧しい地域からやってきた同じ年頃の少女ヒードに出会う。母親のメイは，クリスティンとヒードをつきあわないようにさせるが，クリスティンは抵抗し，自分の寝室にヒードを泊まらせていた。

> 2人はお腹が痛くなるまで一緒に笑い，秘密の言葉を使い，一緒に眠れば1人の夢はもう1人の夢と同じだとわかっていた。(*L* 132)

2人は，メイの邪魔だてに屈することなく，一緒に遊び，秘密や夢を共有するほどの親友であった。しかし，コージィの結婚への夢は2人の友情を引き裂いてしまう。

ビル・コージィは，ハンサムで，気前が良く，女性たちの憧れであり，多くの友人を持つ町の名士だった。また，コージィは，困った人を助け，従業員を大切にしたため，死後も人々に慕われるほどであった。Morris が論じるとおり，コージィは，フィッツジェラルド (F. Scott Fitzgerald, 1896-1940) の小説『偉大なギャツビー』(*The Great Gatsby*, 1925) の主人公ギャツビーのようなカリスマ性を持つ人物である (Morris 1)。ギャツビーは，上流階級に所属する昔の恋人デイジーを取り戻そうと，夜毎豪邸でパーティを開く。「こうこうと灯りをつけたギャツビーの屋敷」(*Gatsby* 64) はギャツビーの成功の象徴である。ビル・コージィは，ギャツビーと同様にビジネスで成功し，黒人にとっては夢のような富と名声を手に入れた。コージィは世界大恐慌の最中である1930年に，アップ・ビーチのそばにあるスーカー・ベイと呼ばれる海岸の「白人専用」のクラブを買い取り，黒人が一流の音楽を楽しめるホテルを開いた。当時ジム・クロウ[5]によって差別され，白人と同じ場所には入れなかった黒人たちにとっては，一流の音楽とダンスを楽しめる場所は，まさに「アメリカの夢」であった。コージィズ・ホテル・アンド・リゾートは，この世の「天国」にたとえられている (*L* 103)。「最高の楽しいときを」(*L* 33) をモットーとするホテルは，L が作る最高の料理と，サービスの良さ，そして名だたるミュージシャンたちの演奏が評判を呼び，東部の金持

ちの黒人たちはこぞってコージィのホテルで休暇を過ごすようになった。

　しかし,黒人中産階級にとっての「アメリカの夢」を象徴するホテルの中では,コージィが「プリンス」として権力を握り,料理人Lは「司祭」,ヒード,クリスティン,メイをはじめとする他の人々はみな「宮廷人」としてコージィに仕え,コージィの意向に逆らえる者はいなかった（L 37）。ヒードの寝室に飾ってあるビル・コージィの肖像画は,死後もなお家の中を支配しようとするコージィの権力の象徴である。ヒードはコージィの遺言を自分に有利なものにすり替えようと,求人広告で募集して若い女性ジュニアを住み込ませる。ジュニアは夢の中で初めてコージィに会い,ヒードが亡くなるまでの間,アフターシェイブローションの香りと共にコージィの存在を感じる。没後もなお亡霊となって家の中を支配するビル・コージィは,ジュニアをコージィ家に呼び寄せて,年老いていくヒードとクリスティンの調和を図りながら支配するように仕向けるのである。

　コージィは,病弱な妻ジュリアと愛する息子を相次いで亡くして7年経ってから,11歳のヒードとの結婚を決める。新婚のコージィは,サンドラーに「夢にとりつかれたような表情」（L 148）で,ヒードについて語る。コージィは,まだ少女であるヒードを自分の好みに育て上げて,子供をたくさん持とうと考えていた。だが,コージィは数年待った後に,子供に恵まれないのをヒードのせいにして,シレスシャルという娼婦のもとへもどってしまう。コージィは,家の中で争い激しく憎み合う女たちに失望し,「夢は所詮口紅で彩られた悪夢だ」（L 201）と知り,絶望していた。コージィは家の中で争う女たちへの復讐として,全ての財産はシレスシャルに残すという遺言を残し,Lが証人として署名していた。コージィが絶望して強心剤を大目に飲んで死んだとき,コージィの死体を見つけたLは遺言の内容を知って,ひそかに破り捨てていたのである。

　コージィの結婚によって,ヒードとクリスティンは,それぞれ,「アメリカの夢」をかなえるために,当時の黒人中産階級にとって理想的な女性像の役割を引き受けさせられる。クリスティンは,17歳で当時の中産階級の子女が学ぶ名門校,メイプル・ヴァレーを卒業したときには,コージィ家の成功の象徴であった。ホテルで開かれた誕生パーティに,クリスティンがシフォンのドレスで登場すると,人々はその美しさを賞賛する。肌の色が薄く,まっすぐな髪の毛をしていたクリスティンの美しさは,「人種的向上と黒人が抱くのにふさわしい向上の夢の証明と結果」（L 168）としてもてはやされたのだ。

　クリスティンがコージィ家から3回出奔したときに通った道は,オレンジの香りとともに「彼女の夢の生活」（L 82）を形作っていた。しかし,クリスティンが

メイプル・ヴァレーで学んだことは「花嫁修業だけが目的の教育」であり，17歳で「プライヴァシーと独立の夢」を見てコージィ家を出てから役に立つことはなかった（L 92）。クリスティンは，兵士と短い結婚生活をドイツで送った後，公民権運動を支える地下組織に加わる。クリスティンは，自分の肌の色の薄さと縮れていない髪に罪悪感を持ち，デモやシット・イン[6]にも参加するが，運動が下火になり，同棲していた革命家とも別れる。クリスティンは母親に家に帰ることを拒絶されたまま，黒人中産階級の男の妻の座につくことも出来ず，祖父コージィにそっくりな「年寄りで利己的な女たらしの男」（L 188）に囲われるが，3年後には追い出される。クリスティンは，黒人中産階級の人々の「夢」と，自立したいという自分自身の「夢」の間に引き裂かれたまま，年老いたメイの看病をするという口実で，28年ぶりにコージィの家に舞い戻る。60歳代になったクリスティンは，財産相続の裁判結果を覆すために雇った弁護士の事務所へ向かうときに，かつてオレンジの香りがした道路で「悪夢の感触」（L 120）を感じるのである。

　ヒードにとっては，コージィとの結婚は，貧しく苦痛を伴う「フシアリのような」（L 127）家族から抜け出し，黒人中産階級に入る好機であった。ヒードはコージィを「パパ」と呼び，コージィの庇護を求め，コージィの妻の座にふさわしくなろうと努力していた。ヒードは，ハネムーンに出かけたときに，当時は黒人が買い物できなかったデパートで，洋服や化粧品など欲しいものは何でもコージィに買ってもらう。まだ子供のヒードがホテルで見かけた女性の真似をして，胸元が開いた洋服を試着すると，店員は，「夢のようだわ。」（L 128）と言って微笑む。しかし，ヒードは自分が嘲笑されていることに気づかない。後にヒードは，コージィのホテルで，宿泊客の女たちが，コージィとはつりあわないヒードを「ジャングルの野生児みたい」（L 75）だと影で笑うのを聞く。老人と結婚した幼な妻は，コージィの妻として認められずに孤立し，コージィの力にすがることしか出来なかった。ヒードは，メイが亡くなり，クリスティンが戻って来てからは，コージィ家を女主人として支配しようとし，ジュニアを雇う。しかし，手が「翼のように曲がって」（L 25）しまったヒード[7]は，家事を引き受けるクリスティンに依存しなければ生活出来なくなっているのである。

　ジュニアは，憎み合うヒードとクリスティンそれぞれの機嫌を取りながら，コージィ家に変化をもたらす。ジュニアはコージィの思惑とは逆に，2人を和解させる。ヒードは，閉鎖されたホテルの屋根裏にジュニアと共に忍び込み，新しい日付のメニューを見つけて，ジュニアにコージィの筆跡を真似て自分に有利な遺言を書かせようとする。ヒードの策略に気づいたクリスティンがホテルの屋根裏に

現れ，2人の憎しみが頂点に達したときに，ジュニアが床の裂け目を覆っていたカーペットをずらす。ヒードが屋根裏の床の裂け目から階下のクリスティンの寝室に転落すると，ジュニアは2人を置いて出て行ってしまう。

　ヒードは，麻痺してもろくなった全身の骨が砕け，クリスティンはヒードの体をかき抱く。2人が友情を取り戻すきっかけとなるクリスティンの寝室の壁紙には，友愛を表す忘れな草の模様が散っている。2人の憎しみは消え去り，子供のときに一緒に眠ったホテルのクリスティンの寝室で，初めてお互いの本当の気持ちを言葉にすることができる。2人は，堰を切ったように，少女時代の思い出を語り，ヒードがコージィと結婚してからのそれぞれの思いを語り始める。

　　私たち，あらゆる場所にビッグ・ダディを探す代わりに，手をつないで，私
　　たちの人生を生きることも出来たのに。(L 189)

　クリスティンは，コージィの結婚によって家では邪魔者になり，コージィを憎みながらも似たような男性を探し続け，人生の落伍者として家に戻ってきた。ヒードも，コージィの庇護を求めながら，中産階級家庭の女主人として振舞おうとし続けたが，家庭を築くことはできなかったのである。Lが最後に述べる通り，クリスティンとヒードは，「子供が初めて選んだ愛」(L 199)によって結ばれていた。ヒードとクリスティンの愛は，コージィによって奪われ，「ヒードとクリスティンは愛を取り戻すことも保つことも出来なかった」(L 199-20)のだ。最後に，ヒードは，クリスティンへの愛を告白する。しかし，2人がお互いを許しあい，失われていた友情を取り戻すのはあまりにも遅く，この後ヒードは死んでしまう。コージィが実現させようとした「アメリカの夢」はコージィにとっても悪夢であったが，友愛によって結ばれていた2人の夢をも悪夢にしてしまったのである。

おわりに

　『青い眼』では，「ディックとジェイン」が象徴する「アメリカの夢」は，貧しい黒人に絶望をもたらし，ピコラを狂気という精神的な死へと追いやった。ピコラはクローディアに父からの性的暴力を訴えることもなく，狂気の中で幻想の友人にしか語ることの出来ない沈黙した存在であり，黒人共同体からも存在を無視される。クローディアは，ピコラを助けることも出来ず，自分自身の価値観も失ってしまう。『ラヴ』においても，クリスティンとヒードは，「アメリカの夢」を支えるコージィの黒人中産階級の夢によって，友情という愛を犠牲にされる。さら

に黒人中産階級の夢は，クリスティンとヒードの人生を大きくゆがめてしまう。小説の最後では，ピコラは，狂気の中で幻想の友人と会話をし，クリスティンは，死んでしまったヒードと会話をする。女同士の友愛は，『スーラ』におけるスーラとネルの友情と同様に，死の介在なしには実現しない。

「アメリカの夢」は，『青い眼』のピコラをはじめとする，白人中流家庭の価値観を理想とする社会の底辺に住む黒人たちにとっては，自分たちの価値や美しさを否定され，悪夢として抑圧するものである。また，『ラヴ』のビル・コージィのように成功し，「アメリカの夢」を実現したかに思える黒人中産階級においても，その夢によって，家は権力を争う場となり，友情という愛を憎しみに変える破壊力を持つのである。モリスンはアメリカの黒人であることは，白人たちにとっての「アメリカの夢」から排除されて，悪夢の中にいることだという認識に立って，その犠牲者たちを描き続けている。

注

[1] アフリカから連れて来られた奴隷がニグロ（「黒い」を意味するラテン語に由来する）と呼ばれて以来数世紀にわたって，彼らは侮辱的な意味合いを込めてニグロと呼ばれてきた。後に公民権運動の中で彼らは自分たちをブラックと呼ぶようになったが，現在ではアフリカ系アメリカ人と表記されることが多くなってきている。本論では，アメリカに住む黒人と呼ばれる人々が，アフリカに祖先を持つことを認識しつつ，黒人という表記を用いることを了承されたい。

[2] 公民権運動は，1955年に，アラバマ州モントゴメリで，ローザ・パークスという女性が，仕事の帰りにバスの白人専用席に座り，その後白人の乗客に席を譲るように運転手に命じられても席を立たなかったために逮捕されたことがきっかけになったと言われている（本田 175）。

[3] 引用テクストの省略記号は引用順に，次の通りである。
BE: *The Bluest Eye*. 1970. New York: Plume, 1994. L: *Love*. New York: Knopf, 2003.

[4] Lは，ホテルの料理人でコージィに忠実につくしたが，亡くなってからは語り手となり，小説の最後に愛について述べている。Lの本当の名前は明らかにされていないが，「愛(Love)」なのではないかと指摘されている（Yardley BW02）。

[5] 1830年ごろ，路上でぼろ着姿の黒人の子供が「おいらの名前はジム・クロウ」という奇妙な歌を歌いながら飛びまわって遊んでいる姿を見た白人が，自分も

顔を黒く塗って，おどけた黒人姿でこの歌と踊りを広めたことから，このショーはミンストレルと言われた。その後，この言葉は黒人に対する差別と隔離の一切を総称して使われるようになった（本田 147-8）。

6　1960年に，4人の学生たちが，「黒人の注文お断り」と書かれた白人専用のランチカウンターに，自分たちが給仕してもらうまで座り込むというデモ活動を始めた。このデモは新しい形の公民権運動として，全米に広まった（本田 148）。

7　ヒードの翼のように曲がった手は，ピコラが鳥の翼のように腕を動かす仕草を連想させる。また，メイは，『青い眼』のジェラルディンがピコラをハエのような貧しい黒人としてきれいな家から追い出すように，ヒードを「ハエ」（L 136）のように退治し，コージィ家における立場を弱くしようとする。『ラヴ』のクリスティンとヒードは，『青い眼』のモーリーンとピコラのヴァリエーションと考えることも出来よう。

引用文献

本田創造　『アメリカ黒人の歴史』東京：岩波書店, 1991.
モリスン，トニ／大社淑子訳『青い眼がほしい』東京：早川書房, 1994.
—　『ラヴ』東京：早川書房, 2005.
Fitzgerald, F. Scott. *The Great Gatsby*. The Cambridge Edition of the Works of F. Scott Fitsgerald, ed. Matthew J. Bruccoli. Cambridge : Cambridge UP, 1991.
Gitlin, Todd. *The Twilight of Common Dreams: Why America is Wracked by Culture Wars*. New York: Henry Holt, 1995.
Gwin, Minrose C. *The Woman in the Red Dress: Gender, Space, and Reading*. Urbana: U of Illinois P, 2002.
Morris, Anne. "Toni Morrison's Alluring Look at Love." Review. Internet. http://www.bookspage.com/0311bp/fiction/love.html.
Morrison, Toni. *The Bluest Eye*. 1970. New York: Plume, 1994.
— *Love*. New York: Knopf, 2003.
Yardley, Jonathan. "'*Love*' by Toni Morrison." Review. The Washington Post (October 26, 2003): BW02).

Vanessa's Growth through Her Death Experience in "A Bird in the House"

Nobuko Nakamura

1. Introduction

Many women in various societies are still excluded—or expected to remain silent as perfect mothers, wives, or daughters, carrying on traditional and cultural duties faithfully. Women's potentiality is likely to be manipulated for the use and services of others. However, it is my observation that women, too, have the power and the gift to develop themselves in every field beyond the restricted position of subdued females. One of the finest examples depicting women's spiritual growth, it seems to me, is "A Bird in the House" (1970), the fourth story collected in *A Bird in the House* by Margaret Laurence (1926-87), a Canadian author. Vanessa MacLeod is our young woman protagonist and narrator of this story. Brought up in the house where unyieldingly fixed principles are valued, she is determined to pursue her further growth through her death experience. In order to articulate my analysis of Vanessa's growth, it is first necessary to make four points: women's issues for Laurence, the definition of women's growth in this paper, death experiences, and the book *A Bird in the House*.

Concerning women's issues, Keith Louise Fulton writes "Laurence's work contributes to a feminist understanding" (118). As Fulton says, Laurence is concerned about issues of women, and, more generally, of the marginalized who suffer under rigid cultural norms which continue to disempower them under hierarchical circumstances. Greta M. K. McCormick Coger recognizes Laurence "as a leading major contemporary postmodern author" (xix), suggesting that Laurence questions a variety of social and cultural oppressions which create the marginalized. Fulton shares this view with McCormick Coger, saying "[i]n her fiction, she [Laurence] shows that age, race and class, like gender, are also bases of oppression" (109).

With these arguments in mind, I propose to consider Vanessa's growth in the light of the theory of postmodern feminism. The trajectory of postmodern feminism is women's liberation with the conviction that gender issues should be considered along with other oppressive elements which construct inequality. In "Feminism and Postmodernism" in *Fundamental Feminism*, Judith Grant points out that "Postmodernism is attractive because it allows feminists to talk about gender, oppression, freedom, and personal politics" (135). Jane L. Parpart and Marianne H. Marchand also argue that postmodern feminism values the importance of diversity and difference, as well as promotes the recovery of women's voices which have been undervalued. It rejects universal or generalized Western thoughts based on binary thinking such as woman/man, falsehood/truth, and White, Western/Nonwhite, Third World. It tries to deconstruct the present hierarchy of life through the process of women's questioning based on critical thinking (1-22).

With regard to the second point, the definition of women's growth in this paper, my attention is paid to the spiritual growth rather than the physical. Postmodern feminism helps me approach the term women's growth from the concept that it challenges the notion that the place of women in society can change within the boundaries of an uncompromisingly fixed social and cultural construction. Then, it demands that each woman should be involved in the pertinent practice of cultivating her own ability to pursue self-exploration, and embodies this practice with the concept of valuing the difference on a daily basis. Moreover, Bruce Stovel suggests "Each of the stories [in *A Bird in the House*] hinges upon Vanessa making the transition from the first to the second ... the book as a whole explores the nature of that transition" (87). It is clear that Laurence recognizes women's growth as a continuing process, not as a finished one, of their self-awareness in daily life.

Concerning death experiences, thirdly, the first point to make is that death is a common theme for everyone. Everyone has meditated on the essence of life and death and has pondered on the meaning of both. There can be at least three ways of facing death experiences: through confronting the danger of one's own death, through going through a living death, and through the death of a person indispensable to one's life. This paper focuses on the final one, paying attention to the various symbols pertaining to death such as "the supreme liberation ... transformation ... the progress of evolution" (Cirlot 74). It is also worth noting what J. E. Cirlot says on the subject of death: "One must resign oneself to dying in a dark prison in order to find rebirth in light and clarity" (74). These symbols suggest that death experiences may give people a tremendous power for liberation. In other words, I believe that death experiences make women go back to basics, question why and how society maintains its persistent stance on feminine issues, and consequently inspire them to try to achieve different positions. McCormick Coger insists that "Laurence's work has a major focus on the importance of accepting the fact of death" (xix). It is clear that death experiences can be thought of as one of Laurence's primary themes.

Fourthly, regarding the book *A Bird in the House*, Stovel argues that readers should note the relationships between Vanessa MacLeod and the other people around her, including the central figure of each story. The way Vanessa achieves development is by extending her knowledge of and compassion toward the predicaments of other central figures or those who surround her (Stovel 82-84). In consideration of his argument, this paper will explore Vanessa's growth through her death experience, examining her relationships first with other characters around her such as Grandmother MacLeod, her mother Beth, and Noreen, a housemaid of the MacLeod house, and then more importantly, with the other central character of the story and also an indispensable person to Vanessa's existence, her father Ewen.

2. Vanessa's relationships with other characters around her
2-1) With Grandmother MacLeod

In the beginning of the story, Vanessa MacLeod, at age twelve, decides for the first time not to go and see the parade during the Depression in the small town of Manawaka in Canada. It is the march for Remembrance Day, marking the end of World War I. Ewen, a doctor, takes part in it as one of the veterans. Grandmother MacLeod and Beth have already gone off with Vanessa's baby brother Roddie to mark their earnest respect. Vanessa begins to lose real interest in it, although she feels a little guilty for her small rebellion. The narrator Vanessa describes what runs through her mind as she sits by the birch tree in the yard: "It was the same every year... After the bands would come the veterans. Even thinking of them at this distance ... gave me a sense of painful embarrassment... I almost hated them [the veterans]" (75-76). The performance of the parade remains almost the same year after year even though so many years have passed since the war ended. Vanessa, full of vigor to be prepared for her development, cannot help hating "the veterans" or considering them as "painful" and embarrassing, because the parade stands for spiritual stagnation to her. That, she decides, is the place to begin if she is to defy the kind of obstinate conventional thinking that prevents people from creating different viewpoints.

As soon as the march is over, she summons up courage to justify her decision, singing as loudly as possible and making a great noise at the door and inside the house. To her surprise, Grandmother MacLeod takes her strongly by the shoulder, and lectures her for not showing up at the parade: "on a day like this you might have shown a little respect and consideration" (77). What exactly does Grandmother want Vanessa to have respect for? It is Grandmother who puts a great strain on her son Ewen to keep up the core principles of the MacLeod house. It is also necessary to notice that Laurence describes the parade with words such as "Army" (75), "veterans," and "soldiers" (76). These words remind readers how closely the march connected with war is tied to aspects of power structure, hierarchy, or manhood. Seeing also that her younger son Roderick is one of the war dead, it is no wonder that Grandmother values the traditional principles which are centered on an authoritarian household regime, relating them with the dignity of the MacLeod house. That is, to respect the parade means for Grandmother to maintain the MacLeod house as it is and to comply with a set of generalized concepts based on male-centered order.

Moreover, noticing the language such as "firmly"(77), "strong as talons" (77), or "infinitely cold and clearly etched" (77) in which she is portrayed, it is clear how seriously and obstinately she believes in the importance of keeping to her dignity and principles. Vanessa has not come to accept what Grandmother stands for. In addition, she also becomes aware of how Grandmother deals with Noreen, a seventeen-year-old farm girl, whose manner of religious belief is different and bewildering. Vanessa observes: "Grandmother MacLeod refused to speak to Noreen" (83). Keeping to her own way of life based on the traditional unified set of principles and hierarchical structures, Grandmother continues to detach herself from Noreen just because Noreen's religion is markedly different, and in this way to refuse to accept otherness in her life.

That winter Ewen comes down with the flu. After developing pneumonia, he dies after a few nights. Soon after her father's sudden death, Vanessa finds that everything around her has changed. Vanessa unexpectedly catches a glimpse of the predicaments of Grandmother and thinks: "for the first time she [Grandmother]looked unsteady" (92). Then she goes on to say: "It was harder for her than for anyone, because so much of her life was bound up with the MacLeod house... a family whose men are gone is no family at all" (94). Ewen's death gives Vanessa a much greater power to see the truth of Grandmother who has not confided her real mind to anyone so far. Vanessa has advanced to being able to realize how difficult and painful it is for women "bound up with" the house to survive when they are forced to grieve the loss of all the men in their family.

Nevertheless, Grandmother sticks to her stance, even though she seems to have lost so much of her energy. When Vanessa's family, except Grandmother, has to move to Beth's father's house, Grandfather Connor's, she persuades Beth that Roddie should become Ewen's successor. We might notice here a remark by Judith Butler, one of the theorists who have a close concern with postmodern feminism (Parpart and Marchand 9). She argues that there aren't any determined gender classifications or authoritative norms at any given moment, saying "construction is neither a subject nor its act, but a process of reiteration" (9). It comes to light that Grandmother can not change her mind, being subjected to the principle of a unified household regime or the binary way of thinking which, Butler argues, is not an established one.

2-2) With her mother Beth

Beth and Ewen are considerate to each other. She is also a devoted and "anxious" (80) mother who always tries to be perfect in order to preserve the MacLeod house as it is. Once at breakfast during the wintertime, Vanessa hears some talking between her parents. The MacLeods are facing financial problems due to the Depression like other people are. Beth is prepared to persevere in her efforts to help Ewen as a nurse, her old job, even though she is not physically strong. Laurence records their dialog:

> "If you [Beth] haven't got anything to slave away at, you'll sure as hell invent something."
>
> "What do you think I[Beth] should do, let the house go to wrack and ruin? That would go over well with your mother, wouldn't it?"
>
> "That's just it," my father said. "It's the damned house all the time." (81)

Beth becomes cognizant of the problems Ewen is experiencing with "the damned house," besides the financial ones. Their dialog suggests that Ewen is under a kind of pressure to keep the MacLeod house along with whatever else his mother compels him to maintain. Additionally, after overhearing her parents talking, Vanessa remarks "She [Beth] looked tired ... Her tiredness bored me, made me want to attack her for it" (82). Vanessa's language displays that all Beth can do is to try to put up with the hardship and to withhold her anger or frustration without posing any question regarding her way of life. Vanessa wants to "attack her" because Beth just "looked tired" without trying to ask seriously how or why it is that society manages to keep up its stance so persistently. Beth "sighed" (82) because she is continuously forced to come to terms with the dignity of the house.

We have already noticed that Butler argues that a power structure or an authoritatively fixed principle is not a determined thing, but is achieved only through many years of forced reiteration of observance under unquestioned conservative circumstances. At the same time, she assures readers that her argument does not mean to "do away with the subject" (7). As Butler points out, Beth becomes one of those who are shackled with the MacLeod house and its rigid traditional norms, and ends up perpetuating what it represents through her daily "forcible and reiterative practice" (Butler 15).

After her father dies, Vanessa comes to a deeper mutual understanding with her mother, sharing her sense of grief and trying to "protect" (91) her in her daily life. Vanessa now takes a step forward in the process of her growth, feeling that her mother needs her "protection" (91) and finds her more trustworthy than ever. Vanessa is in a process of self-improvement that will give her the competence to "protect" her mother, to find a way beyond Beth's way of life which offers no scope for questioning, and to transcend her own traditional restricted status in society.

2-3) With Noreen

Noreen is hired as a housemaid of the MacLeod family after Beth returns to her job. What is special about this girl is her extraordinarily intense and strong religious belief: this appalls Beth. Ewen, who is more considerate toward Noreen, explains that her religious problem has something to do with her unbearably dull and harsh farm life under the control of her father. It seems to Noreen that there is no hope ahead for her in this kind of life. Coming from this grim background, she is attracted to her intense religion as a response to the meaninglessness she senses in the real world.

No persuasion can do anything to change Noreen's intense religion. She and Grandmother MacLeod have something in common in their obstinacy about their own beliefs. But Grandmother has always been indifferent to Noreen. In contrast, Vanessa, who shows interest in the people surrounding her, converses a lot with Noreen, mainly about "Heaven" (83) and "Hell" (84). Noreen, five years Vanessa's senior, can exercise a kind of power over Vanessa and preaches her religious doctrines to Vanessa. Though not believing in Noreen's religious talk, Vanessa exercises her imagination on it. Vanessa imagines it as "exotic" (84), "spooky" (84), "violent" (85), and chaotic. One day in the coldest part of the snowy season, they happen to see a sparrow caught between the two glass layers at home. In an instant, Vanessa is panicked into throwing open the inside window to try to release it. However, unexpectedly, the bird begins to collide against the walls of the room in an appallingly chaotic manner, and ends by falling down onto the floor too powerless to fly out of the house. Horrified with the exhausted bird, Vanessa has no energy to touch it. Consequently she can only watch as Noreen finally sets the bird free from its trapped position. Vanessa is mortified to perceive how self-centered and immature she still is compared with Noreen, who draws strength from her "exotic" or "violent" religion, and from the power that seniority works.

Soon after Ewen's funeral, Vanessa notices Noreen in the kitchen. Remembering the trapped bird, Vanessa suddenly hits Noreen as strongly as possible, as if desperately forcing herself to come out of "a prison" (92), or as if in a struggle with herself for life. Vanessa expresses her mind "I continued to struggle fighting blindly ... as though she were a prison all around me and I was battling to get out" (92). Vanessa tries to overcome Noreen's way of life, based as it is on her complete reliance on belief in her religion, and primarily in the story of "Heaven" and "Hell." Vanessa finally speaks her mind to Noreen: "he [her father] is not in Heaven, because there is no Heaven" (93). Though wounded by her words, Noreen still does not abandon her religious posture, and considers Vanessa's assertion as deplorable.

With this it becomes evident to Vanessa that Noreen concludes that she herself has no other way to survive in society but to place her complete dependence on her religion. So to speak, Noreen does not try to pursue the opportunity to cultivate her openness to truth through the concept that "reality is multiple and historically contingent" (Grant 132). Noreen's posture leads her to think that there is no forthcoming prospect of her being able to create a different viewpoint for herself. It is as if her standing in society is firmly established. After this serious rift between them, Vanessa begins to find the energy to keep her composure, and resolves not to cry over the grief of her father's death any more.

3. Vanessa's relationship with the other central figure in the story, her father Ewen

Ewen is a humanist and a devoted doctor. He is always ready to care for those who are ignored in society. Vanessa shows how sincerely she reveres her father: "I wanted my father to myself, so I could prove to him that I cared more about him than any of the others did" (78). It is no exaggeration to say that Ewen is the most influential and important person in her existence.

Vanessa expresses her innermost thoughts about her rebellious act on Remembrance Day, using words such as "guilt" (75), "punishment" (75), and "betraying" (75). In addition, she also expresses her ideas about the central mentality of the MacLeod house: "In some families, *please* is described as the magic word. In our house, however, it was *sorry*" (77). Considering these expressions, and also remembering what Stovel says about Ewen "who capitulated out of guilt and duty" (91), this paper explores how Vanessa achieves development through her relationship with Ewen, based on the perspective of guilt and duty. In parallel with this, it is also crucial to pay attention to another important perspective emphasized by postmodern feminism: that of the acceptance of difference.

With regard to Ewen's sense of guilt, my first focus is on Vanessa's language and her descriptions in the course of the conversation between her and Ewen, at home after the parade. For her small rebellion, she voluntarily tries to make a sincere apology to him: "'I'm sorry,' I said, meaning it" (78). But her innocence and sincerity makes her also reveal her deeper feelings to him. Vanessa says: "They [the veterans and marching band] look silly" (78). Perceiving at heart that her words may sound somewhat disparaging to him, she wants to impress him with her honesty, love, and understanding. However, she does not "know" (79) how to leave a deep impression on him, due to her immaturity. With her self-confidence failing her because of her mixed sense of guilt, ignorance, sincerity, love, and understanding, she asks him to recount the death of Uncle Roderick. She says "You [Ewen] were right there when Uncle Roderick got killed, weren't you?" (79) The narrator goes on: "He [Ewen] had had to watch his own brother die ... out in the open, the stretches of mud ... He would not have known what to do" (79). Still frustrated with her incompetence to "know," Vanessa seizes the opportunity to catch a glimpse of her father's sense of "pain" (79) that he had not "known" what he should do in facing the agony of his brother's death, just as Vanessa does not "know" how to make an impression on her father, who, she feels, may be wounded by her wording of it. Hurt with her sudden awareness of his "pain," Vanessa cannot help asking him to comfort her: "Now I needed him to console me for this unwanted glimpse of the pain he had once known" (79). Vanessa begins to be in the process of becoming aware of how painfully he has experienced Roderick's death with a sense of guilt, as she herself is struggling with her own confused feelings.

Here it is necessary to focus on another significant representation of Ewen's sense of guilt. Vanessa sees Grandmother MacLeod sleeping "surrounded by half a dozen framed photos of Uncle Roderick and only one of my father" (90). Years of this practice on Grandmother's part has forced Ewen to keep seriously in mind the fact that his younger brother died in front of him, and to cultivate his sense of guilt or self-reproach on a daily basis. During her parents' conversation about their financial problems, Vanessa overhears Beth mentioning how serious Ewen's mental burden is: "What I [Beth] can't bear is to see you forever reproaching yourself. As if it were your fault" (81). It is no wonder that Ewen is trapped in an internal state of guilt and self-reproach arising from the mentality of the MacLeod family which works to prevent people from pursuing their own improvement.

The emotion of guilt is closely linked with that of duty. The deeper their sense of guilt is, the more likely people are to feel responsible for their duty. It is apparent that Ewen's primary concern is taking on his responsibility for maintaining the prestige of the MacLeod house as its central male member. Likewise, Ewen is characterized by associated objects such as "the sword" (78), "its carved bronze sheath" (78), and "seal ring ... with the MacLeod crest on it" (94), that is, by things closely connected with male-centered order. However, Vanessa overhears Ewen laying bare his real thoughts to Beth: "'It's the damned house all the time. I haven't only taken on my father's house. I've taken on everything that goes with it, apparently. Sometimes I really wonder—'" (81). "[T]he damned house" implies that, as the pillar of the MacLeod house, he is always under the pressure of adhering to the norms which his mother sticks to as the only right order. Moreover, it turns out that he sometimes feels uncertain about his present oppressed life itself. Worn out with his heavy burden of duties in everyday life, he is not sure whether his lifestyle is in step with his real development. Signs of his unvoiced frustration appear when Vanessa relates such things as: "My father spun his sterling silver serviette ring, engraved with his initials, slowly around on the table" (81). He spins "his sterling silver serviette ring," which symbolizes the family dignity, very much as if he is frustrated with the oppressiveness of following the traditional untiring rules which only seem to discourage people from pursuing their true development, or annoyed with his incompetence to find the way to release himself from the trap of the house. However, all Ewen can do is to make every effort in his duty to preserve what Grandmother MacLeod considers as right. In this respect, his thinking is incompatible with his real conduct. It is worth noting, in this connection, how Judith Grant affirms the importance of raising questions on "metaphors and discourses of masculinity and femininity" (132) or on authoritarian, rigid concepts.

Accordingly, this insight into her father's complicated problems based on his sense of guilt and duty begins to contribute to Vanessa's growth and increasing awareness of herself and the people around her in daily life. It is just at this point that Vanessa has to face her father's sudden death.

What we need to notice here is Vanessa's realization of her father's acceptance of difference. In the ending of the story Vanessa, aged seventeen, expresses her eagerness to leave Grandfather Connor's house and Manawaka. It is during World War II. Her desperate wish to "get away" (94) from it and the small town is a natural indication of her strong aspiration to take a journey for her further growth.

A crucial moment for her liberation has come. One day Vanessa happens to find an old photo of an ordinary-looking foreign girl and her letter in French, addressed to Ewen and dated 1919, in the innermost drawer of his desk. What Vanessa has found makes her quickly recall Ewen's previous remark on his experience of serving overseas during the war: "It was bad, it wasn't all as bad as that part... None of us had ever been away from Manawaka before... It was kind of interesting to see a few other places for a change" (79). Having a keener interest in developing herself, she now arrives at an understanding of what he has really meant by that. She comes to see that his words express how "interesting" or significant it is to accept and value the concept of diversity or difference. In other words, she notices the significance of questioning or leaving behind the fixed aspects of life in order to liberate herself. Her aspiration for her growth reaches a crucial phase: "I ... hoped she [the foreign girl] had meant some momentary and unexpected freedom" (95). That is, what she has discovered provides a powerful reason for Vanessa to take a step forward in the quest of her development.

Judith Grant applauds Vanessa's determined wish, arguing "Freedom is the resistance to categorization ... to the totalizing aspects of power" (131). Vanessa's experience of her father's death and discovery of what he has kept in the drawer paves the way for her to see that the acceptance of diversity is closely connected with the quest of "freedom" or growth. In a similar connection, Patricia Morley writes: "Laurence speaks of journeys geographic and psychological, all of which contributed to her maturation" (15). Vanessa's new journey for "freedom" or growth has broad implications for her future awareness of a sense of "strangerhood" (Morley 15) which, Morley argues, is one of Laurence's foremost themes. Vanessa is determined to set forth on the journey of her further growth, assured that her involvement with the concept of variety or difference effectively engages her in a process of pursuing "freedom."

4. Conclusion

In the light of today's postmodern feminism, we could say that Vanessa, at age twelve, has a sense of the stagnation around her, and of the longstanding, rigid cultural values she is growing up in, which prevent a person like her from moving towards full development. Prepared for her growth, Vanessa observes in her everyday life how other people around her strive to survive in society each in their own way during the Depression.

After his father's sudden death, Vanessa at first struggles to keep going, but then obtains more energy for her further growth as she begins to pay more attention to other people. In her relation with Grandmother MacLeod, Vanessa comes round to understanding how painful and difficult it is for a woman who has so devoted herself to keeping the inherited family house, to go on living after she loses all of her men. Grandmother cannot part from a unified household regime, which is not a completed one. As for Beth, it emerges for Vanessa that her mother is one of those women who still get subjected to a traditional discipline even though they may become somewhat aware of what kind of torture they are undergoing. Ultimately, Beth perpetuates the oppressive discipline through her daily continuous practice. Vanessa learns the importance of questioning, and of acquiring the ability to transcend her mother's traditional position in society. With Noreen, Vanessa comes to see, through the incident of hitting her to free herself from a trapped state, how essential it is to make every effort to cultivate an independent spirit free from mandatory doctrines in order to liberate herself in the completer sense. In the case of her father, Vanessa realizes the crux of his problems. She learns how deeply he feels the pressure of being expected to maintain the core disciplines of the MacLeod house in spite of his mixed sense of guilt and duty, and to display his attitude of manhood. What she finds in his drawer at the age of seventeen vividly leads her to notice the significance of valuing difference, and impels her in her decision to take a new step forward toward further liberation.

*This is an expanded and revised version of the paper presented at the 20th Annual Meeting of the Tokai English Literary Society on August 26, 2005.

Works Cited

Butler, Judith P. *Bodies That Matter: on the Discursive Limits of "Sex."* New York: Routledge, 1993.

Cirlot, J. E. *A Dictionary of Symbols.* Trans. Jack Sage. New York: Philosophical Library, 1962.

Fulton, Keith L. "Feminism and Humanism: Margaret Laurence and the 'Crisis of the Imagination.'" *Crossing the River: Essays in Honor of Margaret Laurence.* Ed. Kristjana Gunnars. Winnipeg: Turnstone P, 1993. 99-120.

Grant, Judith. *Fundamental Feminism.* New York: Routledge, 1993.

Laurence, Margaret. "A Bird in the House." *A Bird in the House.* Toronto: McClelland and Stewart, 1985. 75-95.

McCormick Coger, Greta M.K. Introduction. *New Perspectives on Margaret Laurence.* Ed. Greta M. K. McCormick Coger. Westport, Conn: Greenwood P, 1996. xvii-xxviii.

Morley, Patricia. *Margaret Laurence: The Long Journey Home.* Montreal & Kingston: McGill-Queen's UP, 1991.

Parpart, Jane L., and Marianne H. Marchand. "Exploding the Canon: An Introduction/Conclusion." *Feminism, Postmodernism, Development.* Ed. Marianne H. Marchand and Jane L. Parpart. New York: Routledge, 1995. 1-22.

Stovel, Bruce. "Coherence in *A Bird in the House.*" *New Perspectives on Margaret Laurence.* Ed. Greta M. K. McCormick Coger. Westport, Conn: Greenwood P, 1996. 81-96.

あ と が き

　東海英米文学会の歴史について少し触れておきたい。巻頭言にあるとおり，その源流は数名の有志からなる読書会であった。もう30年以上も昔のことである。その後，その細流は広がり1978年に「五明の会」が結成された。岐阜県恵那の山中に，自然の懐に抱かれて建っていたホテル五明に因んで命名された。このホテルの近くの湿地帯には小さな池があり，ウォールデンを連想するものもいた。1983年まで，「人生の本質的な事実に直面する」場として，会員は年に一度はここに集い，英米の短編小説や短詩を綿密に読んで研究を深め，同時に講演会も開催した。五明の会は1984年に「五明英米文学研究会」と改称したが，その2年後の1986年には発展的に解消して東海英米文学会となり，今日にいたるまでその活動を続けている。機関誌『東海英米文学』(Tōkai English Review)の創刊は1988年3月であったが，それ以来隔年に刊行し，現在9号を数えている。

　東海英米文学会の会員は，英米文学の研究者が多いが，英語学や英語教育の研究者も迎え入れてきた。英語学や英語教育関係では文体論や語用論のように文学研究に応用できる分野の研究者に限られているようであるが，それは悪いことではない。このような研究者の存在により，文学研究者とは異なる視点が提供され，文学研究の幅が広がるからである。

　本書は，東海英米文学会創立20周年を記念して編まれた論集である。論文は，「英米文学（他カナダ文学なども含む），英語学，または英語教育の研究手法によって英語の文学テクストを研究する（あるいは，それを使って研究する）もの」として募集した。要するに，何らかの形で英語の文学テクストに基づくことを条件とした。その生い立ちからして文学テクストを読むことを旨としてきた当学会の記念論集としては当然のことであった。テクストを緻密に読むことに専念した研究もあれば，文学作品をテクストの範囲を越えて，もっと広く社会や文化や環境の中でとらえようとする研究もある。また，英語学を援用してテクスト分析を試みたものもある。ここに収録した論文は，内容も研究方法も実に多様である。論文は，研究対象としているテクストによって，4つの地域（イギリス，アイルランド，アメリカ，カナダ）に分け，おおむねその出版年の順に配した。

　本書のタイトルは「テクストの内と外」(Inside and Outside the Text)としたが，それはテクストの内在的研究と外在的研究というアプローチを示唆している。テ

あとがき

クストへの関わりは論文ごとにかなり異なるが，表題に「テクスト」を入れたのは会員共通の思いからである。会の前身も含めて，テクストをじっくりと味わいつつ歩んできた会の足跡を振り返り，またこれからもそれを大事にして発展する会の姿に思いを馳せている。

中根　貞幸

和　文　索　引

あ

「ああ，ひまわり」 1, 3-5, 7-8
アーヴィング，ゴッフマン 103
アーヴィング，ワシントン 104-06, 108, 113-15, 125, 145
愛・地球博 11, 21
愛知万博 11-14, 21
『青い眼がほしい』 199-200, 207-08
「痣」 116-17
アニミスティックな表現 37-44
アフリカ系アメリカ人 175, 199
「アメリカの音楽，新しくて本物！」 160
アメリカの夢 199-205, 207-08
アメリカン・ヒーロー 103-04, 111
『アメリカン・レビュー』 152
『アラバマ物語』 187, 191, 197
『アンソロジー―3人のアイルランド詩人―』 91
アンドリュース，エルマー 77

い

『イーグル』 154, 161
「行かなかった道」 163, 165-66, 168, 170, 172
イカバッド，クレーン 103-105, 109-13, 115, 118, 125
『偉大なギャツビー』 204
『イブニング・スター』 151-52, 155, 161
『イングリッシュ・ノートブックス』 130

う

ウインダミア支線鉄道 12
「ウェイクフィールド」 115, 118
ウォーレン，ロバート・ペン 175-77, 180-85
ウナギ文 191

え

エコロジー 16
エピメシーウス 134-35
『エミール』 128-129

お

『大いなる遺産』 35, 43
大阪万博 11
オースティン，ウィリアム 148
『おじいさんの椅子』 127
男らしさ 104, 112-13, 115-18, 121
「思い出」 154

か

拡大メトニミー 189-91, 194, 197
「過去の効用」 176-77
「学校でのむち打ち」 158
カルヴィニズム 143
『環境思想キーワード』 16
『環境の思想家たち』 17
環境万博 11-14
環境保護運動 12
環境問題 11

き

『来るべき場所』 182-83

「木の実拾い」 16-17
擬物化表現 38
『教育に関する考察』 128
凝縮表現 187, 193, 197
去勢 108, 110, 112-13
ギリシア・ローマ神話 127, 133-35
近接性 188-89
く
クイックシルバー 135-36
グッドリッチ, サミュエル 133
『クリスチャン・ネイチャー』 129
「黒いちごの繁み」 175
け
『経験の歌』 1, 2, 4-5, 7-8, 129
「形勢逆転」 13, 15, 18, 20
「ケンダル―ウインダミア鉄道計画について詠めるソネット」 12
こ
公害問題 11
黒人 199, 201, 203-08
「心の音楽と技の音楽」 159-60
『古典事典』 133
古典主義 14
「子供の楽園」 133-35
『子供のための神さまと教訓の歌』 128
『子供の新しい遊び道具』 128
コネクター 189, 191, 194-95
さ
『さあ行くぞ, フィラデルフィア！』 71-72
『サンフォードとマートン』 129
し
シェイクスピア 140-41, 144-45, 188

ジェイムズ, ヘンリー 125
ジェンダー 104, 122
「自叙伝」 92, 94
『静かなる男』 81, 84
自然の叡智 12-14, 18, 21
自然保護運動 12
児童文学 128
『邪魔者は殺せ』 81
主語型言語 197
主題型言語 197
衝撃的な認識 140-42
『少年と少女のための雑誌』 130
ジョーンズ, マリー 82-83
『序曲』 21
『女性を創造する女性たち―現代アイルランド女性詩人論―』 91
紳士 35, 37, 39-43
進歩と調和 11
『信用詐欺師：その仮装劇』 144
す
『スケッチブック』 105
『ストーンズ・イン・ヒズ・ポケッツ』 81-82, 84-85, 88-89
『すべて王の臣』 177, 180, 185
「スリーピー・ホローの伝説」 105, 113, 115, 118
せ
「贅沢すぎる生活」 155
「聖なる軍隊の最後の1人」 153
「聖パウロ寺院のオラトリオ」 159
セジウイック, キャサリン・マリア 129
そ
創造的誤読 145

た
ダーク・レイディ　124
ダイキンク, エヴァート A.　141
『大理石の牧神』　124
ダッフィーダウンディリー　130-31
ダメ男　103-05, 107, 112-13, 115-19, 121, 125-26
『タングルウッド・テールズ』　127, 136
男性規範　103, 105, 108-09
男性性の欠如　104
ダンタナス　77

ち
「小さなアニーの散歩」　127, 129-130, 132
「小さなダッフィーダウンディリー」　127, 130
『父の祈りを』　83
チャイルド, リディア・マリア　129-130, 133

つ
罪意識　36-37, 41-43, 118

て
デイ, トーマス　129
ディケンズ, チャールズ　35, 38, 41, 44
ディーン, シーマス　71
「ディックとジェイン」　200-01, 203, 207
ディムズデイル, アーサー　118
ディムズデイル　132
「ティンタン僧院から数マイル上流にて詠める詩」　18-21
『デモクラティック・レビュー』　153
テンプル, シャーリー　201-03

と
トクヴィル, アレクシス・ド　104
「取り壊しと建て直し」　152-53, 155

な
『七破風の家』　118
「何でも金になる話」　132-35
『南北戦争の遺産』　182, 184

に
『ニューイングランド初等教本』　128, 131

ね
「眠れる人々」　154
『寝物語』　91-92

は
パール　131-32
「ハエ」　9
『白鯨』　140, 142, 144
『ハシャバイ・ベイビー』　83
『パトリオット』　153
バニヤン, ジョン　128
『母親のための本』　129, 133
『ハリー・ポッターとアズカバンの囚人』　59, 63-65
『ハリー・ポッターと賢者の石』　59-61
『ハリー・ポッターと謎のプリンス』　68
『ハリー・ポッターと秘密の部屋』　59, 62-63
『ハリー・ポッターと不死鳥の騎士団』　68
『ハリー・ポッターと炎のゴブレット』　59, 66-67
『遥かなる大地へ』　84

パンドラの箱　133
ひ
『ピーター・パーレー』　133
ヒーニー，シェイマス　91, 101
「1つの提案―ブルックリンの娯楽」　161
「美の芸術家」　117
『緋文字』　118, 124, 127-28, 131-32, 134, 136
「百歳の古老の話」　154
ピューリタン　127-28, 131-32
ふ
『風景学入門』　15, 20
フィードラー，レスリー・A　108
フェミニズム　91, 101
ブッシュネル，ホレス　129
『冬の刻印を受けた男』　91
『ブライズデイル・ロマンス』　118, 124, 127
フランクリン，ベンジャミン　107, 111, 114
フリール，ブライアン　71-72, 75, 77, 80
『古い牧師館の苔』　139-42, 148
「ブルックリンの学校と教師」　157
「ブルフロッグ夫人」　115, 118-19, 125
ブレイク，ウィリアム　1, 5, 8-9, 129
フロスト，ロバート　163-64, 166, 168-72
へ
ヘスター　124, 131-32
ほ
ホイットマン，ウォルター　152
ホイットマン，ウォルト　151-61

ホイットマン，ハナ・ブラッシュ　153
ホーソーン，ナサニエル　113, 115, 117-19, 122, 124-25, 127-32, 134-36, 139-46
「ホーソーンとその苔」　139-42, 144-46
ボーランド，イーヴァン　91
ポストコロニアリズム　82, 85
「『本物のアメリカの』歌」　160
ま
マーキュリー　135
マイダス王　133-35
『マイ・レフトフット』　81
み
ミーハン，ポーラ　91-95, 99-101
「見習工や若者への助言」　156
『民主主義と詩』　176
む
『無垢の歌』　1, 129
め
メアリーゴールド　133-34
メタファー　187-90, 193
メトニミー　187-90, 193
メルヴィル，ハーマン　139-46
も
『モーニングポスト』　12
モリスン，トニ　199-200, 208
や
闇の力　142-45
「闇のもうひとり」　91-94, 97-100
ゆ
『ユースズ・キープセイク』　129
ユースタス　133-35
『ゆたかに世界と時あらば』　180
「ユリ」　1, 5-7

ら
『ライアンの娘』 81, 84
『ラヴ』 199, 203, 207-08
「ラパチーニの娘」 116-17, 124

り
リップ（・ヴァン・ウィンクル） 103, 105-13, 115-16, 125
「リップ・ヴァン・ウィンクル」 105, 113, 115
『リテラリー・ワールド』誌 139, 141

る
類似性 188-89
ルソー，ジャン・ジャック 128

ろ
牢獄のイメージ 38, 40, 44
ロック，ジョン 128
ロマン主義 14-15
ロマン派の子供像 127-29
『ロングアイランド・スター』 151
「ロンドン」 9

わ
ワーズワス，ウイリアム 11-13, 15-21, 129, 130, 136
『ワーズワス散文集』 15, 20
「若いグッドマン・ブラウン」 116, 118, 142
若きアメリカ運動 141
「若者の教育―ブルックリンの学校―子供に対する音楽の影響」 158
ワスプ 108, 199
「私たちは七人」 130
「わたしの可愛いバラの木」 1-2
ワッツ，アイザック 128
『ワンダー・ブック』 127, 132-35

英 文 索 引

A
asserting function 23, 26
Austen, Jane 23, 31

B
Brazil, David 24
Butler, Judith 215, 216

C
conformist 57

D
death experience 211-13
difference 212, 218, 221-22
discourse marking 23
duty 218, 220, 222

E
Elliot, Sir Walter 23, 28, 30, 32
embedded 47, 51
epiphany 56

F
Francis, Gill 25
freedom 212, 221-22

G
Grant, Judith 212, 218, 220-21
guilt 218-20, 222

H
Haberstroh, Boyle Patricia 91
Halliday, Michael 24
Hunston, Susan 25

I
interlocutionary 50

L
Laurence, Margaret 211-14, 216
Lodge, David 48

P
Pelan, Rebecca 101
perlocutionary 50-51
Persuasion 23, 33
postmodern feminism 212, 215, 218, 222
prejudice 53-54

Q
question functions 25

S
sexist 54-56
Shepherd, John 23, 27-28, 30, 32
sports language 48
statement functions 26
Stovel, Bruce 212-13, 218
suggesting function 26
sureness 23-24
sureness analysis 23

T
tone 24, 26, 32-33

U
unreliable narrator 48

V
"The Valentine Generation" 47, 56-57

W
Wain, John 47, 56-57
women's growth 212

執筆者紹介

(論文掲載順)

堀田　三郎	名古屋経済大学教授
森　　　豪	愛知工業大学教授
David Dykes	四日市大学教授
吉田　恒義	岐阜市立女子短期大学教授
中根　貞幸	福井大学教授
子安　惠子	金城学院大学非常勤講師
河口　和子	愛知学院大学非常勤講師
磯部　哲也	愛知工業大学助教授
河合　利江	愛知工業大学非常勤講師
中村　栄造	名城大学助教授
大場　厚志	東海学園大学教授
倉橋　洋子	東海学園大学教授
横田　和憲	金城学院大学教授
溝口　健二	大同工業大学教授
犬飼　　誠	岐阜女子大学教授
香ノ木隆臣	岐阜県立看護大学講師
金子　輝美	愛知淑徳大学非常勤講師
竹田　奈緒美	金城学院大学非常勤講師
中村　信子	愛知工業大学非常勤講師

(平成18年3月現在)

テクストの内と外

2006年3月20日　初版印刷
2006年3月30日　初版発行

編　　者	東海英米文学会
発 行 者	佐野　英一郎
発 行 所	株式会社　成 美 堂
	〒101-0052　東京都千代田区神田小川町3-22
	TEL 03-3291-2261　FAX 03-3293-5490
	http://www.seibido.co.jp
印　　刷	株式会社　創英
製　　本	秀美堂

ISBN-4-7919-7105-1 C1802
PRINTED IN JAPAN

●落丁・乱丁本はお取替えします。
●本書の無断転写は、著作権上の例外を除き著作権侵害となります。